U0080760

禍亂創世紀 第二部 03
Rebellion of Start-online II
蜜桃多多的
魔王陛下

079 新配方

正當所有人為了雲千千欺騙了路西法而煩惱，氣氛萬分尷尬時，房間門吱呀一聲被推開，雲千千很熟悉的一個人推門進來，驚訝的看了眼房內眾人。

「哎呀，這麼多人？」

「單弦月！」雲千千眼睛一亮。

這是自她入江湖以來，第一個從她手裡得到好處的兄弟。一顆五階魔晶啊，百來金幣啊。雲千千就差沒傷心得淚濕枕巾了，每每想起這一段往事都讓她唏噓惆悵、感慨萬千。

「你在水果樂園任職了？」雲千千見單弦月如見金幣，眼中金光閃閃，充滿垂涎嚮往、懊悔遺憾等等各種複雜情緒。

「咦，會長？」單弦月發現雲千千也在房中，自然更驚訝：「不是聽說妳在魔島……」

「過時了，你沒看今天報紙？」彼岸毒草不知何種心情，不是滋味的把報紙丟給單弦月。

後者接過掃了一眼，乾咳兩聲，尷尬道：「不好意思。最近都在埋頭研究。」

「不要緊，不要緊。他簽的是哪種契約？」雲千千前面一句是對單弦月說，後面一句就轉向了彼岸毒草。雲千千現在只想知道，自己那顆五階魔晶到底是不是白白浪費，萬一對方簽的是合作約就慘了，希望是創作版權和銷售代理全包的買斷約啊。

彼岸毒草甚知桃心，瞟來一眼，哼了聲道：「放心吧，是買斷約。」

單弦月似乎現在才想起自己來這裡的目的，連忙插進話題：「對了，我這次來是交配方的。」

彼岸毒草暫時放下雲千千，轉回頭，驚訝道：「你前天簽約的時候不是已經全部上交了？」

「這次是意外，鍊金時資料計算錯誤，本來以為是失敗了，沒想到誤打誤撞鍊出了其他東西。」單弦月臉紅，不知道是羞愧還是驕傲。「雖然不是藥品類，但我想合約上寫的似乎是只要配方就全交，所以也拿來了。」

「哦，到底是什麼東西？」

支吾半天，單弦月眼神飄移，不確定的小聲道：「好像、大概、可能、也許……是炸彈？」

雲千千吐血：「我記得炸彈配方早就有其他鍊金師摸索出來了？」這男人太誠實了，這樣子的半公開配方根本就沒有上交的必要，虧他還特地跑這一趟。

「不是那種炸彈。」單弦月從空間袋裡掏出一個小水晶瓶，裡面裝了小半瓶紫紅色液體，看起來很是絢麗。「這是基因炸彈。」

基因炸彈，這個玩意雲千千從沒聽說過，或許那時候也有，但不是她能接觸到的秘密武器範圍。

單弦月手中的基因炸彈很有意思，準確來說，那液體應該算是培養液，在小瓶中滴入 NPC 中的某種族血液，再在上風處打開瓶塞，讓液體揮發吹散，則範圍內的該種族 NPC 會驟減部分血值。

以魔族為例，雲千千只要隨便抓一個魔族來，從他身上抽點血，滴進瓶子裡，再讓其他魔族沾到這液體揮發而成的氣體，就能對魔族造成傷害，傷害程度視個體等級和沾染量不同而有所不同。

根據單弦月的實驗結果，自然揮散出的氣體只能讓道具使用人同等級的 NPC 減血 1000，如果是一滴實體液體則可以減少 5000……

雲千千思索著，自己如果能集滿一桶的話，潑死兩、三個路西法應該都夠用了。

當然，這有點不現實，不現實之處主要在於基因炸彈的成本之高……

據單弦月自己所說，他是在衝刺 S 級配方時不小心錬出這失敗品的，S 配方的材料價格之高昂自然不用說了，收集也很困難。

「這玩意對玩家沒用？」雲千千邊把玩小瓶子邊問。

「說有用也有用，就是麻煩。」單弦月嘆了口氣：「我實驗過，對 NPC 來說，只要一個個體的血液就可以使用基因武器攻擊該個體全種族。但玩家的話……每個玩家的基因似乎都是不同的。」

換句話說，取了哪個玩家的血培養，該炸彈就只對那個玩家有效。其他人都沒用，哪怕是近親也不行。不然得到這東西的人，只要拿自己的血培養，回頭見誰不順眼就一瓶潑上去，這跟潑硫酸也沒什麼兩樣了……

「這東西……也許很有用。」彼岸毒草若有所思，眼前一亮，「我們城裡不是有魔族嗎!?大戰快開始

了，有備無患也好！」

雖然有點心痛那造價，但想到自己闖下的禍，雲千千還是含淚揮手道：「好吧！那配方就交給你了，從現在開始大量製造！」

080 投資人

說是大量製造，實際最後只鍊出了大約半個礦泉水瓶滿。

雖然有鍊製成功率的影響，但是更重要的還是成本限制……就這麼半瓶礦泉水的分量，已經是足足萬金的消耗。

這就跟無敵大招乾坤一擲一樣，都是無視防禦、無視抗性的殺招，理論上只要錢夠，什麼終極 BOSS 都可以幹得掉；但問題是，花那麼多錢去殺一個 BOSS 到底值不值得？

單機 RPG 的 BOSS 是關卡，必須要殺，投點錢進去也無可厚非。網路遊戲的 BOSS 卻是打寶，關鍵在於收穫的豐厚與否。

一般 BOSS 掉紫器，高等 BOSS 掉暗金，就算走運一點，路西法掉了一個傳奇階的，但這樣子的終極 BOSS

血量也不簡單。萬一真要花個一桶硫酸才能潑得死，那十幾、幾十萬成本砸下來，賺的都還不一定夠賠……

拿了礦泉水瓶裡裝的成品樣本，雲千千回大陸去找銘心刻骨商量投資問題。

銘心刻骨很冷靜的聽完關於基因炸彈的介紹，想了想，嘆氣搖頭道：「我不打算砸錢去做這個東西。」

「為什麼？你懷疑我亂報生產價格？」雲千千鬱悶。她承認這藥的造價確實是太誇張了，所以才特意找了這麼一個大人物合作。當然主要也怪自己信譽不好。要是換成彼岸毒草拿著這小瓶果汁似的東西，告訴人家瓶子裡面的東西花了1萬金，別人絕對不會不相信，頂多驚呼浪費罷了。

但現在是自己拿著這東西過來，一般人肯定反射性的以為是自己又開始糊弄人了……這就叫人品。因對象不同，所獲得的待遇也有不同。

銘心刻骨連忙解釋：「我相信妳沒騙我。雖然妳愛騙人，但用不著騙我。像以前需要錢的時候，妳都是直接伸手跟我要的，這點我很有把握……」

這話說的，怎麼她好像從詐騙升級到明搶……雲千千抓抓頭，姑且把這當好話聽了：「也是，我們倆什麼關係啊。」

「現在的問題是這藥……」銘心刻骨有點遲疑了。

「這藥效是通過國際IS015189標準，經嚴謹臨床實驗後，確定其在基因毒學上取得了巨大成果的。由天空城主親自頒發認證證書，評定為創世紀二三〇一年十大傑出藥劑，並獲得桃貝爾最佳人口控制成果獎……」雲千千不遺餘力的傾情推薦。

銘心刻骨滿頭黑線，連忙打斷她的話：「我對妳手下那些高人製造出來的藥劑當然相信。」頓了一頓，他喘口氣接著道：「最主要的問題還是成本太高……當然，我相信那成本報價沒有虛報。問題是，那麼高

的代價殺一個 BOSS 值得嗎？」

當然不值得，否則自己幹嘛把這好處拱手讓人。雲千千乾笑道：「你不是有錢……」

「有錢也要看花得有沒有必要。」銘心刻骨嘆氣，「如果說魔族大軍以我的公會為目標的話，即使這藥再貴上十倍我也一定會買；可現在魔族的目標不是我，是整個大陸……」

「為了世界和平。」雲千千正氣凜然的作英雄狀，背後背景是萬丈金光。

「……」銘心刻骨吐血，「考拉，不要在蜜桃背後放魔法煙花！」靠，這兩女人什麼時候又湊一起去了？

考拉滿臉羞愧的從雲千千身後轉出來，手裡還拄著魔法石，委委屈屈道：「是她答應送我一顆寵物蛋……」言下之意，也就是說她其實不是自願的。

雲千千笑嘻嘻道：「別這樣嘛，女孩子不能吼的。對了，聽說你們兩個已經確定關係？」

「轟」一聲，在場兩個男女臉上一起爆紅。銘心刻骨一下子不淡定了，瞪大眼睛，結結巴巴道：「誰、誰說的？」

刷出一捆卷軸展開，雲千千唸道：「X月X日X時，銘心刻骨帶某女子於雲河泛舟，同時耗資 50 金，僱用兩名天使飛翔灑花瓣，一名天使河邊彈豎琴。結束泛舟後，兩人攜手離開。銘心刻骨於天空之城XX街XX店花XXX金購買鑽石首飾一套……Y月Y日Y時，銘心刻骨帶某女子於西華城XX酒樓包廂共飲……Z月Z日Z時……」

「停停停！」考拉手舞足蹈的叫停，臉已經紅成了猴子屁股，咬牙切齒的瞪雲千千罵道：「妳這是窺探他人隱私！」

「有嗎？這只是正常的情報蒐集。」雲千千收卷軸塞回空間袋，很嚴肅的糾正對方的錯誤說法。胖子的天機堂運行到現在，若說天上地下無所不知肯定是誇張了，但如果只是一個小小玩家的話……那麼多釘子撒在外面，只要叮囑下面稍加留意一下，根本不用特意去查，那消息都是大把大把的進來。

銘心刻骨乾咳兩聲，然後解釋：「其實妳誤會了，我和考拉之間只是很純潔的朋友關係。」

「純潔的我就從來沒收到過純潔的別人送的純潔的鑽石首飾。」雲千千嘆氣，很惆悵憂鬱的樣子。

「……妳想要的話，我也可以送妳一套。」銘心刻骨尷尬的再乾咳。

考拉眼中刷刷射飛刀橫過去一眼。

「那就不必了。」雲千千繼續嘆道：「我現在最關心的就是基因炸彈的製作問題。這麼高的成本，以我區區一介女流肯定是負擔不起的，要是有個好心的純潔朋友願意幫忙就好了……」

「這個……」

銘心刻骨不是不想幫這個忙，要換作平常的話，投資就投資，也沒什麼大不了的。這女孩雖然下手狠了點，但有一點好，就是從來不浪費錢。

比如她如果做什麼事情需要 1000 金，就會從自己或別人那騙出 1000 金，全部花在那件事情上。換作一般女人的話，要去的也是 1000 金，但裡面起碼有 500 金是買衣服、首飾、鞋子，200 金是逛街購物，100金是邀請朋友請客吃飯，再加上其他雜七雜八的開銷，最後真正用來辦事情的也許只有10金……

所以銘心刻骨不怕在雲千千身上花錢，他主要怕的是這件事可能帶來的後續影響。新一期創世時報不僅是彼岸毒草看到了，銘心刻骨也看到了。水果樂園和魔族的關係交惡是顯而易見的事情，路西法絕不可能放過糊弄了自己的女孩。

如果自己真的投資了，魔族的報復肯定少不了自己一份。到時候蜜桃多多油滑狡詐禁得起折騰，自己卻沒信心能帶著整個公會人員從魔族面前全身而退……

雲千千看銘心刻骨踟躕猶豫的樣子，拉過考拉來熱情聊天：「拉拉對那份情報感不感興趣呀？如果妳幫我說服小心心的話，我就把那卷軸送給妳好不好？天機堂出品，保證真實性、娛樂性二合一，就算妳想知道小心心交過幾個女朋友都可以哦。」

考拉瞪大了眼睛，驚訝的捂住小嘴，果然心動。「查得那麼詳細？」

「……」銘心刻骨冷汗狂流。

「那當然。比如說小心心昨天晚上和某女子在荊花嶺約會，這裡就有兩人交談時的詳細對話哦。」

銘心刻骨吐血，「撒謊！」他昨天晚上什麼時候和女人約會了？昨晚考拉要下線做小考複習，他明明也早就下了……這是赤裸裸的挑撥啊！

考拉「啊」了一聲，狐疑的看了眼銘心刻骨，說道：「你不是說你……」

銘心刻骨悲憤道：「她說的不是真的！」

「呵呵。」雲千千笑得高深莫測。

考慮到蜜桃多多以往的名聲和豐功偉績，再想到銘心刻骨最近幾天的表現，考拉覺得實在不能這麼不信任自己男朋友。

她是挑撥，她是想逼銘心生氣，她是想用我來威脅銘心幫忙……考拉拍胸口順氣，努力替自己做心理催眠：我不生氣，我不生氣，我不生氣……

「你敢發誓？」終於還是忍不住揪了銘心刻骨的領子吼，考拉臉色猙獰，顯然已經壓抑到極點。馬的，

讓老娘戴綠帽子啊！叔可忍嬸不可忍……

女人的感情和理智向來是分得很開，雖然理智上知道很多事情不能做，但感情一上來，她們也根本不會想要去壓抑。

就跟好多女人都知道某個男人根本是渣，不值得惦記，但感情上還是千不捨萬不捨，非要撞得頭破血流不可一樣。

於是秉承「寧殺錯，不放過」的原則，考拉很配合的鑽進雲千千的陷阱。

銘心刻骨被搖得頭昏眼花，淚流滿面的哀怨的看著雲千千。「妳怎麼這樣！」

「呵呵。」雲千千依舊笑得高深莫測。

一邊是跳腳暴怒的女朋友，一邊是狡猾陰險卑鄙被沾上一點說不定就連骨頭渣都剩不下的黑心蜜桃，銘心刻骨痛苦抉擇、萬般惆悵，終於選擇歸順：「我答應投資。」

「OK，先按手印。」雲千千喜孜孜的刷出早已準備好的合約遞給銘心刻骨，知道後者現在行動不方便，所以按個手印就算了，也不強求他簽字。

一切搞定，合約成立，雲千千這才拉過考拉，丟出卷軸安撫道：「別這樣，開個玩笑而已嘛，小心心還是很不錯的。」

有人證——蜜桃多多，物證——情報卷軸，再加上剛才親眼目睹銘心刻骨簽下賣身契，考拉終於明白自己被利用。其實她剛才也明白，只是總有一絲懷疑不安。現在懷疑沒有了，考拉羞愧欲死，淚花閃閃如小可憐：「銘、銘心……」

「別說了，我懂的。」銘心刻骨拍拍考拉的腦袋，嘆氣無奈。

就算過了這一關，那桃子肯定有後手，其實他不過是想掙扎一下罷了，心裡早有被拖下水的準備。

罷了，反正也是同盟……

雲千千丟出原材料清單給銘心刻骨，順口恭喜兩人：「感情進展不錯，祝你們百年好合……不過說來也快，才一星期時間，怎麼勾搭上的？」

銘心刻骨沒好氣的看著雲千千，道：「妳想討經驗去勾搭九夜？」

「那是什麼話？」雲千千哼道：「九哥和我感情和睦，兩廂情願，你從哪看出來我和他不是一對了？」

「呸！」考拉以實際行動表示對剛才被耍的不滿。

「別呸。」雲千千笑道：「其實妳還得感謝我。本來你們只是純潔的友誼關係，可是有我剛才推那麼一把，他現在想賴就賴不掉了。」

考拉臉紅。

銘心刻骨苦笑道：「看完熱鬧就好了，妳能不能別老逗她？」

不逗就不逗，靠！當自己閒得很呢！她還得去同盟的另外幾家拉贊助。雲千千翻了一個白眼，告別銘心刻骨，跑向下面幾家。

龍騰那裡是最痛快的。這傲氣凌人的男人根本不用使手段，只要把材料丟出去，告訴他同盟每家都會準備一份，用來抵禦魔族就行了。

最受不了被人說自己怕事的龍騰根本不怕魔族會帶來的麻煩，甚至可以說他就喜歡這種能炫耀自己的麻煩。反正不過是公會嘛，真玩散了再建一個就是，有錢還怕組不起隊伍？

再退一步說，銘心刻骨都簽約了，龍騰還能不簽？人爭一口氣，同是財力豐富，同是城主官印購得者，人家都跑前面去了，他要是不跟上，豈不就輸了一個頭……

而對比龍騰九霄的爽快合作，最痛苦的莫過於一葉知秋。

創世紀運行以來，欠債最多最長時間的會長就是他了。他痛苦啊，他憔悴啊，他無奈鬱悶恨。

「妳是說……」一葉知秋捧著雲千千遞給他看的兩份簽約書及一張材料清單，臉色蒼白，一副搖搖欲墜、隨時都會倒到地上去的樣子，強嚥了下口水後，道：「這個玩意……我們每家都必須準備？」

溝通不良？自己講得應該很清楚了吧。雲千千疑惑的看了眼一葉知秋，耐心再解釋了一遍：「沒錯。事情是這樣的……」

「別說了。」一葉知秋揮手制止雲千千，「事情是怎樣我不想知道，我只想知道妳知不知道我還欠了妳多少錢？」

「咦，你終於打算還了？」

「……」他的意思不是這個……

081 魔族入侵

在一葉知秋惆悵時，一個不知道算好算壞的消息傳來。

系統廣播稱：魔界魔族正式發兵入侵大陸，大軍預計六小時內到達第一個大陸港口。各駐地城市被占領後，將提高稅收三百，物價漲十倍，並會在各處隨機出現主動進攻型魔怪。斬殺領地小頭目則可奪回地盤，但所有基礎設施破壞減半，而且下次如果被再度占領的話，將會出現更厲害的頭目。

戰爭勝利條件：斬殺路西法……

說這消息好，是因為它來得太是時候，正好把咄咄逼人的雲千千的注意力轉移，於千鈞一髮之際險險保下了一葉知秋的錢包，阻止了其很可能再度被迫簽下一張借據的命運。

但說它不好，則是因為消息的內容本身。

本來魔族入侵只是一個猜測，雖然有識之士都知道這件事情基本上就是既定事實了，但知道和真正發生是兩碼事。

親耳聽到魔族果然入侵的消息時，玩家們震撼，同時還有種「啊，終於來了」之類的塵埃落定的輕鬆感，起碼不用再操心去思索消息的真實性和嚴重程度了。現在局勢已成，只要想著怎麼抗敵就好……

「現在分派任務。所有公會成員緊急集合，非精英會員不強求，但精英會員必須全部到駐地去。財務馬上去各地掃貨，補充藥品、食物儲備；偵察營派出些人手去海邊各港口查看，一旦發現魔族登陸地點立刻頻道報告。堂主按以前組合分成四組，分別把守四個駐地。我們還要順便保護主城……」一葉知秋氣急敗壞的召開會議，焦躁得像頭被關在籠子裡的獅子。

當初打駐地的時候因為想著遲早要攻主城，所以特意拿下了主城周邊的區域。現在倒好，主城沒拿下，魔族先來了，搞得他比預計還要頭大……駐地分布分散不說，還多了主城這麼大一個目標。雖然後者不是他的駐地，但如果真被魔族拿下的話，那幾塊分散在主城周圍的駐地也絕對沒什麼好下場……

馬的，到底為什麼魔族入侵這樣的大劇情會出現得那麼早？

想到這裡，一葉知秋忍不住恨恨瞪了旁邊的罪魁禍首一眼。

雲千千接收到該視線，無奈的攤手說道：「不要這樣子，我只是來做客順便旁聽的，再說我們還是聯盟，你應該友好一點。」

「友好個屁！」一葉知秋有點壓抑不住憤怒。

在座的無常抬手推了推眼鏡，無視自己會長不友好的態度，淡淡的截下想張口的雲千千的話頭：「話說回來，蜜桃會長畢竟也算外人吧，在別人家的公會會議上堂而皇之出現是不是不大好？而且魔族入侵，

你們水果樂園估計會成為第一個靶子，難道妳就不用回去準備？」

「文有小草，武有九哥，我怕個什麼！」雲千千笑。

這種勝券在握的樣子看了更讓人覺得不爽。因為有點內部消息的人都知道，蜜桃多多最擅長的就是拿別人的資源發家。比如說她發展公會的資金，是從玩家和NPC那打劫敲詐來的；比如說水果樂園的頭號智囊，是從皇朝撿回來的；再比如說水果樂園的頭號打手，是從無常那裡拐過來的……

所以無常更是格外不爽，冷哼道：「就算這樣，也要小心陰溝裡翻船，尤其魔族可不是小陰溝，人家是德雷克海峽。」

「多謝關心。」

兩人一來一往。

落盡繁華會議中還沒分配完任務，系統廣播再響：「XX海村有魔族肆虐，請各路英雄前去支援……」

「臥槽！」一葉知秋拍桌紅眼：「不是說有六小時才登陸？」

XX海村正是他最新發展的小駐地，雖然不是什麼很重要的位置，但好歹也是花了精力去治理的，怎麼說打的都是落盡繁華的旗號，這廣播等於是直接打一葉知秋的臉。

雲千千翻了一個白眼，道：「你可以派偵察營，魔族就不能派個先頭部隊？人家說的是『大軍』預計六小時內到達第一個港口，沒說先頭營也要六小時……跟系統認真的話你就輸了。」

「有沒有堂口已經到期了，現在馬上去迎敵！」一葉知秋頭大的抽取一個堂口出去先應付著。

被分到任務的堂主也不耽擱，拿了命令就走，剩下的人繼續開會。

一葉知秋轉頭看著雲千千，一臉為難道：「那個……」

「我明白。」雲千千嘆口氣，拉通訊器開始呼叫同夥：「小心心啊，來落盡繁華開會……什麼？陪考拉逛街？我走了都快一小時了，你連一個女人都哄不好，丟不丟人啊你……好吧，那你們一起來，不過家眷等一下不可以發言。」

她掛了再撥：「龍哥，來落盡繁華開會……咦，不是不給你面子，關鍵是我剛好也在落盡繁華，所以就順手在他這裡把會開了……沒有沒有，您那裡的五星多功能會議廳下次再去體驗吧。小葉子他窮，沒有交通費，你就當體諒這個貧困山區的失錢兒童……」

她再撥通訊器：「小草，來落盡繁華開會……」

幾通呼叫後，結盟幾家公會的所有高階管理層都被通知到。

一葉知秋對身後人道：「趁這時間，去把大陸地圖取一份來，要最大最詳細的那種，另外取點飲料水果……」

「我要八五年的葡萄酒。」

「……」一葉知秋對身後人繼續道：「給她一瓶葡萄汁就好。」

雲千千鄙視送中指，再道：「對了，要不要叫默默尋也派個人來？做個會議記錄，順便擬發一篇召集小公會和散人玩家共同抗敵的通知。」

一葉知秋沉吟一會，道：「嗯，這主意不錯，多點人手力量總是好事。」

雲千千舉通訊器笑道：「那麼我的葡萄酒……」

「沒有。」

「……」靠！

十分鐘後，另外幾個結盟公會的老大和默默尋來了。半小時後，彼岸毒草也來了；除了他自己以外，身後還帶了兩個 NPC，都是熟人，偽神使者與天空之城神族小王子。

雲千千驚訝道：「兩位怎麼有空來串門子？」

「不是串門子。」彼岸毒草從桌上拿瓶飲料喝了口才解釋：「他們是代表神族來和妳談事情的。」

「呃……聖器遺失的事情絕對與我無關。」雲千千立即反射性的撇清自己。

偽神使者與小王子對視一眼，後者苦笑道：「城主，請別再說這些了。我們並不是來叫妳賠償聖器的。」

「你叫我賠我也賠不起啊。」這個問題必須先講清楚，免得人家惱羞成怒，非要自己簽下債權書。「那東西擺在桌上，本來就沒人看管，也沒結界。我哪裡知道會是聖器這麼威風的傳說級物品？頂多以為就是一個小裝飾……我想自己身為神界千年才有一次的客人，就算不能享受國賓待遇，起碼也是貴客等級。貴客帶個紀念品回去應該沒什麼問題吧，哪曉得一腳踩中巨大狗屎……」

「這個問題以後再說。」神族小王子斷然拒絕聽她繼續鬼扯，直接切入主題：「現在的關鍵問題是魔族。神主派使者來和我們接觸，讓我們協助妳共同抵禦魔族……」

「咦咦，真的？」雲千千眼睛一亮。

「嗯。」神族小王子點頭，「因為聖器掉在魔島的關係，神族本來是把任務交給妳去完成，可惜妳這裡看起來似乎不大順利……規則是神界不能在魔界剛剛連通大陸時就出現阻撓，但是規則又規定了神族必須去聖器遺失的地方尋找……所以神主左右思考了一會，決定派我們這些住在天空之城的遺民代表神族。

這樣既不違反神界不得擅入大陸的規定，又合乎了神族必須尋找聖器的條件……」

雲千千豎起手掌一伸，阻止他繼續講下去：「等等等……你的意思是說，你們天空之城那群神族就算是代表全體神界神族進大陸的人馬了？」

她想暈。

這樣也算？

簡直是賴皮啊！

雖然都是神族，但這個神族和那個神族是兩回事。

彼岸毒草嘆口氣道：「剛才第一個廣播播出的時候他們就找來了，我也問了一下，神界似乎真的不打算親自插手……妳的計畫泡湯了。」

什麼計畫泡湯？

當然是挑撥神界出面抵抗魔界，然後蜜桃多多率領全大陸玩家在後面一起撿便宜的計畫。

最讓人絕望的還不僅如此，神族小王子繼續道：「而且神主還託人帶下來一句話，他給妳的尋找聖器時間是有限制的，不多不少一個月，從廣播響起時開始計算，以此作為神族……也就是我們援助妳的代價。」

「……那我如果說不需要你們援助了呢？」

「那也是一個月。」神族小王子非常堅定的回答。

被突然變狡猾的神主小陰一把，雲千千表示壓力很大。

眾公會會長一起開會研討對抗魔族的任務分配，雲千千則帶小王子單獨到一邊去了解天空神族能提供

的助力問題。因為人家神主說了，天空神族只會直接聽從天空城主調遣。

誰知這一了解後，雲千千更受打擊。

神主下令，天空神族隨便雲千千用，死光了也沒關係，但是有幾點限制。一是不允許天空神族離開天空之城周邊範圍，最多給雲千千兩個神族隨從貼身保護，隨從可以四處活動。二是不允許天空神族攻擊任何魔族以外的目標。

這兩條很是缺德。換句話說，如果魔族出現在天空之城以外的任何一個地方，那神族就毫無用武之地。也就是神族不能參與任何進攻魔族的行動，他們只是單純負責防禦且僅防禦天空之城安全。

還好由於雲千千打劫獸窟的關係，水果樂園駐地，尤其是天空之城已經被內定為魔族的首要攻打目標。如果沒有意外的話，路西法第一站應該就是帶兵來這裡報仇……

雲千千心情憂鬱的帶兩個神族提前退場，把人送回天空之城，順便挑選隨從。反正會議和工作安排的事情有彼岸毒草看著，應該不會出現什麼問題。

總結了一下，現在她已經確定的仇人是魔族，這是毫無疑問的。路西法被傷害到自尊了，絕對不會這麼輕易放過蜜桃多多；而未確定的仇人候選是神族，這個有點轉機。如果一個月內自己找到聖器當然就沒事，不僅沒事還有獎勵拿；但如果一個月內不能把聖器拿回去的話，不僅天空神族立刻退出援助，搞不好神主也會立即發布通緝令，罪名是偷盜神界國寶……

聖器究竟被丟到哪裡去了呢？

外面打仗打得戰火紛飛時，雲千千蒙著面，帶著兩個神族隨從在某主城幹道打劫消遣，順便思考問題。

她還沒思考出什麼來，打劫對象出現，新十二公會聯盟盟主做駐地任務，親自率隊押送NPC軍隊糧草路過。

一招手，雲千千帶著隨從跳出現身，攔路大喝：「此路是我開！」

盟主：「……」

眾玩家：「……」

雲千千：「不給點掌聲？」

盟主眼神古怪的看著雲千千許久，皮笑肉不笑道：「這位朋友膽子不小，三個人就敢出來打劫？」

「一般一般，主要是混口飯吃。最近這日子混得太無聊了，實在沒事情做啊。」雲千千很惆悵的嘆口氣，手中金環大刀抬起一指：「麻煩一下，把糧草留下，人可以走了。」大戰當前，能節約盡量節約。神族投靠幫忙是好事，但伙食卻成了大問題。這群 NPC 不能吃玩家食物，雲千千也只好打軍隊糧草的主意。

盟主怔了怔，顯然沒想到眼前這三人居然真敢打劫他們這一整隊人。嗤笑一聲，盟主自信滿滿，很風騷的作不世高手狀：「若是我不答應呢？」

「天雷地網！」

一片雷劈下，身後兩個神族得到信號同時閃出，一片聖光球像機關槍似的掃射出來，三兩下清場收拾乾淨。

「你……為什麼要逼我……」雲千千遠目，冷眼掃過地上屍體，也作高手狀……拳頭大才是硬道理，想充世外高人也得看自己等級夠不夠。

三個人？自己就姑且不說了，這兩個神族隨從可不是普通高手能比得上的。70 級，壓倒性實力毫無懸念。

糧草收拾好，雲千千傳消息給彼岸毒草：「小草草，我又買到一批糧草，快點派人來運。」

「買？」彼岸毒草在另一端冷笑道：「我已經接到第七封投訴信了。」

「嘿嘿，領會精神就好。」雲千千笑道：「我說是買，你就也當我是買的。反正打劫的時候我都記得蒙面，沒人有證據說我什麼。」

「問題是妳得知道自己的技能有多特別，起碼目前為止，在創世紀中會使天雷地網的電系法師，我就只知道妳一個。」

「世界是很大的，我們不能坐井觀天。你不知道，不代表就不存在。」雲千千苦口婆心道。

「這話妳跟那些押送糧草被殺的公會說去。」

「那多不好，你才是水果樂園的官方發言人。」

「哼。」彼岸毒草氣歸氣，還是轉頭迅速吩咐了一隊人下來運糧草，順便趁雲千千剛幹完一票的休息時間商量事情：「已經三天了，魔族一直沒到天空之城來，反倒是陸地上陸續有城池被攻陷，妳對這現象有什麼看法？」

「死道友不死貧道，這是好事啊。」雲千千鼓掌叫好。

「呸！」彼岸毒草表示鄙視：「難道妳就沒聽說過脣亡齒寒？再說妳始終是路西法的頭號仇人，這樣的反常不是好事，我反而認為他應該是有更大的計畫在醞釀中。」

「脣亡齒寒是沒錯，但是活動更重要的主題是淘汰，是弱肉強食。實力不足的公會被吞食，然後更強大的公會瓜分利益再愈加壯大……魔族就算真的掃遍全大陸，也不可能真的把所有玩家都殺光，更不可能把公會搗毀得一個不留。就算玩家滅不了他，也會出來新劇情，比如神界插手什麼的來滅了他。不然如果

真有魔族占領全大陸、奴役玩家的情況的話，創世紀直接就可以倒閉了，還用我們操心？」

雲千千笑道：「所以我們要做的只是比其他公會更強就好，不是真的要去驅逐異族、還我河山什麼。你別忘了，這只是遊戲。」

彼岸毒草嘆氣道：「玩遊戲玩到妳這麼理智的話也就沒樂趣了，還是熱血些好。」

「至於路西法為什麼不進攻天空之城……」雲千千想了想，分析道：「我覺得應該是出於大局考慮。就算有飛行軍隊，天空之城對魔族來說始終也是最難攻克的一座城池。在沒有打下一片地盤作為基礎之前，如果直接進攻最強地盤，很可能會造成魔族損耗過大；而且除了象徵意義外，拿下天空之城對進攻大陸並沒有任何幫助。別忘了，我們的駐地可以算是獨立主城。」

換句話說，只要能牽制住魔族的前期發展，讓他沒有餘力的話，天空之城暫時就不會有危險。

082 大義疏財

魔族入侵已經過了一個禮拜，各公會和遊戲玩家們的收穫損失先不計算，在這局勢中大發了一筆戰爭財的組織首推創世時報和天機堂。

前者隨時報導最新戰況，玩家們為了了解資訊，很捧場的即時訂閱，讓默默尋狠賺了一筆。宣傳和銷量都不用擔心，她只要派出足夠多的戰地記者，不管寫的是哪一片地區的新聞都絕對有人看。

後者受歡迎的理由當然更不用說，大戰局靠創世時報，具體情報自然是問天機堂。關於魔族的弱點、下一步進攻計畫、目前遊戲中有哪些高手的技能適合對抗魔族等資訊，這些都屬於天機堂的販賣範圍。絡繹不絕的大客戶頻繁往返於天空之城上的圖書館中，混沌胖子數錢數到手軟，天天笑得見牙不見眼，一度在玩家中擁有百曉生這個代表消息靈通的尊號……

當然，更多人則是把他稱為狗仔之王。

先是創世時報前主編，掌領八卦娛樂潮流；後是情報堂掌門人，手操各家內褲顏……咳，各家高手精英資訊，這樣的人不是狗仔，還有誰是？

除了魔族動向外，玩家們最近還格外關注另外一個訊息，那就是水果樂園得到的大批魔族魔獸蛋到底打算怎麼辦？

說是公會內部消化了？好像沒看過哪個水果族身邊帶著魔獸寵物。

說是打算拍賣？也沒聽說有拍賣會的消息……

在創世時報客戶部和天機堂接待處都收到無數條委婉隱晦的詢問之後，混沌粉絲湯和默默尋都有些坐不住了，把視線投注到雲千千身上，期望能從對方行動中看出其下一步的想法。

可惜到目前為止，除了不斷的打劫，他們實在看不出蜜桃多多腦子裡到底想幹什麼，畢竟對方那思考方式是有點神鬼莫測……

「雷霆萬鈞！」

神鬼莫測的雲千千一拳砸進眾魔群，掃滅半血小頭目，同時轟開附近僵局。她一般不參與集體活動，其他人也不管她，但是這樣特權的後果就是一旦有哪裡出現險情時，出於道義考慮，她總是得去救個場。畢竟怎麼說她是聯盟中頭號公會的會長，要是這點忙都不幫的話實在是太說不過去了。

衝出蜂擁而來、企圖再行包圍的魔族群，雲千千操起通訊器吼道：「報位置！」

一葉知秋回吼：「城西破敗神殿裡！妳再不來我們就擋不住了！」

「臥槽！都說了叫你別亂跑，要是現在還在原位置的話，你早就已經被撈出來坐在酒樓裡喝酒吃肉。」

「妳錯了，如果我現在還在原位置的話，現在已經在虛無之地陪其他陣亡玩家玩紙牌……」

魔族入侵帶來的另一個影響就是，現在玩家死後不會直接飛回復活點復活，而是被送進一個叫虛無之地的空間倒數一小時。這樣的安排主要是為了削減玩家可以無限復活的優勢。比如說在某城池或駐地進行魔族VS玩家拉鋸戰時，魔族是死一個少一個了；可玩家只要狠得下心，或者說有有錢人狠得下心買命，讓所有人進行自殺式攻擊，那麼毫無疑問，魔族是絕無反擊之力。

國內其他優勢先不說，首先人口是絕對多的，遊戲中自然也是如此。就算只有一億人在遊戲，一億就是一萬個一萬，魔族就算有百萬大軍，一百個玩家壓死一個魔族也絕對有得剩。

於是死亡緩衝復活政策臨時出現，僅在魔族侵略期間使用。這段時間裡只要玩家死亡，不管是天災人禍，也無論凶手是魔族、小怪還是玩家本身，一律流放進無光、無人、無風景的新開場景虛無之地，蹲苦牢等待一小時復活。

玩家們無聊之餘，也很能自娛自樂。現在新流行起了每個人身上都帶一個手電筒和紙牌、麻將等娛樂工具，死了正好找人一起玩，算是一種新興起的外交方式。

通常每個玩家死亡一次後，好友名單上都能新增至少一個新朋友……

城西破敗神殿周圍沒有魔族，雲千千衝進去時，一葉知秋正在和三個手下打麻將。

忍不住嘴角抽搐一下，雲千千鬱悶道：「看來你過得還不錯？」

「等等，這把我快胡了！」一葉知秋正在興頭上，抬了下頭又立即低回去。

其他三人趁機推牌耍賴、作熱情焦急狀：「蜜桃會長總算來了，快快快，我們突圍出去吧！」

「突圍個屁！小頭目已經死了，城池解放，傳送石禁止使用的結界自動破除，你們自己傳送走就是。」雲千千嘆了聲，左右張望下，問道：「咦，其他人呢？最開始你不是說有一個堂在？」

「其他那些人在逃跑途中被送去虛無之地打麻將了。」一葉之秋嘆氣，眼看大好牌局被一把推亂，心痛得不行。「馬的，早知道今天手氣那麼好的話，老子剛才就應該跟著死一把算了！」

「現在也來得及，城裡還有些殘留魔族部隊，要再半小時才會撤走。」雲千千好心提醒：「你可以立即單槍匹馬衝出去，正好上演一幕孤膽英雄……」

「呃……我只是說說罷了。」一葉知秋尷尬道。

「知道你沒種，所以我也只是說說罷了。」雲千千再嘆。

「……」

五人一起傳送回天空之城。與一葉知秋的窘迫相反，聯盟中另外三家都順利完成任務，成功解放被占領的城池。

彼岸毒草交報告的同時，順口問了一葉知秋幾句，後者羞愧不能言。

雲千千頭也不抬的看報告，順口幫忙答了：「我覺得落盡繁華的力量可能不大夠，不適合再執行單獨任務。」

一葉知秋無語。

水果樂園是目前創世紀中當之無愧的第一強會，成員精英強悍，駐地資源富足穩定，隨便拉出哪個公會都難與其比肩，實力自然是不必說。

龍騰和銘心刻骨手下的隊伍雖然沒有水果樂園的三百隱藏種族那樣的實力，但是人家有錢，有錢就代表著最好、最齊全的配備。一人一套藍武發下去，對上魔族就算不能穩勝，鬥個平分秋色也是不難。

而落盡繁華就尷尬多了。說起實力的話，在一般玩家中他們還算不錯，但比起等級普遍高出玩家一截的魔族，那就不夠看了。再加上一葉知秋長年揹負雲千千的巨額債務緣故，公會發展比其他人更是顯得艱難。要裝備，裝備不齊；要藥品，藥品不夠；連人數優勢都占不上……

默默尋發的招兵通告確實是出了，但來投靠聯盟的人都更願意加入另外三家。俗話說，背靠大樹好乘涼，至於落盡繁華，只能帶著自己的原部人馬拚殺。

要不是落盡繁華畢竟是老牌公會，成員凝聚力還算不錯的話，這連番打擊之後，就地解散也不是什麼稀奇的事情了。

雲千千瞥了眼尷尬的一葉知秋，想了想嘆口氣，甩出一疊紙過去。

一葉知秋愣了愣接住，拿起一看，頓時臉色大變：「這是……」

「借據。」雲千千想了想補充：「你的。」

彼岸毒草一聽也驚訝，雖說落盡繁華最近的實力確實大損，但自己會長也不是趕盡殺絕的那種人，怎麼這時候扔出借據，難道是真想把落盡繁華壓垮？

一葉知秋臉色忽青忽白，咬牙道：「我會還的，能不能多給我一些時間？」

「不用了。」雲千千再翻一翻報告，繼續一目十行，頭也不抬，不去看一葉知秋瞬間煞白的臉色，輕飄飄接著道：「直接燒了吧，反正看你這樣子也是還不起的。」她一臉鄙視。

「啥？」

一葉知秋和彼岸毒草傻眼，異口同聲。

「不想燒？那就裝瓶子裡丟進大海漂流吧，搞不好以後能被一個美女打撈到，拿借據來找你要債，正好你可以錢債肉償以身相抵……」

「不是。」一葉知秋打斷雲千千的胡說八道，激動得話也說不清楚了：「妳怎麼會突然把借據還我？我的意思是，這錢也挺多的……也不是，能不用還當然最好，但是這樣妳不是虧……咗，不是虧，妳絕對沒虧！」

雲千千憐憫的看一葉知秋：「別激動，慢慢說，我是不會把借據搶回去的。」

一葉知秋聽見「搶」字分外緊張，很有衝動當場拿出打火機把這把借據燒了。但是他想了想這樣太沒風度，於是還是強忍了下來。

這筆負債可說是一葉知秋心頭上一直以來的一根尖刺。當初為了發展，再加上後來的陰差陽錯，他從向雲千千簽下一疊借據開始，落盡繁華就開始舉步維艱，時刻提防著債主會不會上門把公會搬空。

擺招募臺壯大公會不敢，因為沒錢；缺藥需要補充也只能自己煉，因為沒錢；活動裡不敢出風頭，也因為沒錢……公會裡稍微有人裝備配得好一點，一葉知秋就會膽顫心驚，生怕某顆水果突然跳出來，揪著那個人跟自己喊有錢不還什麼的，更別說其他的什麼公會福利。

這麼冷不防的突然撥開雲霧見青天，一葉知秋感覺甚至就連呼吸都比以往順暢，但同時也表示壓力很大，生怕這人是不是想到了其他的什麼損招……

雲千千眼看這好人也是不能亂做的，自己這一下不僅沒讓人放開心懷，反而還有愈加緊張的趨勢，大嘆一聲，只好耐心的放下報告解釋：「你以前跟我買高手，買情報，我收你錢，這沒錯吧？」

「……沒錯。」雖然價格高了點。

「買賣自由，我定的價你可以接受，可以不接受，我沒逼著你一定要買，沒錯吧？」

「呃……」這麼說也是。

「當然，我承認確實是有訛詐你的意思……」

一葉知秋大怒，但還沒來得及說話，雲千千已經繼續接了下去。

「……但你說說，我為什麼就不能訛詐你了？你和我什麼關係，值得我那麼貼人貼力貼情報的？還是那句話，買賣自由，我願意訛，你也願意被訛。在你看來，當時被我訛詐，換來最新情報是最划算的。」

於是一葉知秋臉色一變、再變、又變……垂下眼皮去又不說話了。

雲千千再瞥他一眼，繼續道：「雖然你欠我錢，但我什麼時候拿著借據上門逼你非還不可了？說白了，這只不過是一個牽制而已。你從我這裡買情報，只想著我趁機敲了一大筆，卻從來沒想到我的情報能替你帶來巨大的幫助對不對？我賣你也是賣，賣別人也是賣，你真以為你家的借據比別人家的現金還要吃香？」

「……」

「再說到我手裡的借據壓制了你公會發展的事情。這個我也承認，但是前提你得記住一點，這借據是你自願簽的……而且說實話，如果當時我不壓制你，難道你就不會壓制我？」

「……」他絕對會。

「不管哪裡的競爭都不會是和平的。一個人出頭了，必然會有另外一個人淪為陪襯，哪怕口號喊得再漂亮也一樣……落盡繁華和皇朝本來就屬於半盟友、半對手的關係，當時我不踩人踩得地位超然的話，現在早就被你們用權勢強拉攏過去當打手了吧？再說到後來建立水果樂園，如果沒有先壓制住你們，你們難

道不會發動輿論，把我塑造成反面典型再聯合打壓？」

一葉知秋的臉紅成猴子屁股，一聲不吭。

當然，這些假設情況都是正常人會做出的反應，說不上誰是壞人，誰又是好人，只是各自的立場不同而已。想囂張就得先有囂張的本錢，現實就是壓與被壓的關係。想要不被壓，就去壓別人吧。

雲千千彈個響指，總結：「現在我已經沒必要繼續壓著你了。看你那樣子也還不出錢，乾脆把借據還你，免得你在這次魔族活動裡直接炮灰……當然，如果你很有誠意堅持要還的話，那把借據給我，反正錢再多我也不嫌多……」

一葉知秋迅速秒刷出打火機，「啪噠」一聲打亮，把借據燒成灰灰，正色道：「多謝蜜桃會長，希望以後我們能繼續建立和平友好的盟友關係。」

「……」雲千千嘴角抽了抽，皮笑肉不笑道：「嗯，好……」馬的，果然還是有點小心疼耶，早知道不耍帥了。

一葉知秋垂頭喪氣的進去，神清氣爽的出來。外面等著的三個落盡繁華成員看了以後大呼不解：「會長，你在裡面撿到錢了？」

「撿到了。」一葉知秋舒爽的長嘆一聲：「好大一筆啊……」

「咦，真的？」他們只是隨便說說啊。

「嘿嘿。」一葉知秋向身後關著的房門看去一眼，再回過頭來，笑得意味深長。「別問了，反正是好事……這死水果，果然不是簡單的女孩。」

以前叫人家死水果、爛水果，一葉知秋的表情是咬牙切齒。可今天這麼一開口，卻隱隱有點親暱的口吻，類似小情人打情罵俏。

三個落盡繁華成員看得心驚膽顫，越發想知道剛才裡面到底是出了什麼事情。

九夜的牆角……可不好挖啊。

一葉知秋帶人離開，辦公室裡彼岸毒草對雲千千的印象大為改觀，難得佩服的慎重點頭：「不錯。」這樣子的會長才總算是有點做大事的風範了。

「借據罷了，要多少有多少，只要他還想買情報，我就能接著賺。」

雲千千切了聲，一甩頭，瀟灑道：「再說那都是小錢，不讓小葉子繼續發展的話，這麼衝動消費的冤大頭就要少一個了。」這就是金雞下蛋理論。既然拿不到蛋，雞就要先保住，免得以後沒荷包蛋吃。

於是剛剛微笑起來的彼岸毒草頓時又把臉重新板起，不想搭理她了。

他實在是越來越弄不清楚了，這女孩究竟算好人還是壞人？

也許人性本來就是從沒有清楚界定的，佛語說一念成佛、一念成魔，沒人一輩子不發一次善心，也沒人一輩子一件壞事都不做。不管怎麼樣，只要能有底線就是好事。

落盡繁華全會上下很快知道了雲千千揮手銷借據的壯舉。

這筆外債不僅一直壓在一葉知秋的心上，更是一直壓在了落盡繁華眾人的心上。只要還揹著債款，大夥在外面的腰板總是挺不太直，甚至有人動心試圖尋找傳說中的丐幫，他們認為自己絕對有足夠資格加入。

後來根據專業人士的考證，此幫派屬於東方武俠的系統，應該不會出現在西方玄幻背景中後，這股熱潮才慢慢的消退了下去。

不過饒是如此，也足以說明落盡繁華的財務狀況曾經一度艱難到什麼狀況了。

於是放下一塊心中大石之後，一葉知秋自然要把這樣的消息趕快分享給其他人知道。對於落盡繁華來說，這個消息帶給他們的希望可是太巨大了，比無傷亡全殲魔族一支軍隊還要讓人振奮。

落盡繁華的人都知道，無常自然就知道。無常知道了，九夜當然也知道了。

和彼岸毒草最初的反應一樣，聽到該消息的九夜對雲千千的認知有了改觀，毫無疑義的將對方劃入了重義輕財的英雄豪傑之流。哪怕以往雲千千敲詐別人的事情再多，也比不上這一手筆在九夜心中來得震撼。

無常倒是很想幫自己小弟詳細分析一番蜜桃陰險論，可惜左思右想，對方這次的行為實在是無懈可擊，於是只好放棄，默然冷眼之。而他這態度看在九夜眼中，又成了自己大哥也默認蜜桃多多是好人的又一論證。

再於是，九夜決定表揚雲千千這次的行為，開始滿地圖主動殺敵。

再再於是，某一天燃燒尾狐終於哭喪著臉來找雲千千了，一把鼻涕一把眼淚的抱著她的胳膊就不放手，哭道：「大姐啊，求求妳行行好，讓九哥放過我吧！」

「怎麼了？」雲千千莫名其妙。隨著魔族侵略進程的推進，最近她打劫糧草的行動越來越艱難，正是忙得焦頭爛額的時候，自然沒空關心自己的掛名老公做了什麼事情。

「他說他要幫妳弄件稱手的兵器……」

「嗯嗯。」雲千千點頭表示自己有在聽。

「然後就到處去找BOSS刷……」

「嗯嗯。」不錯啊，他總算有點老公自覺了，知道替老婆謀福利。「那麼說，他叫你幫忙算BOSS位置了？」

「如果只有這樣的話就好了。」燃燒尾狐欲哭無淚：「妳又不是不知道妳男朋友那方向感……他不僅要我幫忙算BOSS位置，還要我帶他到BOSS身邊去。九哥的防禦是很威風沒錯，但是我進一次死一次，每次都要賠上四、五個草人才能帶他衝進敵陣……」

他的錢啊！雖說擺攤算命的從來不會缺錢，張張嘴皮子就有進帳，但是那也不是好賺到從天上就能白掉下來的地步啊！尤其是碰上好說話的客人還好，萬一碰上難纏囉嗦的客人，推三阻四不肯付帳就算了，算出他們不滿意的結果，有時候還能喚來人砸自己攤子。

比如說自己上次幫人算老婆座標，一算算到其人在某約會勝地駐留三小時，當時那綠帽老公就氣得把自己攤子砸了，外帶邀朋喝友追殺自己一星期。要不是後來喊來蜜桃多多把人滅了鎮住場面，搞不好自己已經回新手村喝茶……

燃燒尾狐惆悵憂鬱恨。魔族侵略期間的替身草人多值錢啊，有時候還有價無市……自己最近都把算命報酬改成用草人來抵了，就是為了應付消耗。要是再這麼下去的話，他花的錢錢都可以直接替九夜去拍賣拍得一把神兵。

雲千千心有戚戚安慰道：「那是挺可憐的。」

但是可憐歸可憐，九夜現在搜羅BOSS殺可是為了她，自己這時候出面叫停是不是有點掃興和不識好歹？雲千千猶豫了下，看燃燒尾狐一扯嗓門又想乾嚎了，連忙認輸：「行行行，我馬上替你把人支走，不

讓他繼續刷 BOSS 了。」

支走?怎麼支?

直接叫人罷手是不行的,只好用另外一件事分散九夜的注意力。

正好雲千千手頭上還真有一件麻煩事,那就是從獸窟搜來的寵物蛋。當初曾經說過,玩家的鑒定術在寵物蛋上無法使用。從獸窟抱出來的幼獸也是,除了外型能分出是犬科、貓科以外,連人家是法系還是物系的都不知道。就算故意伸手指逗弄,所有小獸上來都是兩招,要嘛咬、要嘛抓。

想直接出招逼獸還擊就更不行了,萬一不小心砍死怎麼辦?

這也正是魔族寵物蛋到現在都沒有分配下去也無法拍賣的緣故。連寵物的屬性和技能都不知道,怎麼分配?怎麼定價?

雲千千在天空之城最豪華的酒樓約見九夜,費用由感動感激的燃燒尾狐全包。

「九哥,寵物的事情不能再拖了,最近這段時間,胖子發了至少二十條通訊給我,都是問我到底打不打算開拍賣會。」雲千千殷勤的幫九夜斟酒,狗腿道:「你也知道,那批蛋和幼獸都不知道屬性,只有拜託天空魔族來鑒定。可是人家也有條件,說是要我們送封信去路哥那裡才肯幫忙。我們公會要嘛實力不夠,要嘛實力夠又不好出面,你看是不是……」

九夜淡定的舉杯喝盡,斜了一眼雲千千,道:「實力夠又不好出面的……是指妳自己?」

路西法恨蜜桃多多入骨的事情大家都知道。默默尋在大戰期間向系統申請了獨家採訪權,憑中立身分採訪過路西法一次。後者在訪談問答中表示自己將堅決抵制蜜桃多多,雖然大戰在即不能感情用事,但這並不妨礙他遙遙向蜜桃寄託一片赤誠仇恨的心情。

在採訪中，路西法還特意找來了被冤殺的地獄三頭犬之子，以及被搶走孩子的眾魔獸父母代表。眾獸透過魔族翻譯，對蜜桃多多表達了最深切的鄙視之情。持續增加的苦主不斷搶奪發言權，導致現場甚至一度出現失控，引發了不小的騷動。從訪談旁邊配上的照片中可以看出，眾魔族及魔獸的心情是十分之激動的，就連記者也對此表示驚訝，連忙呼叫魔族保全控制，才穩定住了採訪現場的秩序。

路西法魔王本人最後總結發言，對冒險者中竟然有如蜜桃多多之流的卑鄙小人表示失望，同時委婉表示自己其實很是嚮往大陸文化，但是從今以後將重新考慮對冒險者的評價……

雲千千尷尬訕訕道：「身為一個魔王，我本來一直以為路哥的度量應該挺大的。」

「他能保持理智，沒有第一時間衝上天空之城，無常就已經為此欣賞誇讚過他很多次了。」

「這傢伙，到底是哪邊的？」雲千千怒。

九夜看她一眼：「我們都是中立的。」

網警的職責就是保護虛擬世界的運作不受破壞。雖然站在玩家的角度來說，九夜等人會盡最大努力的幫忙對抗。但若是站在職業角度來說，他們都不會過多插手，免得秩序受到破壞。

優勝劣汰也是一種秩序，這是他不可以阻止的。正因為如此，九夜更多時候和雲千千一樣不去主動插手活動任務；只不過後者是偷懶，而前者則是為了防止活動出現變故。

要知道，九夜加蜜桃多多等於化不可能為可能……

於是雲千千又不說話了。

「只需要送信就可以了？」喝夠了酒，九夜終於起身，把話題直接扭轉回來。

「啊？哦，是的。」

「那好，我現在就去。」

從雲千千手裡接過天空魔族擬寫的信件，九夜剛準備閃人，想了想突然又停下，皺眉回頭問道：「妳對雷神之錘有沒有興趣？」

找武器嘛，在哪裡找不是找。

雲千千想起公開審判那天魔將捏在手裡的小錘子，眼睛頓時一亮，點頭如啄米：「當然有啊，太有了！」

九夜滿意的點頭：「好，那我就順便去看一眼。」

「九哥威武！」雲千千歡樂的揮手帕，恭送九夜大爺出門遠行。

等人走遠後，她手帕一丟，雙手合握，眼睛閃星星，一臉嚮往：「神器啊神器啊神器啊……」這老公她真沒選錯，太厲害了。

沒過多久，通訊器狂響，雲千千從陶醉中回神接起，燃燒尾狐的哭號聲瞬間飆出。

「大姐啊，妳想玩死我嗎？九哥拉著我，要我帶他去魔軍大本營啊嗷嗷！」

本來每次去找個小 BOSS 他都得死四、五次了，這次直接對上路西法……燃燒尾狐實在不覺得自己能全身而退。關於魔族的各種詛咒傳說在腦中走馬燈般徘徊，他甚至開始幻想自己不久後到底是會被燒成灰灰還是會被砍成末末……

雲千千也想起來了，九夜的路痴屬性是不會改變的，所以不管他是殺 BOSS 還是去送信，身邊一定要帶上一個嚮導。

而除了自己以外，還有哪個嚮導會比能卜能算的燃燒尾狐更實用呢？

「這個……」雲千千滿頭黑線，絞盡腦汁的想辦法安慰：「長痛不如短痛……」

「我就怕短痛之後還得繼續長痛。」燃燒尾狐哀傷莫名。

「……」這個可能性確實很大，如果沒找到雷神之錘的話。但雲千千可不會這麼說，她堅定鼓舞一個失落小青年消沉到谷底的信心：「沒事的，你就相信我吧。如果短痛完後，九哥打算帶你長痛的話，我就把你要來跟我一起打劫。」

「……」他覺得吧，被魔族殺了還比被玩家記恨來得痛快……

沉默三分鐘，燃燒尾狐默默切斷通訊。

雲千千莫名其妙的抓頭，她覺得自己的提議挺體貼的啊，怎麼燃燒尾狐沒回話？

哦，對了，肯定是太感動了，羞澀的。

點點頭，雲千千閃人。

寵物蛋問題有九夜帶燃燒尾狐去解決了，對抗魔族計畫有彼岸毒草攜聯盟制訂了，天空神族所需糧草暫時無憂，雲千千的注意力在一個禮拜後的此時重新集中於聖器的尋找上。

083 遭遇天堂

自己幹不來，最好的辦法就是找外援。

資源是幹嘛的？就是拿來運用的。

雲千千一揮手，把尋找聖器下落的事情委託了天機堂。怎麼說肥水也不能流了外人田，反正自己可以拿內部員工身分報銷費用。

而她自己則包袱款款，標記魔圖一甩，跑回神界準備度個小假，順便磨磨聖器的相關資料先……

神主憂鬱非常，從那個死皮賴臉的厚臉皮冒險者再度出現在神界後，自己的磨難就開始了。

他沒去找人家計較關於通道開口位置的事情，已經算是放了她一馬，可惜人家不知道感恩，不僅像沒這回事似的毫不愧疚，還天天糾纏自己，磨磨蹭蹭的非要問出關於丟失聖器的內部資料。

他在神宮大殿擺POSE的時候，她在。他在後殿用餐的時候，她在。就連他睡覺睡到半夜起來的時候，都經常會驚悚的發現自己床前站了一個飄忽如鬼影的人……神主現在唯一慶幸的是自己不用上廁所，不然他真是不知道該怎麼面對這殘酷的人生。

「老大，中午能不能吃烤全羊？」雲千千很悠閒的點菜，旁邊還有兩個俊美的天空神族打扇遞果汁，同時靠躺椅，打遮陽傘，占據書房外一個露天陽臺曬太陽……

當然，曬不曬得到不重要，關鍵要的是這氣氛。

神主閱覽公文，頭也不抬，嘴角微抽搐了一下，回道：「妳回大陸想吃什麼都吃得到。」神界沒多少葷食，就算有也是走精緻美觀的經典路線。

畢竟誰也無法忍受天使和神族這麼完美化身、典雅高貴的形象在人前抱隻蹄膀啃得滿嘴流油，就連魔族都不這麼幹的。

「……堂堂神界連烤全羊都吃不起。」雲千千鄙視。

「妳可以選擇憤而出走。」神主依然頭也不抬，很平靜的回道。類似對話在最近幾天已經有過幾十次，他早就從最初的糾結轉為現在的淡定，習慣的力量是可怕的。

「那我去哪裡吃飯？」

「……愛去哪就去哪。」

「主要是你這裡免費耶！」

「……」神主很難繼續保持溫和語氣，終於抬起頭來，向旁邊左右瞥去一眼，命令：「把大人請下去。」

雲千千被丟出書房。身邊帶著的兩個天空神族自從進入神界後就一直保持萎靡，不管見誰都低了一頭，根本別指望他們履行保衛職責，更別說阻止神衛把自己主人丟出去的行為。

雲千千摩拳擦掌的準備再敲門，被兩個天空神族及時拉住，帶到一邊苦口婆心勸道：「大人，請不要再去招惹神主了。」那可是他們一族中的終極BOSS，還是一個中年人，現在天天被一個小女孩調戲，叫大家情何以堪啊？

「我只是想吃肉……」雲千千很委屈。

天空神族甲鬱悶道：「您不是說來神界是為了問關於聖器的事情？那我們可以去別處打聽打聽。」

「其實問不問無所謂，你們老大真的嫌我煩的話，可以給我一個聖器的雷達定位系統什麼的，那樣多省力。」

天空神族欲言又止半天，漲得臉通紅才咬牙道：「這種東西不會有的……您還是想一個比較可靠的法子吧。」

雲千千認真想了想，說道：「那麼我們一起去綁架他老婆，威脅他親自出面去找聖器？」

小說裡不都這麼寫嗎？一般聖器、神器之類的東西跟其主人都有心靈感應，可以產生類似電磁波的不可思議共鳴現象，只要人、器靠近到一定範圍內，物體所在處即會產生諸如地震山搖、發光、發聲等各種異象。而人則會心有靈犀一點通，對該物體所在處產生某種被召喚的嚮往歸屬感，嚴重時頭暈耳鳴流鼻涕……

天空神族打斷雲千千的幻想，一臉想哭的勸說道：「神主沒老婆，請您再想別的法子吧。」

「這也不行，那也不行……」雲千千鄙視道：「你這人怎麼這麼挑剔？」

兩個天空神族一起淚流滿面。這實在不是他們挑剔，而是方法一聽就太玄幻。萬一偷雞不著蝕把米，反正她是冒險者可以無限復活，自己這邊小命卻只有一條……

大陸上對抗魔族侵略的戰爭正打得如火如荼，雲千千在沒收到九夜和混沌胖子的消息之前，暫時也不急著去操心勞力。神主不喜歡她，她自己照樣有得玩，又不真是個菜鳥，以前逛神、魔二界她可是逛爛了。

仙樂陣陣，花香芬芳。天使們個個臉上都常帶微笑，這是招牌特色，很少見人有苦瓜臉。大部分居民都是在不高的天空中飛翔穿梭，街道上反倒空曠得只剩雲千千和兩個狗腿子行走霸占。

今天沒人買便當，雲千千上街走到一家掛著仙饗堂招牌的高大建築前，難得和顏悅色的問身邊兩個NPC：「好久沒回神界了吧？」一直吃工作餐，想不想嚐這裡街上的特色菜？」

天空神族甲愕然問道：「大人出錢？」

「……如果你想結帳我也不阻止。」

天空神族乙更是見鬼般看著雲千千：「要不然……還是屬下去郊外打野味幫大人燒烤吧？」他怕這人到時候直接把他們押酒樓抵帳。

雲千千嘆氣，道：「我名聲有那麼差嗎……好吧好吧，你們別擔心，現在神界還沒正式開放，所以除了金幣外還有其他流通貨幣。我在神宮散步時正好撿到那麼一箱，反正拿回大陸去也用不了……」

「撿？」兩個 NPC 一起尖叫：「而且是一箱？」

「呃……或者叫拾？」

「……請問是怎麼拾到的？」他們怎麼沒注意到有這情節發生？

「那是一個陽光明媚的早上，我剛剛上線，正準備去書房找神主聊一下關於人生、理想和未來……好吧，這段跳過。接下來我走出客房以後，還沒來得及去隔壁找你們，就看見一個很漂亮的小姐路過，嘶溜——那妞真的很正點，那胸、那屁股、那……好吧，這段也跳過。靠，你們到底是不是男人？」

雲千千煩躁的抓抓頭，繼續說：「總之，那個小姐看起來有點鬼鬼祟祟的樣子，她避開守衛到了一間偏殿，偷偷打開了那裡的大門，進去不知道幹了什麼之後又走了。於是好奇之下，我也進去參觀了一圈，順手撿到了那箱錢錢……好了，不要這副表情嘛，我有記得好心幫她把門關起。」

「……」重點不是這個……

天空神族甲、乙一起扶額，很想哭的樣子：「大人，一般情況下發生這種事情，應該及時告知神主陛下才是。」

「咦，為什麼？」

「因為那個女人可能來路有問題。」

「喝——」雲千千倒吸一口涼氣，瞪大眼睛，一臉沉重嚴肅：「難道你的意思是她……」

「正是大人所猜的那樣。」兩個 NPC 見她似乎明白了，連忙點頭。

「她是神主的情婦？」雲千千一臉凝重的繼續把話講完。

天空神族甲、乙吐血，萬萬沒想到對方這麼嚴肅的表情居然想出的會是這麼一個答案。

「玩笑玩笑，呵呵，緩解一下緊張氣氛嘛。」

「……」兩個 NPC 頭一次有打女人的衝動。

如果要按雲千千自己的意思，她根本不想管這檔子閒事。一般越是有陰謀的任務，牽扯出的事情越多。

一個鬼祟進神宮偷竊的女人本來就夠麻煩了，更驚悚的是人家手裡還有鑰匙。

鑰匙從哪來？女人是什麼身分？她偷的是什麼？

雲千千不覺得光憑自己好運加吊兒郎當、毫不專業的追蹤就能跟隨人家一路而不被發現。唯一解釋，就是那天早上神宮侍衛都被事先有預謀的調走了。換成遊戲裡的說法，也就是這個任務劇情是特意安排給她的，所以才會沒有阻礙。

她只是來散心順便解決聖器問題的耶，根本沒打算半路再拐另外一個麻煩的任務扛在身上。大陸上的一堆爛攤子已經很夠她操心了好不好。

而且最重要的是……如果真要去神主那裡把這件事情曝光的話，自己白撿的一箱子貨幣會不會被沒收？

於是雲千千糾結痛苦憂鬱非常，艱難抉擇一番又抓掉一把頭髮後，才終於痛下決心的抬頭說道：「去跟神主報告也行，但能不能讓我先吃飽一頓？」能花多少花多少，先銷贓，再報告。反正花光了再回去，那神主大叔要真跟自己要帳的話，就咬死沒錢，既來之則安之。

兩個天空神族雖然立場堅定於神族，但無奈頭上的系統規則更大，身為人家的隨從，這種時候是不允許他們說不的。

他們跟著雲千千一起走進仙饗堂，只見裡面熱鬧非常，客人們邊吃飯邊交流，說說笑笑好不融洽。見有客人來，不一會就有一個天使服務生張開翅膀，一個漂亮的滑翔停在雲千千面前，笑容滿面的問道：「請問幾位，是自己坐還是找人？」

「我們自己坐，一個豪華包廂。」

「對不起，豪華包廂沒有了。」

「……」雲千千看了眼空蕩蕩的二樓，再看了眼依舊笑容滿面、十分鎮定的天使服務生，沒吭聲。

對方像是沒領會到她的無聲譴責般，殷勤做了個「請」的手勢說道：「如果三位不介意的話，可以和其他客人併個桌。」

「……」再掃了眼整個酒樓至少有三分之一沒坐客人的空桌，雲千千依舊沒說話。

天使服務生真誠道歉：「實在抱歉，我們酒樓客滿了，只能請您和其他客人併桌。」

「客滿？」雲千千佩服的看天使服務生：「這位小哥比我還能扯蛋。本蜜桃一般只是混淆是非，您更狠，直接無中生有。」

天使服務生笑而不語，難得的是被當面拆穿也依舊淡定鎮靜，專業資質好生了得。

倒是酒樓裡面有一桌位上站起一個單獨坐著的男人，主動開口，朝這邊道：「美眉，別難為他了，是我拜託這位天使小哥請妳過來坐坐的。」

美眉？一聽這話說的就是玩家口氣。雲千千好奇的往裡面打量一眼，臉不熟，不認識。再看一眼……嗯……

笑咪咪的揮退天使服務生，帶著自己的兩個狗腿子走過去，雲千千也不客套一下就囂張自然的坐下。

「好小了，什麼時候混到神界來了？」

男人愣了愣，繼而苦笑，抬手往臉上一抹，取下一張面具。「怎麼認出我的？」

雲千千瞪著眼前的天堂行走看了足足一分鐘，老實搖頭道：「其實我沒認出來，就是隨便詐一下。」

反正就算真是不認識的人，認錯一下，對方也不會跟她翻臉。

天堂行走吐血，沒想到自己一個專業的騙子居然被一個非專業人士收拾了。不過話又說回來，這也是

雲千千才用得出來的招數，對方奇招怪筆多的是。當初自己冒充任務NPC騙過全創世紀，卻偏偏在她身上莫名其妙的栽了跟頭，這也給他留下了不小的心理陰影，對雲千千之高深莫測的認知自然是根深蒂固的。不然要換作其他人的話，天堂行走根本不可能理會這種小兒科的謊話。

「現在說說吧，到底做什麼來了？」雲千千又問道：「而且你什麼時候拿到了神界通行證？」

「就在前幾天。」天堂行走嘆氣道：「說起來也算一個任務，是清理門戶……撒彌勒斯有個NPC女徒弟，她從自己師父那裡偷了點東西，那老騙子叫我來把東西拿回去，全部事情就是這樣了。」

「罪惡之城城主也會被偷？」雲千千想笑，這真是陰溝裡翻船。

她再想了想，突然覺得不對勁，問道：「等等，你說那徒弟是個妞？」

「……妳可以叫她小姐、女人，這樣顯得文雅一點。女孩子說話太粗魯了，沒人會喜歡的。」

「轟！」一道雷咒直擦著天堂行走鼻尖前不到一公分的距離劈到桌面。

天堂行走一頭冷汗的閉嘴。

雲千千接著問道：「你師父叫你找那妞把東西拿回去，而你又來了神界。這意思是說，那女騙子現在也在這裡？」

「……沒錯。」天堂行走擦擦汗，看著面前桌子上一個焦黑的小洞，有點緊張。

「……」雲千千默然的翻了翻空間袋，拿出一個小徽章擺在桌子上。「難怪我覺得這徽章有點眼熟，如果沒猜錯的話，這應該就是你們騙門的身分標記吧。」

天堂行走驚訝的拿起徽章問道：「妳從哪得來的？」

「嗯，這個問題要追溯到一個陽光明媚的早上……」

天堂行走咬牙。

「……好吧，簡單概括，你要找的那個女騙子我剛好在神宮見過，她似乎還順手在神宮裡偷了一些東西，不過我也不確定具體是什麼，如果有興趣的話，一會一起去見神主？」

天堂行走本來點頭，頓一頓後，想到什麼似的又趕緊搖頭。

雲千千莫名其妙，問道：「你到底去是不去啊？一個男人磨磨蹭蹭跟個女人似的。」

天堂行走淚奔：「我是偷渡啊大姐！」

「咦？」

這年頭，偷渡者都敢大大方方的來餐廳吃飯了，這得是多囂張才幹得出來啊！

那老騙子能力居然也不小，能在沒有通行證的情況下就把天堂行走送上神界，早知道自己當初做任務的時候直接找他多好……

「你，現在放假，回神宮客房休息，不去接你不准出來。」雲千千隨手指派身後一個隨從，再點點天堂行走：「你，假扮成我這隨從的樣子，最近在神界的這段時間裡就跟著我混了，平常隨意行走不被人發現就行。」

「我為什麼要假扮妳的隨從？」天堂行走莫名其妙。

雲千千笑道：「因為你得靠我進神宮。」

「……哦。」

吃飽喝足，雲千千帶著天堂行走和天空神族甲繼續逛街，壓根沒有急著回去的樣子。她一邊逛還一邊

發著簡訊，收信人是彼岸毒草：「採購翅膀資金不足，求匯款；採購材料資金不足，求匯款；採購……」

彼岸毒草無奈的回簡訊：「整張清單十一件物品，妳的資金到底夠買什麼？」

雲千千回：「什麼都不夠。」

其實雲千千都買了，用的還是箱子裡的錢。前面說了，反正這錢不花拿回去也用不了，等神界一對玩家開放後更是直接禁止流通，所以不花白不花。

但花錢是一回事，花了之後能報銷成遊戲幣當然更好。雖然整個公會的金庫都是自己的，但雲千千堅持認為從彼岸毒草手裡摳出來的錢比自己直接取出來的更有意義……

天堂行走在旁邊看著雲千千發簡訊發得不亦樂乎，忍不住苦笑道：「我認為妳在做一件很無聊的事情。」

「讀大學也無聊，反正畢業了，在工作用上專業技能的人只占27%左右。談戀愛也很無聊，反正是為了找一張飯票生孩子養老，結了婚還有七年之癢。生孩子也無聊，辛苦餵養教育之後都是為了送給不認識的男人、女人；碰上一個不孝順的後輩，說不定連棺材本都賠進去。工作更無聊，薪水的漲幅永遠比不上物價的漲幅，做牛做馬就是為了混到蹬腿閉眼……」

雲千千瞥了天堂行走一眼：「你覺得什麼不無聊!?做什麼事情不重要，重要的是你做這件事情的時候開不開心。我覺得挺開心的，所以我沒你那麼無聊……」

天堂行走目瞪口呆的聽了一大串，聽到最後苦笑更甚：「好好的花樣少女怎麼這麼悲觀？」他想了想，眼珠子一轉，作風騷狀的瀟灑一甩頭：「難道是缺乏愛情的滋潤？不如我……」

「快打住吧！」雲千千翻了一個白眼斥道：「我就算再缺乏滋潤也不會找上你這根蔥！再說，這話怎

麼就悲觀了!?難道你的意思是我應該大方活潑、熱情開朗，見誰都笑得跟沒心機等著被拐賣的蠢真少女似的，才叫正常!?」

「呃……我說不過妳。」

「那是。所以這就是我能清醒理智的看穿你的真面目，沒有落入你桃色陷阱的最關鍵原因。」雲千千握拳。

照彼岸毒草列出的採購清單，傳真一份神界詳細的物價表回去，得到對方同意匯款的回音後，雲千千滿意的結束通信。她關掉通訊，打開地圖，找最近的郵局位置。

天堂行走無奈的轉頭觀賞風景，突然一指某處，問道：「咦，那是不是妳見過的女騙子!?」

雲千千從地圖上抬起眼睛一看，果然是自己見過的 NPC 。對方身後還帶著一隊神界侍衛，很拉風的從街上招搖而過，一看身分就是不低的樣子。

「我確定她是我見過的那個人，但你確定那是你師父的徒弟!?」雲千千驚訝的問道。

天堂行走連連搖頭苦笑道：「我現在有點不確定了。」

那是，換了雲千千也不敢確定。女騙子和神界高層人物，這兩個身分怎麼想都扯不上關係！要說對方是易了容還好，問題這副容貌怎麼看都是原裝的……

「是不是你師父弄錯了？要不就是你認錯了人!?」

天堂行走咬牙道：「我師父讓我認人的時候是看 3D 影像，而且還有徽章為證，怎麼可能弄錯！」

雲千千點頭：「那麼你說說現在她在神界這地位是怎麼回事？」

「這個……」天堂行走也糊塗了，想了想後，恐慌道：「難道是神界派下來的臥底，想找罪惡之城的

什麼把柄!?」

他可是有那座城池的股份，雖然不多，但也算個股東，怎麼能眼睜睜的看著自己的產業被滅!?

「第一，神界如果真想討伐罪惡之城的話，根本不用找把柄，只要確定是黑暗屬性，直接滅了你們就好。」雲千千舉手指，伸出兩根：「第二，如果你師父的徒弟真是神界高層的話，我見到她的那個早上，她為什麼又要偷神界的東西?」

天堂行走深覺此話言之有理，想了又想，終於抓狂：「那妳說這到底是怎麼回事!?」

「這……」這回換雲千千糊塗了，糾結許久後，小心翼翼道：「也許是雙胞胎?」

084 拜訪

雙胞胎這樣的情況自然是不可能發生的，女人的身分依舊是一個謎。

天堂行走為此感到苦惱。

雲千千倒是淡定，反正任務也不是她的，她就是好奇跟來圍觀。

「跟上去還是和我回神宮等？」雲千千把選擇權交給苦惱的天堂行走。「真相大白的一天總會有的，就看你的選擇是讓它來得早還是來得晚。」

「初一、十五我都做，就不信找不出她的狐狸尾巴。」天堂行走咬牙道：「走，跟去看看！」

「這種情況莫非就是傳說中的偷情？」

尾隨女騙子兼女神官來到城中一處冷清街角的小屋外面後，一個俊美男人笑迎出來，把目標人物請了進去。眾神衛在門外站崗，把小屋圍得嚴嚴實實。

雲千千和天堂行走只好委屈的在外面吃灰，跟小屋之間的距離至少隔了十公尺。

「這……」天堂行走對雲千千的疑問表示解答不能。

所有偷情都是私會，但不是所有的私會都肯定是偷情。這就跟白馬非馬一樣，就算對方只是一個NPC，不可否認她確實是一個挺漂亮的NPC。要懷疑這麼一個美女的人品、道德，天堂行走還是感覺有點小不忍心。

「不過話說回來，那個男NPC長得確實挺有小白臉的潛力。」雲千千讚賞了一句，回頭再看了眼天堂行走批評道：「起碼資本比你雄厚多了。」

「喂！」天堂行走滿頭黑線。

雖然男人看本事，女人才看臉，但誰都不願意聽別人說另外一個人比自己好，尤其還是異性的評價，這分量就顯得更沉重……雖然那只是一個NPC。

「其實我倒覺得，如果這女人真是會情人的話，那老騙子單單派你出來清理門戶的意圖就很值得懷疑了。」

「哦？何解？」

「比如說二龍奪珠……目前已知的是這女人不簡單，而你除了清理門戶外還要拿回罪惡之城被盜的東西。目前未知的是她在神界什麼身分，到底擁有多少實力……」雲千千摸摸下巴，嘿嘿奸笑道：「換個角度想想，你們是騙門，做事情肯定更多的是憑技巧而不是實力壓制。說不定撒彌勒斯是知道你的秉性，知道這事想辦成只能憑藉你在女人中無往不利的本事，於是希望你泡了那女人，最起碼也要分化她和那男人，然後再伺機下手？」

天堂行走被這假設分析凍得一哆嗦，要換成其他NPC，當然不可能下這種任務給玩家，但如果是撒彌勒斯……這桃子的分析還真不是絕對沒可能的事。

「最難消受美人恩，我已經從良很久了。」天堂行走連忙謙虛。

「那女人長得真不錯，雖說只是一個NPC，但在遊戲裡談戀愛又不能真做啥，玩家和NPC其實也沒多大區別。」雲千千拍拍天堂行走的肩膀，鼓勵打氣：「而且最難得的是NPC女人比較閨秀，一般就在自己地盤活動，你還不用怕哪天自己的二、三、四、五奶不小心撞到一起會穿幫……考慮考慮吧，勇敢一點兒，不就是人機戀嘛。」

「我這人很有原則的。」天堂行走假羞澀了一下。

「切！」

天空神族侍衛甲很低調的跟著蹲在一邊，努力裝作自己不在……

雲千千等人磨磨蹭蹭，打發了足有一小時的時間，小屋裡的幽會才終於結束。女騙子依舊面色不動的從屋子裡走了出來，看不出什麼談了大事後的嚴肅慎重表情，也看不出疑似偷情後，春上眉梢、脣角含笑的樣子。

這女人的城府還挺深啊。雲千千感慨。

等女騙子帶神衛們離開，雲千千撈法杖抓人，也不隱蔽就直接起身：「動手吧！」

「動什麼手？」天堂行走大驚。

「殺了那小白臉！」雲千千握拳：「我這人一向信奉的是，不管什麼樣的陰謀，只要把有關人士全殺了，就不可能再有陰謀。」

把所有危險扼殺在萌芽之中，是最簡單的解決辦法。

她以前接過一個追殺採花賊的公會任務，系統給出提示，採花賊隱蔽在某陌生公會駐地中，任務接取人必須在十二小時內將其辨認出來並殺掉。

這任務本來難就難在辨認上，可是當時雲千千接完任務，二話不說就去人家山頭放了把火，把當時留在駐地的所有玩家及NPC一起燒光，於是任務完成……

這就叫寧可錯殺三千。

當然了，如果非要跟在女騙子屁股後面，慢慢從她的言行中推測出事件真相，找出可能隱藏在幕後的黑手什麼的，這法子當然也行得通。

可問題是，這樣的話不是太浪費時間嗎？

於是直接動手吧，凡是對方接觸過的人一律殺掉，凡是對方待過的地方一律翻掉。就不信她還能像玩家一樣有個四次元空間口袋，把東西裝起來？

天堂行走木然、無語、傻……

鷹派！這女孩絕對是正統激進主戰的鷹派！

「上！」

雲千千把天堂行走一抓一推，甩進門裡去，嫻熟的砸下一道霹靂掩護。

門被撞開後，男子一愣，反應倒也不慢，右手虛空一抓，一把闊劍被從空氣中抓出，反手擋在身前。擋住閃電的同時，男子身軀一震，蕩出一片金光——聖體光環。

既來之則安之，天堂行走也沒想丟臉到被丟進了屋子再臨陣脫逃，咬牙抽出武器衝向男子全力一擊，耳邊聽到系統提示無法破防，連忙轉身撤走……馬的，這到底是幾級BOSS，居然不能破防？

雲千千也發現不對勁，再次甩片雷擋下男子，同時拍出鑒定術。

「80級聖子！」雲千千吐血揭曉謎底。

天堂行走也吐血：「80級妳還敢帶我來惹？」

「我也不知道啊。」雲千千想哭。敵人太棘手，早知道自己剛才就謙虛點了，衝動是魔鬼。

「呵呵……」男子輕輕一笑，揮手甩出手中闊劍，人和劍居然一起懸浮在一片金光中。

天堂行走撤到門口抬頭一看，整個屋子都已經被籠罩在這片金光中。光線明亮而刺眼，已經讓兩人有點睜不開眼睛。

雲千千早有準備的刷出一副墨鏡戴上。

天堂行走則跳腳大喊：「給我一副！」

「沒了。」真的沒了，她哪裡知道在神界也能碰上熟人，當然只準備一副墨鏡。

這些神界NPC有事沒事就愛COS聖鬥士，不是小宇宙爆發就是小太陽爆發。有經驗的人都知道，墨鏡是神界旅行、打架時的必備道具。就跟有經驗的人都知道，坐機車一定要攜帶安全帽、安全帶、手電筒和瑞士軍刀一樣……

當然，現在最明智的行為是趕緊逃出小屋子，而不是單戴一副墨鏡站在原地等死。一般看過動漫電影

的人都有體會，越是大BOSS的出大招越花時間，光效、音效一個都不能少。蓄力時間少於十秒，特技、光影效果低於ATI-5870顯示卡配置的，都不好意思使出來丟人現眼。

一般這種情況下，就是保命、逃命的最好時機了。可是在這個聖子比較無恥一些，他不放棄擺酷，也不准你逃跑。在技能使用期間內，氣場範圍內的生物同時也被結界籠住。

目前的具體情況是只能進不能出，雲千千和天堂行走就像籠子裡的老鼠一樣，唯一能做的就是站原地乖乖等死。

在戴墨鏡之前，雲千千連化雷和夫妻傳送都試過了，系統提示特殊環境無法操作……

「還好本蜜桃真知灼見，還帶了一個替身草人。」雲千千深情的撫摸空間袋，裡面的替身草人是她此時唯一的安慰。

「給我一個！」天堂行走再次跳腳。

雲千千一甩頭，瀟灑答：「沒了。」

這也是真的沒了。魔族大戰期間的替身草人可不像和平時期那麼好買，不僅要有錢，還要有門路。她本來以為來神界不會橫生枝節，帶那麼一個就是以防萬一的。如果她運氣背，真死了一次的話，直接收拾行李回大陸，誰還批發那麼多放身上啊。

天堂行走想哭，要墨鏡沒有墨鏡，要草人也沒有草人，莫非這女孩帶自己過來送死。她倒是配備齊全、有備無患，自己就是炮灰命？

就在這千鈞一髮之際，一直被忽略的天空神族甲出現了。雖然他只是一個不足掛齒的配角，但是在自己主人危難當頭的此時，超人力霸王、動感超人、蝙蝠俠、黑貓警長、美少女戰士等許許多多英雄人物在他腦海中一個個閃過。

有些人活著，但是他們已經死了。有些人死了，但他們依然活著。自己要做一個什麼樣的人？難道要做一個無益於人民的人，庸碌平凡的虛耗生命嗎？

天空神族甲激動的回答自己：不，我願意為ＸＸ奉獻出自己的一切……

於是他義無反顧的衝了上來，哪怕明知道自己敵不過80級的聖子……當然了，比起以上、上上及上上一段，促使他衝上前來的更加關鍵的原因是系統規則。

他在桃在，他亡桃……呃，這得看具體情況了。

天空神族甲將長兵一挑，雖然等級依舊相差巨人，但好說總算差距是減小了不少，打出去的兵器帶起的不再是MISS，而是終於破防……的「-1」扣血。

這已經足夠了。聖子的吟唱蓄力被打斷，滿室金光消弭於無形。

後者大怒。本以為已經是自己的單場耍帥時間了，沒想到在場還有一個能破防的黑馬。抓起神劍，聖子正想劈砍上來，雲千千已經一手天堂行走、一手天空神族甲，把兩人拉住。

「跑！」

氣場已破，現在不抓緊時間跑還等什麼？

有魅影，她就是這麼自信！

聖子暴走大罵之……

調整行動方針是必要的。逃出小屋重新回到仙饗堂，這回沒其他人作祟，雲千千總算弄到了一個包廂，

一關門，轉身聚頭開臨時會議。

「行動要改變一下。」雖然已經逃出，但回想剛才驚險還是讓雲千千有點害怕。拍拍胸口，灌下整整一壺酒，她這才喘了口氣，說道：「那聖子的身分、地位和實力都不低，你師門裡那女叛徒估計也不是什麼小角色。」

「嗯。」天堂行走同樣面色凝重：「不過這麼高的等級也太誇張了。NPC發的任務應該不會超過玩家能力範圍才對，難道說這次的事情真的不能硬拚？」

「還有一個可能，那聖子只是其中的例外，其他涉案人員並沒有他那麼凶猛。或者就是你要去找幫手。」雲千千想了想分析道：「NPC參與協助任務也不是沒有先例的，這得看你能不能找到了。」

「神界這麼大，怎麼找？」天堂行走頭大。

「你那騙子師父在發任務的時候沒給什麼提示？」

天堂行走認真的思考三分鐘，搖頭答道：「我確定、一定、以及肯定沒有。他就說了一句話『去把那個逃到神界的叛徒殺了，東西帶回來』……然後我就收拾東西上來了。」

「天啊……」雲千千扶額。

「怎麼了？」

雲千千無奈的看他一眼：「沒什麼，只是沒想到你會這麼老實。」

照她的思路來理解的話，騙門中人應該個個精明滑頭才對，有好處刮好處，實在沒好處也要刮下一層皮來。可是這個天堂行走該怎麼說呢……要玩家他倒是在行，尤其是在女人中遊走的時候，那真叫一個片葉不沾身。

唯一的弱點，大概就是撒彌勒斯這個師父了。

難道他是太過尊師重道，所以才人家說什麼就是什麼？

就算撒彌勒斯沒主動給出提示，要當時換作是雲千千接這任務的話，肯定也會刮地三尺，要錢、要道具、要提示……怎麼能聽完一句就當真立即來了呢？

「看妳這樣子，莫非我的行為有什麼不妥？」天堂行走想不出雲千千怎麼會是這副表情，只好主動開口問道。

「你覺得你的行為符合一個狡猾、陰險、卑鄙、無恥的騙子身分嗎？」雲千千反問道。

「呃……」

「算了。」雲千千頭大的擺擺手。「既然已經來了，那現在回去再找撒彌勒斯也來不及了，還是想想怎麼找出那個可能存在的幫手，或者找出你師姐的弱點。」

天空神族甲在本次行動中厥功至偉，被雲千千特准同桌吃飯；說是同桌吃飯，其實他也就是乾坐著罷了。還是那句話，系統有規定。

旁聽了半天，天空神族甲突然出人意料的開口：「大人，如果您有什麼煩惱的事情，不妨去找天空神族以前的那位使者。」

偽神使者？雲千千恍然拍桌喊道：「沒錯，還有那小滑頭。」

神界的住宅區劃分是有講究的。雖然人家都是神，但神也分三六九等，有低等神族和高等神族之分。就像上帝面前的天使分上、中、下三級，也就是神聖階、了階、聖靈階——熾天使、智天使、座天使；主

天使、能天使、力天使；權天使、大天使和普通天使。

別以為神界就代表平等、和睦、友愛，能力和貢獻帶來的區別在哪裡都是一樣。

神族有高級神族和低級神族，住宅區也分別墅區、商業區甚至貧民區。

偽神使者是以千年前的叛徒身分回歸，地位自然不怎麼樣，在神界連個閒職都沒有。但是架不住人家家底豐厚，身為神二代，上頭老爹、爺爺、叔伯、舅嬸個個位高權重，於是他住的地方也就被挪進了別墅區……雖然只是最外圍……

「您好，請問您有預約嗎？」

別墅管家，一名普通天使很有禮貌但也很冷漠的攔下雲千千三人。

「請通報一下，你們主子的恩人來拜訪他了。」雲千千同樣很有禮貌也很囂張的回答。

天使管家打量雲千千一眼，默默欠身，示意三人在門外等一下，自己進去通報。

天堂行走看這樣子，自己三人怎麼都像不受喜歡的，忍不住擔心的問道：「妳說的那 NPC 不會不理我們吧？要知道貧賤之交雖然感情最容易深厚，但另一方面來說，貧賤之交也最容易惹人討厭。畢竟不是人人都願意讓別人知道自己曾經有過一段不輝煌的歷史；尤其如果那貧賤之交還不是一個識相人的話，這厭惡感就更容易被激發出來……」

「這什麼話呢？」雲千千滿頭黑線：「我堂堂天空城主，神族友好貴賓，哪裡貧賤了!?」

「咳咳！」天空神族甲在旁邊乾咳兩聲，示意別墅裡有動靜，似乎是有神出來。

天堂行走連忙閉嘴。

雲千千轉頭，正好看到面前大門再次打開，偽神使者一臉驚訝。

「妳怎麼來了!?」

「放心，我不會對你做什麼的。」雲千千不客氣的自請進別墅，左右看了看，然後說道：「能不能叫你這些管家、僕人都下去!?」

腐敗，太腐敗了，居然這麼多人伺候一個人。

看來神界的官僚不比現實中好上多少。

偽神使者猶豫了下，終於還是揮退其他天使。他相信對方不會對自己做什麼，而且看這樣子，似乎還有點不可告人的事情……這樣子的事還是知道的神越少越好。反正聽完之後實在為難的話，自己還可以裝病……

085 魔獸之亂

可以看出偽神使者混得並不好。

在這裡混得不好，不是指他的物質條件不豐富，別墅、管家、華服、珍饈佳餚，還有美貌天使伺候，這樣的條件要是偽神使者還敢喊不滿意的話，讀者都不答應。

問題的關鍵在於物質條件豐富了，精神生活卻隨之匱乏。

再怎麼說，偽神使者也是個千年神奸，要想一回來就獲得公民權是不大現實的。雖然雲千千已經明言要把其他NPC趕走，偽神使者也確實照辦，但十分鐘內，天使已經送來四次紅茶、七次茶點……這麼明顯的詭異處境，雲千千要是還看不出來自己幾人被監視了的話，那也太說不過去了。

「你，對，就是你。」叫住剛進來送第八次茶點的天使，雲千千不耐煩的說道：「我們可是貴客，你

們這種招待是不是有點太說不過去了。」

「咳咳，大人？」偽神使者連忙乾咳，無奈的阻止雲千千。他也尷尬，他知道自己這地位上不上、下不下的太丟人，但形勢比人強，想讓這些天使們不進來是不可能的。人家理由很正當，一句要熱情接待客人，自己難道還能說你們別管她了，連白開水都不用上？

天使一愣，也有些驚訝，沒想到這客人居然還會叫住自己。頓了一頓後，天使恭敬問道：「大人有什麼吩咐？」

「這些破破爛爛的姑奶奶不稀罕吃。有誠意招待的話，去仙饗堂替我打包一百公斤熊掌回來。」

「噗——」天堂行走噴了出來，漲紅著臉，道了個歉，就把臉扭到一邊猛咳。

「一、一百公斤？」天使也想噴，求救眼光忍不住飄向一邊名存實亡的主人。

偽神使者一愣，反應過來後樂了，臉色一正，點頭說道：「貴客有要求，你們照辦就是，快去。」

「這……好吧。」

雲千千喊住正要離開的天使：「站住，一百公斤也不是整隻熊掌全要。你別不管好的壞的全端上來……吩咐下去，一百公斤要的全是掌中寶，也就是熊掌掌心那塊嫩肉。每隻掌上取出的嫩肉必須呈渾圓的丸狀，直徑不能大於三公分，剔筋，每隻熊掌只能取一丸，其他的糙肉不要……」

糙肉？每隻只取一丸？天使想哭：「大人，這個要求是不是有點……」

雲千千不說話，看著偽神使者。

偽神使者看著天使，板臉嚴厲道：「去辦。」

天使神色恍惚的飄出門去，終於再沒打擾的人進來。

雲千千拈塊茶點，邊吃邊恨鐵不成鋼的教育道：「身為紈褲子弟就要有紈褲子弟的模樣，瞧你這沒出息的……那些天使既然那麼閒，你替他們找點事做不就好了？多少人想紙醉金迷都沒那條件，偏偏你一臉苦大仇深，看著就是沒富貴命的德性。」

偽神使者定居以來第一次如此揚眉吐氣，聽小女孩教訓自己也沒半分不滿，點頭笑咪咪的附和：「的確，我以前就是太傻太天真。」

天堂行走乾咳：「說正事。」

雲千千臉色一正，把讓天堂行走看過的那徽章拍到桌上問道：「這東西你認識嗎？」

「咦？」偽神使者拿起徽章仔細辨認一會：「好像有些眼熟，但是不記得在哪裡看到過……」

雲千千刷出面具，調出女騙子形象，變身再問道：「那這個人呢？」

「哇！」偽神使者激動的站起，差點帶翻桌子。

「認識？」雲千千和天堂行走異口同聲，眼睛閃星星的期待看著偽神使者。

偽神使者保持激動的指雲千千，把話喊完：「美女啊！」

暴打之……

十分鐘後，偽神使者頂著豬頭一樣的臉，委屈的辯解：「這不能怪我，自從回來以後，我的行動就處處受到了限制，現在等於是被控制監視中，無論去哪裡都要先提交申請、等待審核批准，然後才能走出別墅……這段日子以來，別說像以前那樣去偷看美女洗澡了，我就連女人的小手都沒拉到過一下……」

天堂行走唏噓感慨，表示非常能理解對方的痛苦。

「你別墅裡不是有很多美人？」雲千千好奇。

偽神使者垂頭喪氣的解釋：「低級的普通天使沒有性別……」換句話說，他不是不想吃窩邊草，主要是怕吃了消化不良。

「算了，這個問題不重要。」雲千千沒空對寂寞空虛冷的色狼NPC表示關懷，手一揮，再次繞回主題，問道：「反正你的意思就是說，這女人你不認識對吧？」

「如此美麗的天使，我很願意認識……」

雲千千沒聽到般，轉頭對天堂行走嘆氣道：「走吧，這個指望不上。」

「告辭。」天堂行走也失望的站起來。

「等等，雖然我不認識，但是有一個人一定認識。」偽神使者連忙喊住二人。

「誰？」

「神主。」

再度暴打之。

二人離開後，偽神使者淚流滿面的喊人進來幫自己療傷。

這年頭交朋友也是有風險的，萬一朋友性格不好，那可就比敵人還可怕。最起碼遇到敵人的時候，誰都知道要防備，可是朋友一出手那就是防不勝防。

療傷的人很快進來，身後還跟了一串人手捧著一個大托盤的天使。

偽神使者莫名其妙的問道：「幹什麼的？」

「大人，熊掌。」

「呃……」

雲千千和大堂行走回到神宮後，開始新一輪的討論，主要核心就是關於女子的身分問題。天堂行走的意見是繼續跟蹤，從周圍人的身上蒐集情報。

雲千千卻認為這樣效率太低，她並沒忘記自己更主要的任務是尋找聖器。於是她建議按照偽神使者的方法，去神主那邊直接下手。

但是這也是有技巧的。雲千千的打算是一石二鳥，天堂行走先變化成女子模樣，再跟雲千千一起去神主面前告白，表示自己願意下界陪雲千千尋找聖器的決心。目前已知的是這女人是高官，很有計謀和人脈，並且曾在大陸行走，拉下去只會是助力而不會是阻礙。當然，以上推斷是在女人肯真心幫忙的情況下；再當然，就算她有心抵賴也不怕，雲千千有的是辦法逼人就範。

事成之後，如果聖器到手，天堂行走正好可以殺了女人交差。雲千千帶聖器回歸，順便幫人申請一個烈士。事成之後，如果聖器沒到手，雲千千也可以殺了人再回神界，狡稱是女人拿到聖器之後脫逃，證據是從撒彌勒斯處得知的女騙子身分。天堂行走同樣可以完成任務，雲千千順利脫身……

就算女人真是神界間諜，相信神主都不會在那種時候為女騙子證明清白，同時心底也必然存下懷疑的種子。

無間道，從來是最難得到信任的一類人……

「有位神界友好人士說願意協助我一起去尋找聖器。」雲千千很有禮貌的在神宮主殿前對守衛道，同時拉過天堂行走假扮的女騙子介紹：「就是這位。麻煩你向神主通報一下。」

守衛看天堂行走，驚訝道：「大人？」他一臉欲言又止。

果然有問題。雲千千和天堂行走對看一眼，後者酷酷的冷哼一聲，擺架子。

「還不快去！」

守衛噎了噎後，答道：「是，我這就去報告神主。」

雲千千二人在隊伍裡緊急展開討論：「已經確認這女人應該真是位高權重了，就是那種在神主面前也有幾分面子的。」

天堂行走擦把冷汗問道：「怎麼辦，不會穿幫吧？」

「應該不會。進去以後，不管神主問你什麼都別回話，交給我就行了，你在旁邊皺眉裝深沉……就算性格不大一樣，在神主看來也只會以為你是發現了什麼，或是有什麼心事不方便說。」

天堂行走點頭嘆氣道：「希望那神主憐香惜玉，不要強行逼迫一個弱女子說出她不願說的事情……」

之後，守衛很快回來，說神主已經答應召見二人。進門前，天堂行走滿頭冷汗的瞥見那守衛對自己又是一副欲言又止的模樣。

這身分在神宮到底有多受尊崇？怎麼感覺跟神主的私生女差不多呢？

連忙走進大殿面見神主，雲千千按事先約定好的套路，誠懇的向神主表示了希望允許身邊女子陪她一起回大陸，作為自己的短期隨從，共同尋找聖器的意圖；她並且強調聲明這一切都是女子主動提出來的，與自己無關，自己只是難以拒絕對方一片殷切的好意。

神主親耳聽到這話果然訝然，看天堂行走的眼神和外面的守衛一樣疑惑。

天堂行走頂著巨大壓力作愁眉不展狀，裝作沒看見主座上的一界之主向自己投來的質疑目光。

一旁的雲千千花言巧語，高帽一頂接一頂拋出。

神主沉吟良久，見天堂行走始終沒有反對意見，終於只好點頭。

反正一個神和整個神界出面的意義是不同的。而且這是人家主動請纓，勉強也不算是破壞規定。

「好吧，那麼……」

神主終於鬆口，正要下旨批准，一旁裝憂鬱的天堂行走收到雲千千暗示，連忙抬頭。

「對不起，我要先離開一下，十分鐘後你們直接去找我行嗎？」

神主還沒說話，雲千千轉頭關切道：「尿急就去，憋著對身體不好……」

主座上的神主身體明顯抖了抖。

天堂行走滿頭黑線，瞪了雲千千一眼，一句話不說匆匆離開。

雲千千笑嘻嘻的對神主道：「麻煩您派個傳令官跟著我去好了，簽隨從契約正好需要一個見證人。」

神主點頭，不想和她說話，直接把人送走。

十分鐘後，雲千千帶傳令官找到真正的女神官。傳令官傳達了神主的旨意，並聲明自己過來是見證隨從契約。

女神官瞪大眼睛驚訝，不知道自己怎麼突然就被流放出去了，難道又是神主交代了什麼新任務？

狐疑的偷偷看了雲千千一眼，再是一番眼神暗示飛過去，傳令官表示茫然，女神官表示鬱悶……就算有新任務，好歹也要先說明一下啊，不然叫她怎麼執行？

雲千千一旁催促：「時間是不等閒人的。兩位，我們還是早點辦事吧。」

「正是、正是。」傳令官也連忙接口道：「妙麗，現在就訂立契約吧，我還要趕緊回去覆命。」

「妙麗？」雲千千驚訝拱手道：「久仰久仰，請問妳認識一個叫哈利的眼鏡仔嗎？」

「哈利是神界環衛隊主神官，但是他沒戴眼鏡。」女神官妙麗警惕的看著雲千千：「妳認識的哈利是誰？他在神界？」陌生人，值得懷疑。嗯，回頭要報告上去，讓上面查一下。

「哦，莫非是做了雷射手術？」雲千千揮揮手，結束這個話題：「別介意，以後再說這件事吧。來來來，這是契約，按手印吧。」

妙麗遲疑的按下手印後，看著雲千千飛快收回契約的動作，恍惚間有種自己是簽了賣身契的感覺。再看了眼急著趕回去的傳令官，依舊沒有收到任何關於秘密任務的暗示……這到底怎麼回事？妙麗茫然了……

雲千千下神界，回大陸，天堂行走早已經笑咪咪的等在下面。

雖然在神界這幾天過得猶如在世外桃源，但大陸上魔族和玩家的戰爭依舊是如火如荼，各處硝煙紛起。唯一有所不同的，就是兩方經過一場場互有攻防的戰爭後，已經各自確立了根據地、大本營。

以大運河為界，魔族占據大陸西端，已破下西華主城作為魔營。路西法親自坐鎮駐守，三魔神法身COS關卡BOSS，魔獸數十萬在城中潛伏待令。整座城池防禦力量強悍無匹，就算玩家有心用人海戰術也未必壓得過人家。畢竟擬真網遊中，身體是不會重疊的，就算想打仗，也得先有戰場。再退一步說，就算沒有戰場，最起碼也得留給人家一個站的地方吧……

以西華城為圓心，周邊輻射到整個大運河以西的領土範圍內，魔族士兵及魔獸四處肆虐，玩家有心攻打也支援不上，只能退守東方。

一葉知秋的公會駐地全滅，銘心刻骨也全滅，龍騰被滅一半……老聯盟的損失都這麼慘重，新聯盟更不用說。

水果樂園一半精力在天上，剩下一半的冉一半在海外，大陸只放了幾個小駐地收租，因地形關係而失守三座小鎮，但根本沒有傷筋動骨。在一片哀鴻遍野中，他們惹人眼紅的依舊活蹦亂跳，表示無壓力。

於是，以水果樂園的天空之城為後援，東方主城為指揮中心，所有玩家和魔族東西為界，開始了長期抗戰，目前戰局處於僵局之中。

儘管戰況艱難，玩家們的熱情依舊極其高漲。畢竟這是遊戲活動，殺得越激烈也就代表可以獲得的好處越多，至於通貨膨脹之類的副作用根本不算什麼，所有玩家都堅信自己可以自力更生的熬過這段活動時間。畢竟公告裡面說了，只有魔族占領的城池才會有物價上漲的現象。

只有雲千千知道，卑鄙的智腦根本沒打算恢復。隨著玩家生產力的提高，金幣產出也大大增加了，物價不跟著上漲的話，創世紀公司等於就只能賺個伺服器費用。

特別是遊戲金幣和現實幣可以在官網和國家監督下根據物價比例兌換，所以調控也就成了必然。遊戲公司最樂意看到的是玩家往遊戲裡換錢，而不是從遊戲裡往現實兌錢，這一點是大原則。於是怎樣摳光玩家手裡的遊戲幣，就成了他們永恆奮鬥的目標……

聽說雲千千終於回歸，彼岸毒草迅速急召這不負責任、遊手好閒的女孩回去，首先要緊的當然是詢問採購貨物是否備齊。這點當然沒問題，五百副翅膀原價在公會內部優先販賣給精英會員；另外一百副翅膀分別以原價賣給三個結盟公會，如何分配不管。

把事情辦妥後，第一支玩家空軍的雛形就這麼出來了。如果以後還有需要的話也沒關係，反正雲千千隨時可以再回神界。在這樣全民出力的時候，她臨時 COS 採購員也是理所當然的。

而彼岸毒草問雲千千的第二個問題，就是是否有空。

從彼岸毒草問話時的表情、神態，以及他磨刀霍霍準備叫人進來的樣子來看，雲千千相信自己只要敢搖頭，接下來絕對是被拖出去打成豬頭。雖然她不怕打架，但也不會傻到在這樣的節骨眼上犯眾怒，於是連忙識相的點頭，表示自己身體十分棒，精神飽滿的同時，空暇甚多，已經隨時準備好為革命事業奉獻一切……

草心甚慰。

「由於西華城淪陷的關係，四主城城主決定不再袖手旁觀，同意派出NPC軍隊協助玩家共同抵抗魔族。條件就是我們要派出人去淪陷的西華城收集魔族情報，並把情報安全的帶回來交給四城城主。任務完成後，開啟榮耀系統，計算軍功，玩家斬殺一定魔族或完成小任務後皆可獲得軍功，軍功達到一定等級可以兌換軍隊……」

彼岸毒草丟了一份情報表格給雲千千：「我已經想過了，以西華城目前的情況和防禦力度來看，有可能完成這個任務的只有妳。好了，準備準備就出發吧。」

雲千千擦把冷汗問道：「如果我沒記錯的話，西華城好像聽說有幾十萬魔獸在裡面住著，而且大 BOSS 就是路哥本人……你如果對我有什麼不滿的話，大家可以坐下來好好談談，犯不著這麼狠吧？」

自己前段時間才帶了一群兔崽子去抄了人家的窩，摸回魔獸蛋及幼獸無數。奪子之仇不共戴天，再加上禽獸的嗅覺一般都比較出色……雲千千覺得自己只要敢靠近任何魔獸三公尺範圍，絕對能引得人家呼朋喚友、一擁而上……

路西法對自己的仇恨就更不必說了。她挑戰魔王權威，還糊弄魔王親手宰了自己的看門狗，這簡直算得上是當眾打人臉。路西法那次丟臉可是丟大了，要說他見著自己還能保持平靜的話，自己都不信的。為戰局考慮，路西法沒有揮軍直接衝上天空之城已經很不容易了。這會自己還主動跑人面前去送死……雲千千想了想都忍不住打了個冷顫。

「我對妳確實不滿，但不會因為這個故意陷害妳去送死。這個任務完成後，開放出來的系統，可以讓玩家獲得更多的助力，也能更有效的打擊魔族……妳自己說，如果連妳都不行的話，還有誰能行？」

「嗯，最後這幾句說得很中肯。問題這不是讓我去送死的理由，換一個。」

彼岸毒草嘆氣，起身把房門拉上再走回來。「如果我預測得沒錯，這次魔族之亂後，物價的上漲並不會調回……」

「呃……」

「也就是說，我們現在越有效控制住魔族的暴亂範圍，戰後經濟就越容易獲得恢復，物價上漲的幅度也就越小。妳自己想一想，假設現在妳有100萬遊戲幣，如果妳出手幫忙的話，戰後虛擬實境的兌換比例很可能是1:1，而妳不出手的話，魔界占領的地方越多，兌換比例就越小，搞不好1萬遊戲幣最後只能兌換100聯盟幣？」

這貶值太可怕了！雲千千倒吸一口冷氣，毅然拍桌。「不用說了，為了民族大義，為了世界和平……老娘現在就去！」

雲千千抓情報閃人。

彼岸毒草吁了一口氣，看著從裡屋轉出來的無常，皺眉問道：「你該不會對我們會長下圈套吧。」

「當然不會。」無常冷靜的抬手推推眼鏡：「不管怎麼說我們也是聯盟，我再不喜歡她也不至於投靠魔族。」敵對方都是NPC，就算他真想投靠也投靠不過去。

彼岸毒草盯著無常看了足有三分鐘才起身。「隨你。不過我想說一下，如果你真做了什麼的話，我就把今天的事情說出去。如果讓玩家知道你故意阻撓蜜桃多多開啟軍功任務的話，相信你也知道會有什麼後果。」

無常默了默，隨後冷笑道：「我當然知道。」他說完，轉身開門出去。

「哼。」

不知道為什麼，彼岸毒草總覺得這人跟他不是一路。雖然同樣屬於理智型，對方對經濟上漲的分析也確實是一針見血，讓人驚嘆。但沒人說過臭味一定會相投，他就一直覺得無常對自己公會，尤其是自己會長有敵意……到底是為什麼呢？難不成自家會長搶他老婆了？

知道雲千千要單騎探西華，知情玩家皆表示振奮，很熱情的尾隨跟去看熱鬧。反正他們就在外圍觀看，不進去想必也不會有什麼危險。同時有專業莊家做莊，開出賭盤，打賭蜜桃多多是否能完成任務。

賭蜜桃多多一次順利完成任務的人只有十多個投機黨，因為這個賭盤的賠率最高，一賠十。

賭能堅持半小時的最多，一賠三。

綜合西華城魔族軍力考慮，賭蜜桃多多只能在其中堅持五分鐘的屬於理智中又較為悲觀的人群，一賠二。

賭蜜桃多多一進去就被秒殺的也有，一賠七，只有一人下注……

雲千千頂著所有玩家的熱切期望，雷電特效全開的飛進西華城。不到三秒鐘，所有翹首以盼的玩家都親耳聽到了滿城魔獸憤怒的嘯吼，萬千魔獸升空，場面壯觀；與此同時，一片片特技光效騰起將雲千千淹沒，技能範圍直接席捲全城。

在這樣絢麗的光線中，實在無法分辨代表玩家死亡的白光，但這種情況下還要說蜜桃多多能活著回來……所有玩家都不信的……

在抬起頭看到重生以來第一次經歷、重生以前卻無數次經歷過的這熟悉的虛無環境時，雲千千才反應過來自己是掛了。

她還沒來得及惆悵，旁邊已經有一個人朝她喊。

「美眉，新死的？我們這裡三個剛來五分鐘，正好打麻將三缺一，加妳可以玩到出關。」

這一聲出來，四面八方亂哄哄，傳來一片此起彼落的求牌搭子的聲音。

看得出來，自從虛無之地開放以來，連死人也成了搶手貨，比如說麻將三缺一的，撲克牌二缺一的，下跳棋一缺一的……

當然，把隊伍打散了跟別人湊也行，但最好還是自己原裝人馬再拉個落單的。畢竟跟太陌生的小團體一起玩這種有賭注的遊戲太沒安全感，以前就曾經發生過三人小隊故意死亡，到虛無之地做局騙人賭金的事情。

雲千千嘆口氣，眼看沒辦法和外界通訊，周圍似乎也沒熟面孔，果斷的走了過去，往麻將桌旁邊空位

一坐，洗牌。「兄弟們，哪塊地盤上死的？」

「我們是在海上死的。」答話的玩家把麻將桌正中間的油燈往雲千千方向推了推，方便她照亮。他豪爽笑笑：「我們團一夥人本來想著大陸太亂，所以才去海外刷怪避風頭。沒想到船長不知道把船弄到哪片海域去了，那裡一隻怪也沒有，連海底都死氣沉沉的，只有觀賞魚，不能吃的那種……一船人半隻怪沒打到，都在海上漂著被活活餓死的啊，馬的！」

雲千千樂了：「那你們運氣真夠不好的。」

一桌人跟著哄笑。

說話的玩家嘿嘿一笑道：「美眉怎麼死的？」

「我是單槍匹馬闖進西華城的時候被秒殺……」

「哈，別吹牛了。誰不知道西華城現在是魔族大本營，妳單槍匹馬去闖？」桌上笑得最歡的那玩家插嘴。

最開始說話的玩家一副老大哥狀，拍了那玩家一把，說道：「別幸災樂禍了，搞不好人家美眉不知道，再或者迷路也說不一定。現在女孩十個有九個是路痴。」

「還真不是，我是知道了特意去的。」雲千千嘆道。

「咦，為什麼？」

「因為有個男人拿了任務叫我去，還有一群兔崽子尾隨看戲，眾望所歸啊……」

一桌子人都替雲千千嘆息。

先說話的老大哥也嘆：「除了傳聞中的蜜桃多多以外，我真是沒聽說過還有哪個女孩會遇到這種事情

的……妳到底哪裡得罪他們？」

雲千千尷尬的乾笑道：「也沒什麼，大家湊熱鬧唄……」

「對了，我叫白鬼。美眉怎麼稱呼？」

「這……雲朵千千……」她真不好意思在這說自己就是蜜桃多多……

因為虛無之地裡面除了娛樂也不能幹別的，所以這裡的氣氛顯得相當輕鬆。一片和樂中，麻將打過幾把，三人的復活時間就到了，雲千千獨自一人再蹲守五分鐘，終於也出去。

剛一復活還沒來得及慶祝自己重獲自由，雲千千就飽受驚嚇，因為彼岸毒草率了一百人包圍復活圈，把自己團團圍在裡面。

「我這次行動是失敗了，但也不用殺人滅口吧。」雲千千拍胸口，懷疑彼岸毒草是不是想殺主篡位……

呸！這不可能，遊戲裡又不會真死，除非他掄白自己。

可是這陣勢是怎麼回事？

彼岸毒草黑臉咬牙道：「誰說我是來殺妳的!?」

「那你這是……」

「這些是協助妳任務的人。」頓了一頓，彼岸毒草嘆口氣道歉：「我真沒想到妳連一分鐘都支撐不了，看來我們都低估西華城的魔族力量了。」

「嗯嗯。」其實他最低估的是魔獸們對她的恨意……

「他們會跟妳進去，盡量保護妳走進更裡面的範圍。情報一定要在城中心的城主尖塔上使用，記錄時

間需要十分鐘，妳加點油……」彼岸毒草越講越覺得沒信心。一個蜜桃多多只能撐五秒鐘，就算這些人全部和她實力相當，一百零一個蜜桃多多能撐過的也不過是五秒鐘罷了。

當時的場面他後來都聽說了。那些魔獸群鋪天蓋地，用的都是範圍技能，不是人多就可以擋住的，這份情報真的能順利拿到？

關於這個答案，彼岸毒草實在是心裡沒底。

雲千千想了想提出看法：「其實我覺得還是換個人去拿情報比較好。」

「妳……」彼岸毒草愕然的抬頭。

「我的意思是，我去把西華城中的注意力引開，而情報就由別人去拿。」

中途換選手也要看實力，不是說只要雲千千把魔獸引開，後面隨便進個人就能完成任務。

要知道，獸沒了還有魔。雖然目前不知道路西法和三魔神會不會出面，但城內至少也會留下一個大BOSS坐鎮，沒點實力的玩家即便進去了也是白白送死。

所以接替人選的選擇就不得不謹慎了。首先，那人必須是一個高手，實力等級參照蜜桃多多。其次，那人必須能抗或者能躲，身手敏捷參照蜜桃多多。另外，那人還得有隨機應變的能力，爭取做到即使是被BOSS發現也能憑藉口才拖上一會的地步，依舊參照蜜桃多多……

要求一下來，彼岸毒草發現這任務還真是沒人接得了，除非世界上有第二個蜜桃多多……不用考慮九夜，把他丟到西華城外面，這傢伙如果能靠自己找到城門已經是一大進步了。

彼岸毒草思量後，拍胸脯接下這個選秀任務，決定在全創世紀範圍內海選代替雲千千去蒐集情報的玩家。他當然不會讓人家白幹活，最後選中的玩家除了可獲得 40 金酬勞外，另外還可獲得神界飛行翅膀一副……的購買資格，以及雲千千親筆簽名照一張。

消息一出，數千玩家頓時蜂擁而至。大家為的主要不是錢，更不可能是簽名照，而是飛行翅膀的魅力，以及開啟榮耀系統的殊榮……

「天下西西為利來，天下東東為利走……」雲千千坐在小山丘般的報名信件裡，感慨長嘆。

「……那叫熙熙攘攘。」彼岸毒草滿頭黑線：「沒知識就別裝，我們不會看不起妳。」

「聽得懂就好……這麼多報名信你們打算看到什麼時候？這架式已經有當年我們公會第一批招人時的規模了。那時候還有一個無常幫忙篩選過濾，現在嘛……唔，反正本人是很忙的，沒有時間浪費在這裡。」

「滾滾滾，本來也沒想讓妳幫忙，別扯我們後腿就好。」

彼岸毒草一揮手，身後立刻走上十來個專業文書人員，很熟練的將信件小山平均分堆，開始一封封拆看備檔。

雲千千無聊了會，問：「既然不用我篩選，你特意叫我來莫非是來圍觀的？」

「我想順便問問妳去神界的經過……坐，不用緊張，聖器有消息了？」

雲千千擦把汗。不是她想緊張，主要是自己這回去神界又沒做好事，直接拐了一個身分不明、疑似神族的高層長官下來，這行為實在是讓人心虛啊……看小草草這樣子，八成是從天堂行走那裡已經先得到什麼口風。

香蕉的，早知道男人靠不住。難怪剛才進門前，小草草讓自己三個隨從都守在門外不准進來，自己怎麼沒提前想到可能會有被出賣的這一天？

「這個……事情有些複雜，但是總體來說還是很順利，目前一切都在掌握之中。」

「哦？」彼岸毒草笑得很有深意，直問：「妳那倆美女隨從打算怎麼辦？」

「用完就宰！」雲千千連忙握拳表示決心，凶狠道：「放心，我絕對不會給她說話的機會。」

「唉，我倒不是覺得妳這想法不對。但是妳有沒有想過，能讓一個大騙子吃虧的NPC會是頭腦簡單的？再說妳要人的時候本來就突兀，難保神界主宰不會私下給她什麼命令或聯繫方法，萬一不小心透露出什麼情報，這後果妳想過嗎？」

「那你的意思是現在就殺了？」

「目前不好說。萬一本來沒事，殺了反而引起神界注意怎麼辦？妳總不能直接挑戰神主底線……現在為止，我覺得問題還不大，反正那女NPC是跟著妳活動，而妳向來又不管什麼事……」彼岸毒草慶幸，「也還好是這樣，不然妳但凡有點責任心，一定會不可避免的被她窺得什麼情報。」

雲千千汗顏：「謝謝誇獎，我以後會更努力偷懶的……」馬的！這人到底是誇自己還是損自己？

彼岸毒草點頭：「我的意思是，等榮耀系統開放以後，妳就帶著妳家那小妞上前線去吧。沒事盡量少回來，有事通訊聯絡就好。另外如果妳再想做什麼小動作的話，關鍵不是瞞著我，而是想想怎麼瞞著她……好了，我要說的就這些，如果沒什麼事的話妳現在就走吧，盡量少靠近玩家聯盟大本營範圍。」

雲千千以前偷懶的時候不少，但如這般被人主動放逐倒真是從未有過。人都犯賤，不管什麼東西都是自己有的時候不在意，等突然聽說沒有了就不舒服了。比如雲千千現在就很不舒服，感覺被全世界拋棄，簡直抓狂快成怨婦……

海選複賽、決賽一共花了四天，最後終於找到代替雲千千的玩家。其人等級不高，關鍵是手上有個能隱藏氣息的道具，只要安全到達目標地後不移動，就能隱蔽得誰都找不到。

當然，被攻擊波及到時還是會受傷害的，到時隱蔽狀態也自動破除；不過只要操作得好，這點小缺陷也不是什麼大問題。

創世紀中臥虎藏龍是沒錯的。不說等級這種明顯指標，就是千奇百怪的各種技能、道具都讓人目不暇給。高手不一定在明面上，即使不是高手也不一定就做不到高手做不到的事情。哪怕是雲千千比別人空長了幾年的眼界，也不敢說自己能把整個創世紀內的事情都了解得徹徹底底，更何況是對創世紀還處在探索研究之中的其他人？

人員準備就位。把隨從放到客房休息，雲千千再一次獨闖西華城。她這次主要是彩排試探為主，要做的事情就是努力誘敵，先看看以自己的魅力到底能引出多少魔族力量，如果可以把路哥一併勾搭出來是最好，但是這可能性太小。

根據聯盟智囊團的分析結果，除了一定會跟出來的魔獸外，雲千千如果能再額外勾搭出一個魔神法身就已經是不小的勝利了。

什麼？為什麼不是三個法身？

關於這一點就得從魔神法身和雲千千的實力差距、等級差距、技能差距……等等等等來分析。簡單概括的話也可以，就一句話——殺桃焉用牛刀？

一個法身已經是給了雲千千面子。主要考慮她在魔島時實在是天怒魔怨，不然數萬魔獸其實很夠分量

了，根本用不著再特意派出一個BOSS來壓陣……

雲千千在城外山巔上遠目深呼吸，展翅凌空，手抓小拳頭捏出一團雷電，隨時準備衝進城中。身後一群玩家吆五喝六、紅光滿面的再次招呼下注，誓要洗刷上回差點被莊家通殺的恥辱。

「來來來，進城秒殺買一賠一，撐一分鐘買一賠一，十分鐘買一賠五，撐過半小時一賠十……咦，不像你們這樣全買秒殺的。」莊家怒吼。

一群畜生反吼：「少廢話，押注！」

雲千千忍了又忍，終於忍不住回頭吼道：「你們給點面子好不好！」

莊家附和哭道：「就是就是，會長英明神武、英雌蓋世，大家給點信心嘛！」

「你有信心怎麼這次把秒殺定這麼小的賠率？」賭徒甲紅眼捶地，痛不欲生：「我上次就是太有信心了，輸得差點連內褲都當掉。現在眼看穩贏，為什麼不讓買？」

雲千千滿頭黑線。

「不過話說回來，上次只有一個人買了會長被秒殺，狠賺一筆啊……不知道是誰這麼有智慧？」眾人議論紛紛，視雲千千為無物。

莊家委屈的看著雲千千。

雲千千尷尬乾咳。

在場的人都不笨，看這樣子很快想通是怎麼回事，齊聲狼號哀叫。

雲千千心虛遠目道：「我主要是想，如果真的免不了一死還死那麼委屈的話，好歹事後能拿點精神補償費……」重點是，自己用的替身草人也得找地方報銷吧。還好，雖然過程很抑鬱，但是結果還算美好，

沒賠本、沒掉級還小賺一筆……甚佳甚佳！

「那會長這次打算押什麼？」一群賭徒很聰明的圍上，打算參考內部消息。

「這個……1000 金押撐過半小時。」雲千千豪邁的拍上賭金。

「切——」

眾人群起鬨後散開，沒半個人相信雲千千突然之間就能強悍至斯。以其為賺錢不擇手段的桃品來看，他們認為這一定是自己會長和莊家聯手串通，哄騙賭金再事後分贓……這樣的情況出現的機率高達 99.99999%……

當然，也有微小的可能性是她發神經；更微小的可能性是會長到場前摔下什麼山崖，得了什麼天材地寶，功力暴漲一甲子……總而言之，言而總之，所有人依舊堅信蜜桃多多會被秒殺，玄幻的情節在腦子裡想想就好，家裡還等賭金回去買米下鍋，千萬可不能衝動了……

只有莊家心裡清楚自己沒和蜜桃多多商量過要做什麼局，但他也不會說。一是說了沒人信；二是萬一真有人信了，自己得賠錢……懷抱著美好的願望，莊家開始相信自己這回能再次保持除一人之外的賭金通殺的良好記錄。

「賭局定的時間是從我進城開始算吧？」雲千千活動熱身，拍拍翅膀又飛高一公尺，最後確認賭局規則。

「沒錯沒錯，會長您走好。」

中指鄙視這群明顯盼望自己去送死的畜生，雲千千振翅飛走。

山巔上，數百人凝目眺望，遠遠見著蜜桃多多漸漸化成一個小黑點。突然一陣空間扭曲，小黑點像水紋般搖曳了下，接著再度凝實，繼續向前飛去。

「咦，莫非我眼花？」眾人中有人不可思議的揉揉眼，喃喃一句。

本來大家都以為是自己眼花了一下，一聽還有同樣目擊者，連忙應了一聲表示自己也看到小黑點扭曲現場。

一對口供之後，發現所有人都目睹了這一幕，於是大家不再覺得這是幻覺，開始思考剛才的異象究竟是什麼緣故。

「呃……這麼說可能有點烏鴉嘴，但我突然有種不好的預感……」有人小聲說話。

「……」其餘眾人默，他們也有這預感。聯想到剛才蜜桃多多下注時的胸有成竹，大部分玩家都覺得這次可能自己又要把內褲輸掉了……

雲千千輕鬆寫意的飛進城中，直停城主府，一路上竟然沒有受到任何阻礙。

先不說城外山巔上的眾人是怎麼風中凌亂，這邊的雲千千一落地就受到了魔族警惕戒備……當然不是攻擊。

一名看上去身分頗高的魔族遲疑的走來：「神主閣下？」

「嗯。」變幻為神主的雲千千淡笑頷首，將神棍姿態做得十足。

周圍眾魔族齊齊倒吸一口涼氣，沒想到來到自己地盤上的居然真是這個大人物。

易容面具並不稀罕，雖不至於人手一份，但只要和撒彌勒斯有親厚關係的，多拿個幾張出來轉手送給別人也是可以。這樣的道具目前為止還沒有廣為人知，使用範圍相對還比較小，等再過上一段時間之後，

說不定大家就能了解得多了。

當然，地位夠高的諸如路西法之類的 NPC 還是聽說過這樣物品的，只是很少見到使用，所以一般不會往易容偽裝的上面去想。更何況越高級的 NPC 越不好冒充，最主要的一點就體現在許可權限制上。

比如在魔島上時，雲千千能冒充薩麥爾的容貌，卻無法冒領薩麥爾的許可權，調動魔兵等等權力都被限制。如果當時她沒有及時抽身的話，被看穿也就是輕而易舉的事情……

「請問閣下來這裡，是想插手我們魔族的事務嗎？」魔族對神主的出現表示心情很複雜。按立場來說，兩方是毫無疑問的千年宿敵，但是以局勢來看，他們肯定是不願意在這種時候與神界宣戰。

雲千千呵呵一笑，道：「別緊張，我只是感覺到聖器似乎落在這附近，所以特地來看看……」

雲千千摸摸鼻子，一看自己這身分確實是不怎麼受喜歡，估計要求上塔頂參觀的事情也沒指望了，於是換個藉口：「你們魔王呢？我想見見他。」

眾魔如臨大敵。來敵營看看？說得輕鬆，誰知道是什麼目的。

「請容我們通報。」魔族謹慎的退進城主府內通報。

雲千千毫不介意的等在外面，順便抬腕看看時間……不錯，七分鐘了，再堅持二十三分鐘就是勝利。

過了一會，裡面有人出來傳話，說魔王有請。雲千千也不客氣，直接邁步進去。

數日不見，路西法風采依舊，帥得仍然驚天動地，酷得照樣膽顫心驚。

此時這位魔王正站在城主府議事廳中，一臉邪肆、似笑非笑看門外走進的雲千千，對「神主」的到訪沒有表示驚訝，也沒有疑似仇視的表情，心態保持得非常良好。

雲千千感動的看路西法。自從魔島一別，她許久沒見到這位創世紀第一帥哥了。現在路西法已經擁有

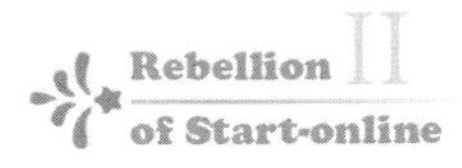

一批粉絲，無數女玩家前仆後繼的砸錢買他的照片，甚至放出言論歡迎魔族侵略，由此已隱隱可看出前世路西法後援會的瘋狂前兆。

而自己才是最可惜的，在魔島混了那麼多天，竟然沒抓住機會和人合照……

激動的上前拉住路西法的小手手，雲千千下意識吃豆腐：「瘦了……唉，辛苦你了。」

路西法的嘴角一僵，差點沒保持住超然的表情。

自己千年來的死敵說出這麼煽情的臺詞，是個正常人都會當機一下的；更別說路西法本來已經認定對方是來找碴，原打算給一個下馬威，表現下自己雖不欲惹事卻也不怕事的風骨，讓對方不要妄想趁火打劫。畢竟主神規則在上，這時候神界出手就是犯規……

誰知道一切都打算得好好的了，人家一開口居然來了這麼一句。自己該怎麼答？為魔民服務？

就在路西法懷疑神主是不是在神界憋出憂鬱症，所以才會如此反常時，雲千千又加了一句。

「聽說我的使者前陣子被你們追殺？是不是有什麼誤會啊，那女孩才貌雙全、嫻熟溫雅，堪稱當代青年之楷模，你可千萬不要聽信禽獸讒言吶。」

路西法一聽，不自覺的吁了一口氣，終於確定對方確實是來找碴的了。這樣的敵對狀態才讓他感到熟悉和安全啊……冷哼一聲，路西法道：「聖器如果真在魔島的話，我們魔族也不貪這個便宜，一定會雙手奉還。但是閣下說到您的使者……派出這樣的人來負責交涉，莫非神界是有心欺我魔族？」

「話不是這樣說的。」雲千千乾笑，臉色一正的轉移話題：「我這次來主要是為了貴族的薩麥爾。不知魔王閣下是不是還記得這個人？」

路西法挑眉看著雲千千，不語。

「貴族魔將擅闖神界，本來是罪不容赦，可是看在魔王的面子上，我還是願意放了他。」雲千千笑了笑，接著說道：「只要答應我一個要求。」

087 三戲路西法（中）

要求撤兵？當然不可能。這是活動原則。

要求路西法和自己蜜桃多多的身分和平共處？雖然不是活動原則，但雲千千個人認為這比上面一項還不可能……

所以她只是來談生意的……雖然在路西法聽起來，這生意也很像找碴。

「如果可以的話，我希望能夠在貴城購買房產。」

「……」

一小時後。

在山巔數百玩家眼睛睜得痠脹，眺望許久後，熟悉的小黑點終於再次出現。小黑點從西華城中心不受任何阻礙的升空，平安無事的飛出城外，沒有萬獸怒吼、沒有魔兵阻截，甚至就連意思一下的騷動都沒有，整座城池和平安詳得讓人吐血，彷彿那還是活動開始前的所有玩家都可以友好訪問的中立都城。

在飛到一半距離時，小黑點依舊是熟悉的一陣扭曲再凝實，接著繼續向這邊全速飛來。

「大家久等了。」雲千千收翅落地，很滿足、很愉快的樣子揮爪打招呼。

山頂上一片死一般的沉默，只有風捲草葉的沙沙聲拂過。所有人保持同一姿勢石化，不敢相信這傢伙居然真的賭贏了。

咦，沒有掌聲？雲千千尷尬的抓頭。

再一分鐘後，山頂突然爆發出一陣陣怒吼哀鳴，幾百人一起拍地捶樹作癲狂狀，傷心欲絕：「老天無眼啊～」

「世道不公啊～～」

「天哪！難道惡人真的沒有惡報嗎？」

「我的錢！」

「嗷嗷嗚——」

……

臺詞倒是沒有什麼新意，關鍵是一個氣勢恢弘、波瀾壯闊。尤其是這數百人一起涕淚交加的場景，看著確實挺讓人辛酸的，不知道的人肯定以為是這裡發生了什麼慘絕人寰的事情……

雲千千滿頭黑線的看著這一群牲畜，再一次確定了他們其實真是挺想看她送死。

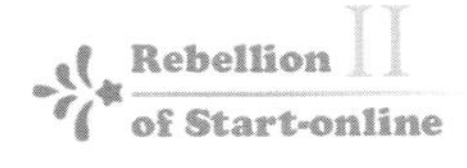

「喂，你們要不要這麼不給面子！」

「大姐，不是我們不給面子，主要是大家的生計都靠妳了，誰知道妳居然這麼不夠力。」賭徒甲抹淚抽泣。

「嗯哪。」賭徒乙哭：「上次我就輸精光了，這次是跟老婆借的本，回頭她知道了非跟我一拍兩散不可。」

「錢吶錢吶錢吶……」賭徒丙兩眼無神，跳針中……

雲千千聽得頭昏腦脹，頭大的揮手，制止對話。「行了行了，知道你們日子過得艱難，我拿到新的一批房契準備開店，優先給你們管理如何？」

「啥？」又是眾人齊聲……

試探演習結束，彼岸毒草聽說中途有變，連忙匆匆又抽出時間趕來了一趟，一見到悠閒自在的雲千千後，咬牙切齒拍桌問道：「妳又做了什麼!?」

「……其實也沒做什麼。」雲千千乾笑，突然發現自己好像已經臭名昭彰，根本不用說什麼，反正只要她一露面，就能讓人十分沒有安全感。

彼岸毒草也發現自己有些激動，於是深呼吸鎮定情緒，調整好一會才自認應該有足夠清醒繼續談話了，再於是接著問道：「說吧，妳去路西法那裡幹什麼了？」

雲千千很配合的臉色一正，嚴肅回答：「談生意。」

「……」

這麼正經八百的表情、氣氛，怎麼會出現這麼讓人吐血的回答……彼岸毒草嘴角抽了抽，再抽了抽，突然很想撓牆。「哦……談什麼生意？妳是不是忘了自己本來應該去做什麼？」

「沒忘啊，去引開城中魔族守衛注意力嘛。別這副表情，只是順便而已。」

「什麼順便？談生意順便還是轉移注意力是順便？」

「這個……你也知道，做好一件工作最重要的前提條件是熱情和興趣……」

「所以妳就把精力放在了自己更有興趣的房地產業？」

雲千千解釋：「其實大家都知道，最賺錢的手段，一是房地產、二是炒股票，在虛擬世界第二種方法就不用考慮了，我們主要還是應該把視線投注在房地產業上。這裡可以分為兩種投資方式，一是以駐地或領地形式全部占領某區域，再分租給下面的人做生意；二是購買別人駐地或領地裡的產業，自己做生意……魔族占領的城池有以下幾個好處，比如說第一……第二……第三……」

「閉嘴！」彼岸毒草不耐煩的打斷她的話。「在那裡開店置房產的好處先不說，我只想知道魔界侵略的活動結束之後妳打算怎麼辦？等城主回去重新管理主城，妳以為魔王給的房契他會繼續認帳？」

「放心，暗黑會成為西華城的信仰。即使魔界在活動結束後撤退，不到一個禮拜他們就會再回去的，而且是持合法居留綠卡。」雲千千嘆氣。

「哦？此話何解？」

「因為我剛飛近城主府就看到路哥的雕像了……」雲千千再嘆……

遊戲玩家可以用不同的立場來分劃群體，比如說同一個公會，同一種職業，同一個隊伍……而在這種群體劃分方法中，還有一種即將開放的，就是陣營。

光明、黑暗、中立，一般遊戲中都會有這麼三種基礎類別的陣營。陣營至少有兩個或兩個以上，官方說法讓玩家選擇陣營是選擇各自的信仰，但實際上就是給玩家一個逞凶鬥狠的合理藉口，鼓勵遊戲玩家要嘛砍死別人，要嘛被別人砍死。在持續不斷、前仆後繼、絡繹不絕的各種競爭PK中，半強迫性的消耗物質資產以壯大個人實力；不消耗也行，只要你能忍受逛一條街可能都要至少被人宰十次的委屈境況就行。

這就好比街頭打架，人家抄塊磚頭，你至少也得拿把西瓜刀吧？再升級到國家間的戰爭等級，人家有顆原子彈，你不至少準備個核子彈的話，好意思出門和人打招呼嗎？

雲千千詳細的替彼岸毒草分析了一道，最後總結：「陣營系統差不多就是這麼回事。雖然神、魔各有地盤，但人家在大陸上也得設辦事處接待信徒。按照遊戲的說法，也就是指那些已經選擇了陣營的玩家。路哥豎起的那座雕像就是表示此地已圈定的意思，神族不能再染指……打個比方，就像畜類在自己活動的範圍撒尿圈地盤，別的生物不能再隨便進入一樣。」

彼岸毒草吐血：「我明白了，妳不用打比方。」雖然這比喻確實很生動，但還是太刺激人了。

他現在已經放棄追究和驗證雲千千拿出來的那些情報來源，無數次不堪回首的事實證明，對方從來都是正確的。如果自己硬是不信，更甚至作對的話，唯一下場就是被整得很慘……具體案例事實可以參照龍騰和一葉知秋曾經栽過的那些跟頭。

「最後一個問題……魔王怎麼肯那麼爽快給妳契約？妳假扮的是他死對頭吧？」

「因為我答應他，等神族也進大陸之後，他可以派一個魔族使者同樣去神族駐城拿同等份契約，條件同樣是僅限玩家公會使用……」這等於互派奸細滲透，兩邊正負相加剛好抵消影響，而且最關鍵是可以立即換回一個薩麥爾……

彼岸毒草倒吸口涼氣：「神主肯幹？」

「他幹不幹關我什麼事。兩邊如果鬧翻了，我們正好在後面撿便宜。」

「呃……好吧。」彼岸毒草嘆氣，終於肯鬆口：「這事情就算妳辦得對。那麼現在再來說說怎麼調開城中魔族力量……」

「還調什麼調，我們把契約分下去，再去交個錢就能合法營業了。如果有人來搗亂的話，魔族甚至會幫我們當免費打手，想要什麼情報直接派人上去錄就是，根本不用怕會被攻擊……當然，這個人不能是我，畢竟路哥對我的私人仇恨還是很強烈的。」

「……」

情報輕鬆到手，西華城中的店鋪房產契約經過簡單分配後，很快發放到各專職生活玩家手中。於是，接著在全創世紀玩家都對大運河以西地界，尤其是西華城諱莫如深，想盡辦法都無法越雷池一步的這個特殊時期中，水果樂園的人卻大搖大擺、光明正大的搬了進去，開始裝修店面並準備開張工作……

此事經報導傳播後，再次在遊戲世界引起一片譁然。對水果樂園在魔族地盤中享受到的這一特權，所有玩家都表示不能理解，甚至揣測這群水果族是不是已經叛變投靠黑暗勢力……但是這個猜測很快又被推翻。因為榮耀系統是人家開的，在西華城以外的地方遇到魔族時，其他玩家也親眼看到水果樂園依舊殺得興高采烈，沒有半點放水的意思。

這世界到底是怎麼了？人們納悶著。

再於是，水果樂園和魔族詭異的共處現象，就這麼被評選為三十三世紀網遊史上十大不可思議事件之

一，引起了曠日持久的討論熱潮，直到魔族退兵之後，也沒人能猜測出其中的奧妙……當然，這些都是後話了……

水果樂園的裝修隊及店主進入西華魔城後，在繳納買斷租金時，路西法親臨現場放話，希望他們轉告蜜桃多多，蜜桃多多再轉告神主，使其遵守諾言，放回「被關押在神界」的「薩麥爾」。

雲千千剛把三個神族隨從放出來溜達了一圈，宰殺了幾隻魔獸，還沒來得及玩過癮就收到了這個消息。於是她不得不把隨從再次鎖進客房，煩惱的又一次變身，急匆匆的跑去西華城演出，露個臉好讓路西法放心。

「魔王陛下～」雲千千眼含熱淚，一臉激動的衝進城主府，拉起路西法的小手手再次吃豆腐：「屬下好想你啊——」

路西法的嘴角抽了抽，自己這手下真不是被關傻了？

淡定的抽回手，路西法斜睨雲千千：「回來就好。」他頓了頓又問道：「你在神界的時候，有沒有看到什麼或聽到什麼？」

「神界美女很多，風景不錯，就是伙食不夠，我經常吃了十幾盤才吃半飽，而且他們穿的衣服也……」

路西法拍桌怒喝：「我沒問你這個！」

「那您問的是？」雲千千一臉白痴相，裝模作樣。

「比如神界的打算……還有那個水果樂園的意圖？」

「據我所知，神界的打算是和魔界建立和平關係。雖然戰爭無法止息，但我們還是應該以最和平的願望去暢想未來。反正原則就是要打架嘛，怎麼打並不重要，也許不久的將來我們可以考慮舉辦神魔匹克運

動會，派出選手比賽競爭，這樣既不違反原則也……另外再說到水果樂園，其實會長蜜桃多多這女孩才貌雙全、嫻熟溫雅，堪稱當代青年之楷模。我個人認為獸窟的事件應該是一次誤會，這其中一定有不為人知的隱情……」

「這個評價和神主的倒挺像。」路西法再次打斷她的話。

「是嗎？」雲千千咳嗽了一聲說道：「果然這是群眾的呼聲啊……」

「……」好吧，他現在可以斷定，自己這手下果然是被闖傻了……

雲千千牌薩麥爾被揮退下去，路西法短期內都不想再看到這個人了。至於帶兵更不用想，他暫時還沒打算讓一個腦子不正常的魔將葬送自己的手下。

當然，堂堂七魔將這麼有用的戰力也不能完全閒著，於是雲千千被分配到新任務，去尋找被搶奪的雷神之錘……

咦，雷神之錘被搶了？那為什麼自己還沒收到任何消息？雲千千大惑不解的同時，向當時的知情魔士了解情況。

「那個冒險者搶走了雷神之錘後殺掉兩個小頭目，衝出包圍圈並逃進夢魘製造出的幻境……不過說也奇怪，我們本來把幻境放在必經之路是為了阻止他出來的，誰知道他不知道從哪裡避開我們的耳目，且又繞過幻境衝了出來，殺掉頭目再衝出包圍……我們以為他一定會趁機跑掉，結果那個勇者卻莫名其妙自己又繞了一圈，避開我們的包圍圈闖進後面的幻境……難道他想在裡面獲得些什麼？」

「……其實你有沒有想過，那傢伙也許只是迷路？」雲千千試探的問道。

知情魔士嗤笑，表示不相信：「迷路的人我見過。那個冒險者的身法飄忽不定，能在最不可能逃脫的

路線上逃脫，這分明是上乘的空間法師……你看過迷路的人能迷到這種水準的嗎？」

這年頭說真話怎麼就沒人相信呢？雲千千遠目望天，無語一會後才跳過這個話題：「好吧，那麻煩你指個路，魔王老大派我去幻境找回雷神之錘。」

「哦，我幫你標記。」知情魔士接過雲千千遞去的西華城地圖，在城主府後的某條巷道中蓋了一個小雲朵記號又遞回去：「幻境就在這個地方，進去後請千萬小心，用提高精神力的技能可以有效抵抗幻象。」

「謝。」

「不用客氣，大人請好走。」知情魔士很恭敬的送別。

又要失蹤一段時間，雲千千對此表示很愧疚，但是九夜的事情當然更重要；而且以她個人的判斷，如果彼岸毒草知道這件事情的話，肯定也會要求她犧牲自己以盡量保證九夜的人身安全……

堂堂第一公會會長混到如此眾叛親離的地步，實在是應該好好的反省一下。可惜雲千千反省來反省去，怎麼都覺得自己實在是很忍辱負重、鞠躬盡瘁。

水果樂園的根基是她打的吧？人才是她挖的吧？支撐經濟基礎和公會結構的重要支柱天空之城也是她拿下的吧？

既然如此，為什麼小草草對自己還有那麼大意見捏？難道說曲高果然就會和寡？

雲千千在充當幻境入口的濃霧前唏噓感慨一番，先發訊息給九夜，得到不在服務區的系統回答。於是她整理整理空間袋，義無反顧的埋頭衝了進去，同時以迅雷不及掩耳之勢換下面具，恢復真身。

雲千千一進幻境，周圍朦朧一片，看似空曠無比，實際上凝神望遠就會發現，周圍視線最多只能到達

一公尺以外的地方。

別看外面的濃霧只有三立方公尺，但其實這裡已經是另外一個空間，用網遊的話來說，也就是副本。

雲千千一出現，濃霧中響起一道男子聲音。

「歡迎來到我的空間，現在……」

「先等等！」雲千千叫停，低下頭發簡訊。

果然，因為在同一個副本地圖的關係，這回消息很快就通了，九夜那邊總算有回音。

「蜜桃？」

「是我。」雲千千很無奈的嘆息：「能不能解釋一下，你為什麼會跑到這裡來？」

幻境耶！身為一個路痴他居然也有勇氣挑戰幻境耶！雲千千真的不知道該誇獎對方的勇敢還是該吐他一臉口水。

「這裡是哪裡？」九夜那邊的聲音顯然很疑惑：「我現在在一個小鎮裡，不知道為什麼突然就進來了。」

雲千千吐血：「難道說你都沒有碰到一個聽起來很猥瑣的聲音，然後被他哄騙做出什麼A、B、C、D的選擇？」

「喂！」濃霧中的男子聲音很不爽：「我也是有尊嚴的，小心我告妳誹謗啊小姐！」

沒人理他。

雲千千繼續和九夜說話。

九夜那邊想了想，很認真的回答：「我進來以後就是一片曠野，沒碰到什麼聲音也沒有其他生物，直

到走進這個小鎮。」

「等等。」雲千千切斷通訊，手捲喇叭狀，朝濃霧裡喊：「有人在嗎？」

「……在，妳可以用正常音量說話沒關係，我聽得到。」

「哦，我想請問一下，在我之前進來的那個男人是怎麼回事？為什麼他沒碰到幻境我卻碰到了？難道你愛上他？」

一片沉默中，雲千千明顯聽到濃霧中彷彿傳來青筋暴開的聲音。她耐心等待了一會，男子的聲音才終於再次響起。

「之前的男人我無法困住他，因為他身邊也有夢魔。」

「咦？」

仔細想、努力想、絞盡腦汁的想，終於，好一會後雲千千才想起來，在海底的人魚族洞窟時，九夜確實走狗屎運，開到過一個裝有夢魔蛋的寶箱，自己當時好像還狠狠眼紅了一把。

只是後來時間久遠，再加上九夜從來沒有把這個寵物牽出來過，所以關於夢魔蛋的事情才被她忘掉了……呃，估計九夜應該也忘得差不多了。

「了解了。」雲千千嘆道：「換句話說，現在被幻境困住的只有我這個傻子是吧？」

早知道對方沒事，她何苦做足心理準備跑進來這一趟？等人溜達夠了，直接從出口出去就行，她這不是吃飽了撐著嗎？

夢魔的幻境最難纏的地方就在破除幻境；只要安全到達那個小鎮中心，就有了當次副本內對幻境免疫的狀態，直到出去前都不會再受幻象困擾。而幻境的出口也很好找，只要出鎮在曠野上溜達一圈，再找到

一個隨機座標出現的濃霧團就好了……

於是總結，有夢魘或是夢魘蛋陪伴的九夜，在這地方根本就是游刃有餘，完全不用擔心的。既然如此，為什麼對方到現在還沒有出來呢？這個問題也是幻境主人所不解的，甚至為此不惜虛心向雲千千請教。

雲千千就此問題進行分析，根據自己對九夜的了解，很快得到答案：「要一個路痴在一片完全沒有標誌性建築的曠野中找到一個行蹤縹緲的出口，實在是太難為他了。估計九哥只要一出城，就只能在方圓一百公尺內原地打轉……」

幻境主人嘆息：「難怪我這幾天一直看他出城轉個幾圈再回去，本來還以為他是在鍛鍊身體。」

「……」只有你才會想到在遊戲裡鍛鍊身體，你全家都在這裡鍛鍊身體。

雲千千無語一會道：「既然如此，你乾脆直接把他放出去好了，夢魘何必為難夢魘……」

「這不行。」幻境主人的聲音義正詞嚴的拒絕：「我的任務就是困住這個男人，直到魔王陛下派人進來殺了他、拿回雷神之錘為止。雖然幻境沒有作用，但好在上天保佑，這個人居然是天生的路痴……」說到後面，他聲音中充滿了感動和虔誠的語氣。

「一個魔族信仰上天……喂，你很丟魔耶！」

幻境主人的聲音嗆咳幾聲，尷尬道：「無論如何，反正你們必須要自己破除幻境走出去，我是絕對不會手下留情的。」一個是無法看破幻境，一個是看破了幻境卻分不清方向……聲音的主人很滿意，自己的任務其實還是有希望圓滿達成的。

「哦？」雲千千抬爪，手背朝前甩了甩：「認識我無名指上的是什麼東東嗎？兄弟。」

「咦……」

「恭喜你猜對了，夫妻戒指。」雲千千歡樂的宣布答案。

「@#$%！……」幻境主人抓狂。

「所謂夫妻同心，其利斷金……我和九哥果然無論從任何一方面來說都是天生一對啊。」雲千千夢幻般的雙手握拳，發表完演講，接著臉色一正，對濃霧揮揮手：「那就這樣吧，我沒空陪你玩了，掰掰～」

夫妻傳送一開，天南地北任我來。

在和諧友好的交談後（？），在幻境主人真誠的祝福下（？），在……總之，雲千千一個傳送請求發出，接著下一個瞬間就消失在濃霧中。再接著，她眼前一亮，毫無阻礙和難度的直接進入小鎮，九夜就在眼前。

雲千千左右打量了一下，小鎮中還是有點人氣的，三三兩兩的NPC在鎮中街道上行走著，看上去很是悠閒的樣子……不悠閒都說不過去。這裡的居民全是被困在幻境中、已經徹底束縛在小鎮內而無法離開的NPC，要解救他們得靠別的任務了。

生活、休閒的範圍只有這麼一個鎮，雖然吃穿不愁，但是枯燥啊，無聊啊，空虛寂寞啊。

所有人都知道，當人們不用為工作而疲於奔命，生活節奏也就會無限放鬆。比如說法國人，每天喝個午茶的時間都可以拖到兩、三小時，在其他國家根本是無法想像的事情，這就是悠閒。

九夜一個人孤單的在這裡被變相禁錮了幾天。以前他雖然也有迷路迷到荒郊野外的時候，但從沒在這麼小的範圍內被鎖住那麼久過，這會見到雲千千自然很高興。

於是，雲千千極其有幸的見到九夜笑了笑。

「終於來了。」

「呃，不好意思，我之前沒想起你來。」雲千千很慚愧也很老實的回答。

再於是，那難得的微笑很快又消失，九夜冷哼一聲，板著臉從空間袋丟出一個小錘子來。「妳的，雷神之錘。」

「嗚嗚嗚，九哥您真是好人。」雲千千感動，眼淚一抹，狗腿討好：「作為報答，我教您一個以後迷路時可以用來辨認方向的法子。」

「哦？」九夜興趣缺缺的樣子，一臉很不信任的看著雲千千。

「看，無敵跑腿信差——使魔！」雲千千召出自己的使魔，隨便寫了一封信，收信人是彼岸毒草，交給使魔。

小使魔接信後，刺溜一聲向鎮外跑去。

雲千千連忙拉九夜跟上，一邊跑一邊解釋：「使魔是在特殊環境下也可使用的信差，上天下海、出入副本無所不能，雖然無法即時通信，但好處是可以在信件中攜帶物品，而且沒有收信人是否在線上的要求……比如像現在這種情況，你就可以派一個使魔隨便寫一個在副本外的收信人，等使魔往外跑就跟上，絕對是副本出口的位置，比GPS還好用……一般人辨不到，但速度夠快的話還是能跟上的，而且跟丟也不用急，可以等使魔回來後再發一封信……」

九夜動容：「跟引路蜂差不多？」

「沒錯。這法子不錯吧？」

「很好。」九夜果然滿意。

而九夜滿意了，雲千千也很滿意。

當然了，她絕對不會告訴他，這辦法其實是他前輩子自己想出來的……不知道是哪位人士說過了，做好事不要留名，如果他有什麼美好誤會的話，也是沒辦法的事……

跟著使魔一路狂奔，雲千千和九夜很快找到幻境的出口。濃霧一穿，兩人順利出現在西華魔城中。外面很幸運的一隻魔都沒有，顯然是路西法很相信自己手下七魔將的實力，所以根本沒派魔在外面埋伏……

「搞定。」雲千千得意洋洋的打個響指，隨便換了張臉，翅膀一振出城。

九夜自然是照做跟上。

找到可用城池，一路傳送回玩家根據地，雲千千帶九夜去見彼岸毒草，順便稍事休息。

雲千千剛進議事廳，系統就發布了一條慶祝消息。有第一個玩家滿足功勛要求，升任軍團長，可率領萬人NPC軍隊，希望其他人再接再厲、努力追趕云云。

九夜在副本時收不到消息，也聽不到榮耀系統開放時的公告，這會聽到這個系統公告自然很是茫然，抓著雲千千詳細問了一番才明白是怎麼回事。

當然，問完他也就滿意了。畢竟這人連自己都帶不好，帶一支軍團出去也是迷路到哪個山溝僻野，炮灰的命……沒人指望他。

雲千千解釋完後倒也跟著茫然了一把。刷功勛的事情她知道，但她同時也知道這點數不是那麼好刷的。

滿足萬人軍隊的要求，這起碼也是一千點的功勛。普通的小任務頂多給個三、四點，殺掉一個魔族的話是一點……誰這麼威風，榮耀系統剛開兩天就刷夠了一千點？

於是雲千千出門抓了一個人回來問。在根據地裡的玩家倒是有互相交流資訊，這個內情自然也知道。被詢問人很快回答了雲千千，此人不是別人，正是囂張富二代龍騰大爺。

「龍騰又想鬧騰了，看來駐地被毀讓他很不甘心吶。」雲千千笑。

九夜瞥她一眼，問道：「妳不去？」

「不忙。」雲千千撈出雷神之錘：「我先綁定，不然這東西就跟定位雷達似的，能招來一大群魔族……完了還要先解決聖器的事情。」

雷神之錘綁定，選擇形態確認為法杖……系統全服公告，由於魔族神器落入玩家手中，接下來活動難度增加三倍……

「臥槽！」全遊戲裡的人民再次沸騰。

088

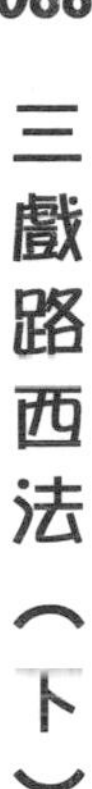

三戲路西法（下）

雲千千也很沸騰。這情況真叫一個萬眾矚目啊，真叫一個全國震驚啊，真叫一個……靠！為什麼她綁定一個武器也要被宣揚出去？

從來沒有綁定過神器的雲千千表示壓力很大。

其實換個時間的話，玩家綁定一、兩個好東西根本不可能引來那麼大的動靜，關鍵在於現在時期段比較特殊——魔族之亂；再加上被綁定物品比較特殊——大亂的魔族神器……雖然是之一。

智腦綜合以上考慮，覺得這件神器雖然本身不算很重要，代表的意義卻十分深遠，極度富有象徵性和指標性。於是，系統公告就這麼橫空出世，將一票根本不知道發生什麼事情的無辜群眾轟炸得頭昏眼花。

活動難度增加三倍耶！

馬的，到底是誰那麼威風，拿了人家東西？

彼岸毒草瞪雲千千。雲千千瞪九夜。九夜翻了一個白眼，誰都不看。

「又是怎麼回事？」彼岸毒草咬牙問，目標明確直指雲千千。

系統公告出現後，他的第一反應就是下意識捏碎了一顆傳送石飛回來。雖然沒有證據，但是以男人敏銳的直覺，他還是認為這件被玩家到手的魔族神器一定和雲千千有關係……

「什麼怎麼回事？」雲千千裝傻。

「不要掩飾，掩飾就是確有其事！」彼岸毒草吼道。

「呃……」雲千千心虛的擦汗，草草掃了一眼九夜：「其實這個事情說起來有點複雜。」

她現在只想知道，為什麼九夜當著那麼多魔族的面，明目張膽的搶走雷神之錘沒事，而自己只是跟在後面撿便宜，綁定的時候沒見證、沒剪綵、沒全球實況轉播……結果有事的反而是她？

這麼說起來的話，她幫其他人揹黑鍋好像不是一兩次了。每次幹壞事的時候都有別人，但被直接追究全責的卻都是自己……這到底是哪位過路的天使大姐抽了邪風了？還是說自己的形象真的早已深入人心，連智腦和 NPC 處都有所耳聞？

彼岸毒草搖頭嘆息：「我不想聽那些複雜的，給我來個痛快。」

「痛快的話，就是九哥去偷了雷神之錘，而我綁定了雷神之錘，現在系統把責任追究在我身上，我本人對此也表示不滿。」

彼岸毒草聽後，想了想，也就知道雲千千究竟不滿在哪裡了。說來也是，人家當著萬千目擊者的面前把壞事做得光明正大、毫無遮掩，結果居然沒事。而她只是在後面偷偷摸摸、避人耳目、順手跟著拿點小便宜，於是竟然可以直接引發波及全創世紀的震動變革……

「妳確實很冤枉。」彼岸毒草的語氣鬆緩了點，憑良心說了這麼一句。雲千千臉上剛有點理解萬歲的激動神色，他緊跟著又道：「不過說到底，最後實際獲得好處的人還是妳。而且九哥拿走神器，畢竟還是有機會被搶回去的；妳卻是綁定了，完全杜絕對方扳回一城的機會……」

他言下之意，就是雲千千雖然有些冤枉委屈，但這事情總的來說還是很公平。

雲千千拍桌號啕假哭：「天吶！為什麼這世界上沒有一個人能真正的理解我？」

彼岸毒草、九夜一起滿頭黑線。

「總之這件事情妳最好爛在肚子裡，那個什麼神器不准拿到人前使用。」彼岸毒草拍桌下令：「還好公告裡並沒直接宣布拿到神器的人是誰，一時半會應該也沒人能確認那就是妳。從今天開始，妳必須保持低調，直到魔族退兵為止。否則被發現妳就是那個使得活動難度增加三倍的罪魁禍首的話，全部玩家一人一口唾沫都能淹死妳。」

「OK。」雲千千臉色迅速一正，點頭。她剛才也就有這意思了。

這邊正、副兩大巨頭剛剛做好隱瞞消息的決定，會議室大門「嘩啦」一聲被大力撞開，幾十個玩家氣勢洶洶的闖了進來。九夜一激動，差點反射性丟個大招過去。

還好水果樂園的徽章很顯眼，九夜眼力也不差，手剛甩到一半，發現進來的都是自己人，連忙強行把已經快要脫手的技能收了回來……要不是這只是遊戲的話，這麼來一下子，起碼也得讓九夜受個能躺十天、半月的內傷。

「會長老大，大姐頭！」進來的玩家們根本沒注意九夜，很興奮的包圍雲千千，你一句、我一句搶著

說話：「妳拿到的神器是啥啊？亮出來讓大家開開眼嘛！」

雲千千和彼岸毒草無語的對視一眼後，前者乾咳一聲，很嚴肅的開口：「大家是不是有什麼誤會……」

「誤會個蛋蛋啊，不要這麼小氣，我們都是自己人，看一眼又不會怎樣。」一群水果族見雲千千這麼不痛快，頓時急了：「我們保證看了以後不亂傳！到底是啥？莫非是魔王老大的龍內褲，刀槍不入、水火不侵、冬暖夏涼還附帶自動調節，提高人體免疫力功能？」

「……」雲千千目瞪口呆，苦笑的看彼岸毒草：「看見了吧，這才叫長江後浪推前浪，一浪更比一浪騷……以後不准再說我壞了，又不光我一個人愛扯蛋。」

彼岸毒草淚流滿面。他堅定的認為這絕對是近墨者黑、近豬者痴的結果，有這麼一個風騷的領導人，他實在無法再埋怨公會中能出現這麼風騷的下屬。

幾十個人圍著雲千千不放，任憑後者怎麼解釋、狡辯，說她絕對不是拿到神器的那個人，在場依舊沒有一個人肯信她。而且看門外那隱隱約約蠢蠢欲動的人頭數，好像還有大批增援正在等待入場中，準備對雲千千進行長期的集中轟炸，直到她肯承認事實並把神器拿出來讓大家看過癮為止……

彼岸毒草此時的心情真是有點百感交集，他實在不知道該欣慰於全體水果族成員對自己會長能力的信任，還是應該哀悼於全體水果族成員對自己會長人品的不信任……連自己公會都率先給出這樣子的反應，這表示外面的玩家們很可能都是同樣的揣測，只是代表後者的群體不能隨便進入這裡逼供而已。就目前的情況來看，雲千千手中有神器的事情很快就會人盡皆知了。

「大家別擁擠，別搶話。關於這件事情我會給大家一個解釋，不過不是現在，稍後在本地圖會召開新聞發表會，針對本次神器事件做出回應。」雲千千忍無可忍的跳上桌子，搖臂大呼：「現在我們還有更重要的事情要討論，你們先去做各自的事情，等公會通知。」

「好——」數百人門裡門外一起回應，氣勢恢弘。

等人群滿意離開後，彼岸毒草連忙把門鎖死，擦把冷汗，瞪雲千千：「新聞發表會？妳還真打算把事情挑明了？」

「那當然，早晚都是要挑明的。」雲千千唏噓，看彼岸毒草有暴走跡象連忙安撫：「當然了，我只說稍後會召開發表會，沒說是後多久。一小時、兩小時是稍後，一天、兩天也是稍後，就算一個月、兩個月也不是不能考慮的嘛。」

「妳……」這人是打算糊弄水果樂園全體玩家啊，膽子也太大了……彼岸毒草冷汗刷刷的流，擦都擦不過來了。

「唔，我馬上還要去繼續尋找聖器的線索，時間就是效率……這樣吧，這裡剩下的事情就交給你了。九哥，我們走！」

彼岸毒草一恍神，兩隻敏捷超高的修羅畜生就把他一個人拋棄在房間中，呼啦一聲傳送消失。他試著發了一個通訊後，發現對方早把訊息接收開關都鎖死……

「混蛋！」

短短幾天內在西華城二出三進，雲千千很感慨。她其實也不想沒事跑來跑去的，關鍵任務多，事情也多，雖然不至於壓力太大，但這麼多煩心事難免會時不時惦記一下。還好她前兩次易容都很成功，路西法老大暫時沒有識穿她的真身，所以目前來說雲千千還是很安全的，只要她不主動暴露自己真實身分的話。

再怎麼說，雲千千還算是一個女孩，於是她偶爾也會像一般女孩那樣柔軟體貼一下。念在路西法已經被自己調戲兩次的分上，這次雲千千在到訪之前打算買點小禮物，比如說草莓蛋糕什麼的帶過去當見面禮，用美食安撫路西法受傷的心靈，順便也好減輕一點自己心中的罪孽感……嗯，正好街角過期蛋糕打一折，機會難得，就那家吧！

打定主意，化妝成普通魔族的雲千千帶同樣化妝成普通魔族的九夜，悠閒走到蛋糕店前準備排隊。

「你們兩個！」一隊魔族巡邏兵路過，看到擅離職守的雲千千後大怒：「任務期間，誰允許你們出來買蛋糕了？」

「任務？」雲千千順手遞錢給老闆，等待蛋糕包裝的同時，回頭表示了一下自己的疑惑。

「魔王大人吩咐所有魔族全城搜索薩麥爾，你難道不知道？」魔族巡邏兵問道。

雲千千大驚：「我真的不知道。」她頓了頓後，小心翼翼的問道：「為什麼要搜索薩麥爾大人？」

「呸！什麼狗屁大人！」魔族巡邏兵對地吐口唾沫，在雲千千的疑惑不解中忿忿道：「那是個假貨！有魔舉報，城中的七魔將薩麥爾是由前段時盜走魔獸蛋的蜜桃多多假扮。雖然在進幻境前她頂了薩麥爾大人的臉，但魔王陛下事後召見了製作幻境的夢魔，得到證實，當時進入幻境帶出九夜的其實是一個女人……再加上神器落入他人之手，難道這一切還不夠明顯嗎？」

「呃……」確實很明顯，自己居然忘了那隻爛夢魔還能打小報告……雲千千狂汗，慶幸自己難得良心發現來買蛋糕，不然再頂著薩麥爾身分去見路西法的話，絕對當場被甕中捉桃。所以說，好人果然是有好報的呀！雲千千激動。

「報告大人，我現在就去捉捕卑鄙的薩麥爾！」雲千千義正詞嚴的激動表態。

「嗯，很好，不過不是卑鄙的薩麥爾，是卑鄙的蜜桃多多。」魔族巡邏兵糾正。

「是，卑鄙的蜜桃多多。」香蕉的，臨了還要罵老娘一句，看老娘怎麼收拾你們！

雲千千把九夜送到自己公會最近一座店鋪中，託人幫忙照顧，自己飛快開神界地圖傳送進神界，再找到當初定好的第一個通道跑進去。她跑到出口後也不出去，手一揮，暫時封閉黑洞前的神界通道。

她耐心等待半小時後，終於等到來例行探路的魔族小卒。

魔族小卒照例巡邏查看黑洞前的狀況，本來走到盡頭已經習慣性要轉身回去，突然一怔，接著猛的衝出來，順利出現在大陸海底。

魔族小卒手舞足蹈的興奮一會後，「刺溜」一聲衝回黑洞，估計是去報告；再過不一會，其身後帶著同樣難掩興奮的薩麥爾出現。

正牌薩麥爾及其親兵出黑洞後泡在海水中，一臉重見天日的歡喜愉悅。薩麥爾激動後，迅速做出指示，著魔族小卒拿自己手令回去，帶自己手下魔兵出來跨越大陸。

魔族小卒消失，雲千千抓緊時間重新打開通道，代表神界入口的白光又一次穩定的旋轉在黑洞前。

絕望之後乍然大喜，大喜之後再突然大悲，被獨自隔絕在神魔兩界通道之外的薩麥爾險些暴走。

雲千千才懶得理他，算算魔族小卒帶著大軍魔兵差不多該到了，再不走就得和人家在神界通道狹路相逢，雲千千轉身就跑，身後通道外傳來薩麥爾悲壯悽絕的號叫。

回到神界後，另外開一個通道回大陸，再捏傳送石回駐地，再再傳送跳躍進西華城，魔兵裝扮的雲千千熟門熟路的找到一處城主府外觀賞位置極佳的地點準備看戲。

薩麥爾孤身一魔出現在大陸，在發現自己已然回不去，而大軍也無法跟隨出來之後，毅然決然的來投奔路西法。

雲千千等到快打呵欠時，終於見到薩麥爾在西華魔城上空出現，於是精神頓時振奮。

下方魔族成員很快也注意到薩麥爾，一陣騷亂跑動，大批人馬列隊集結，另外有魔迅速進城主府稟報路西法。

可憐的薩麥爾根本不知道之前曾經發生過的那些事情，還以為是大家在對他進行歡迎，很興奮的收翅，眼含淚花的準備落地求見魔王。

誰知異變就在此時出現。下方眾魔族見薩麥爾要降落，一個個如臨大敵。

來不及等到頂頭老大路西法出現了，一個勇猛頭目果斷下令：「全員注意，預備——」

預備？薩麥爾莫名其妙，不過落下的勢頭倒是依然未滅。

「放！」

一聲令下，魔族戰鬥人員與魔獸一齊發難，萬千技能絢爛的衝上天空。

薩麥爾膽裂魂飛，不知道自己到底做了什麼事情才會突然遭到這種待遇。想躲？那麼多技能幾乎覆蓋整個天空，他去哪裡躲？

抬頭慌張的掃視了一圈，薩麥爾突然發現路西法的身影出現在城主府前，連忙飽含驚喜與慌張的喊了聲：「老大……」救我！

他最後兩個字沒來得及說出，路西法已經變色，臉一沉，咬牙甩手就揮了一個大招，混在其他技能特效中放了上來。

「老大你妹！」

薩麥爾毫無疑問的被秒殺，死得異常委屈。

雲千千捂肚子，努力笑得更低調些。

這可不關她的事，一切都是誤會，她這回真是沒有說什麼誘導人往歪處想的話……雲千千擦眼淚感動退場，趁著混亂又一次跑回店鋪，拉著九夜時再也忍不住仰天大笑。

九夜淡定的看著雲千千發神經，不知道她在高興什麼，也下意識不想知道。一般她越高興的時候，人家越是倒楣，為免自己哪天實在忍無可忍的把她揪去蹲小黑屋，這種事情還是少知道的好……

不過，很快的，他想不知道也不行了。

系統再次發出公告，而且是連發兩條。

第一條公告，是說魔族有大軍進犯神界，神主氣憤難平，決定揮兵大陸，嚴懲凶手……至於這個凶手具體指的是誰，那就是見仁見智的事情。

雖然其他玩家暫時還不知道發生了什麼事情，甚至因為這條公告而歡欣鼓舞的以為又能得到一大助力，但只有雲千千比較理智的出了滿頭冷汗，生怕下一個瞬間神主就殺到自己面前，把自己千刀萬剮後再丟給魔族千刀萬剮……呃，這次確實鬧得有點大了。薩麥爾手下那親兵不知道到底去拉了多少萬的人馬？

第二條公告的內容對玩家來說同樣是好消息。大意是說魔界七魔將之一薩麥爾戰死殞落，魔族力量大損，希望大家再接再厲繼續討伐其他魔族，將這些異族徹底趕出我們的家園云云……

薩麥爾的死因，雲千千自然更是一清二楚，還湊熱鬧親眼去看了現場。

雖然動手的時候，魔族們都以為那個薩麥爾是雲千千，但很顯然在後來驗屍時大家又新發現到了什麼

疑點，於是再聯繫到以前的種種事件，還有城中一開始通緝冒牌薩麥爾，正牌薩麥爾就突然離奇出現的事情……路西法與其餘所有魔族完全有理由相信，這一次他們一定是又被水果樂園的蜜桃多多調戲了一把。

可一不可再，諸事不過三……路西法忍無可忍了，揮兵一指，決定不日即全力攻打天空之城……

九夜聽完系統公告，嘴角無可避免的抽搐了下：「妳又做了什麼？」

這雖然是疑問句，但已經可以當成是肯定句來看。他不問有沒有做什麼，直接問做了什麼，由此可見，所有人對雲千千的了解都達到了一個深刻的地步。

「也沒做什麼的樣子。」雲千千想了想：「就是傳送，關通道，開通道，再傳送……」說到這裡時，她臉色一正，併二指對天發誓：「相信我，除了這些我什麼都沒做。既沒和誰見面，更沒和誰說話！這一切事情和我都沒有關係！」

「……」信妳才怪！

九夜鄙視的看著雲千千，雖然知道對方前面說的應該都是真話，但也清楚知道對方最後一句說的絕對是句屁話！

……和她沒關係？這事情要是和她沒關係的話，全世界罪犯都可以從良了！

但是話又說回來，僅僅傳送和開關通道，如果並未與人接觸的話，事情到底又是怎麼發生的呢？兩條系統公告又會是因何而來？

九夜深深的迷茫，為此遠程求助於智將大哥無常。

後者聽前者詳細講完入西華城後和魔族發生的對話後，再聽完了九夜轉述的雲千千的回答，接著思考良久，不負弟望的還原出事件本來面目。

無常已經對有雲千千摻和的事件感到徹底絕望了，無奈的嘆息：「還是算了吧，小夜，我覺得你應該不會想知道到底是發生了什麼。」

「……我想知道。」九夜很堅持。

無常無語一分鐘，最後基於對自家小弟的回護心情，再加上想繼續嘗試一下說服對方離開蜜桃多多身邊的可能性，於是終於還是把自己推測出的事件真相說了出來。

九夜認真傾聽，之後沉默，之後黑臉，之後掐斷通訊，咬牙瞪雲千千：「再不收斂的話，小心我以後保不住妳！」

上天難道就不能給這世界上賜予一個正常點的女孩嗎!?

雲千千心虛的小聲問身邊水果樂園僱用的職業玩家：「他這話什麼意思，保我!?」

「當然了，會長。」職業玩家不知道到底發生了什麼，但聽到九夜和雲千千對話後也知道必然是發生了什麼事情，此時很是無奈的嘆氣，感慨自己不慎上了賊船的同時，順口開導雲千千：「怎麼說人家也是妳老公，保妳是正常的。不過妳闖的禍太多，讓人家即便想保也顯得很是無力啊……」

「哈!?」雲千千傻眼。

這話聽著不對勁啊，怎麼感覺那麼像男朋友對偶爾調皮搗蛋、精靈可愛、玉雪聰明的女豬腳的態度!?

喂！這書不是猥瑣流嗎!?怎麼言情了!?

089 神主會面

不管怎麼說，雲千千這回和魔族算是正面槓上了，再沒轉圜的餘地。

彼岸毒草煩惱非常，火速又一次趕回。他連揪出罪魁禍首質問的時間都沒有，狠狠瞪了一眼過去就放人，爭分奪秒的發下一條條命令，準備把整支公會及所有防衛力量全部搬回天空之城。

雲千千在旁邊越聽越尷尬。彼岸毒草其實沒說什麼難聽話，就是每和一個負責人、長官之流談事之前，總要唏噓感慨一次，以現在活動難度增強，而且某人又挑起路西法的怒火，所以天空之城近期可能將要遭到毀滅性的打擊，現下公會重點必須馬上轉移到天上云云之類的話題來打開談話……

活動難度增強是因為她，挑起路西法怒火的也是她……剎那間，雲千千腦中閃現出諸如紅顏禍水、傾國妖姬之類的各種詞彙。

是該陶醉還是該羞愧？雲千千認真的尋思了一下，覺得當務之急還是應該儘快閃人。群眾的目光太炯炯了，熱情得幾乎將人射穿……

「蜜桃多多會長。」

帶上三個隨從出門，雲千千在街上剛閒晃了兩分鐘，街邊傳來一聲呼喚。

低沉，有磁性，還透點小性感……一定是個帥哥！雲千千瞬間判斷完畢，流口水回頭，剛要仔細看看喊住自己的來人是誰，結果人家又加了一句。

「請問您有時間嗎？神主有請。」

臥槽！雲千千二話不說，把扭過一半的脖子猛的再擰回，埋頭要跑。沒想到前方居然驚現攔截人員，而且還是熟人，天空神族的現任族長。

「蜜桃多多大人。」

「……你們認錯人了，其實我只是一個無辜的路人甲。」雲千千擦把冷汗，睜開一雙無辜的眼睛，真誠純潔道。

「大人請不要驚慌，我們只是奉神主命令請您去坐坐。」天空神族族長很真誠道。

雲千千激動得差點想朝他吐口水。

這才叫吃裡扒外啊，這才叫生命不息、犯賤不止啊！這老頭現在還在自己天空之城治下，轉眼就舔神界的腳丫子去了。也不想想神界把他們這一群人甩掉了那麼多年，看樣子就是根本沒有吃回頭草打算的，要不是自己推動情節讓他有了出場機會，神主根本就連面都不可能讓他們見到……

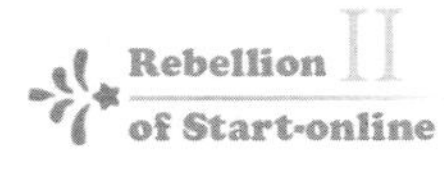

雲千千正腹誹間，最開始喊住她的那個疑似神界使者又道：「會長只管和我們走一趟就是，神主只是想問問關於雷神之錘的事情。」

「雷神之錘？」雲千千刷出新上手的雷神之錘綁定形態後變成的法杖。「你們想要這個？不大好吧，這是九哥從魔族手裡特意為我弄來的定情信物耶。」

「我們不要您的東西。」神界使者表情十分和藹可親：「只是需要您的幫忙。」

「……」其實他們神主真是這麼想的，只是情況有變。但這話不能明說，神界使者只是沉默一會後才道：「我以我的神格保證您的安全。」

雲千千狐疑：「你確定你們神主不是想把我騙過去殺人滅口以洩私憤？」

「我也願意以我的桃品保證自己的無辜……」雲千千反問：「你信嗎？」

「……」神界使者想罵人。

神界使者想帶雲千千走，雲千千不願意。雲千千想跑，神界使者不願意。雖然雲千千偷偷嘗試捏碎傳送石，但很不幸的發現附近被下了禁制，禁止一切傳送行為的發生。

街上的僵持很快引起注意，有圍觀黨報告彼岸毒草，後者連忙親自前來詢問究竟。

神界使者總算找到可以正常溝通的人類，鬆了一口氣，開始重新訴說神主意欲請雲千千前去商談大事的願望。

不問前因後果，彼岸毒草毫不猶豫的把自家會長打包送人，對仍欲反抗的雲千千的掙扎行為，只用一句話就給予了鎮壓：「不去我就把公會資金全用了，正好要升級天空城池的防禦力量。」

太壞了，小草草變得太壞了！

雲千千痛心疾首的乖乖和神族一起離開。

接下來一路上的時間段裡，雲千千分別對帶隊的神界使者施以了威逼、利誘、色誘、激將等各種手段，可惜始終沒能從對方緊如閉蚌的口中問出任何有用消息。

目前唯一可以確認的是，神主真的對她沒有任何殺意。不然的話，剛才路過無數荒郊野外，帶隊的神界使者隨隨便便就可以秒了她，根本不用費事走那麼多路帶她到神主面前再殺。

當然了，沒有的只是殺意，敵意是大大的有。雲千千倒是很能理解神主，換成她被這麼糊弄，還讓一個人引了大批仇家到自家門前砸門潑油漆的話，自己肯定也會生氣。

現在可以確定的仇家是魔族，現在有仇家潛力但暫時還不會正式翻臉的是神族。雲千千慎重仔細的判斷了一番，覺得自己還真是不能一次性把兩邊都得罪了。起碼目前她和神界還是有合作可能性的……雲千千腦中 CPU 全開，思緒飄到很遠之外……

到了神族的臨時駐紮營地之後，雲千千吐血，這明明就是她的天空之城！雖然現在大陸局勢緊張，一東一西玩家和魔族陣營遙遙相望，確實哪裡都再插不進一個協力廠商勢力；但是除此之外，神界不應該沒有其他手段，比如開闢一個小副本，再比如說攻打一個小山頭占山為王……為什麼偏偏是自己的天空之城？

當然了，這樣子也有好處。魔族如果真來攻打的話，作為臨時客居的神主也不能完全袖手旁觀，就算不派出大軍前仆後繼，起碼也得意思意思的提供些幫助。

想到這裡，雲千千終於心理平衡，順順氣，問帶自己過來的神界使者：「你們神主住哪裡？」要敢說是天空城主府就跟你們翻臉！

神界使者微笑，很上道的說道：「天空之城裡面的勢力太混雜了，我們神主當然是住在城外神族的聚居地中。」

「甚好。」雲千千滿意的點頭。至於好在哪裡？大家心裡都明白，說出來太傷感情了……

到神族聚居地中，一見到神主，雲千千熱情洋溢的上前打招呼：「神哥好久不見，身體好嗎？工作好嗎？有沒有按時吃飯、定時大小便？健康是一切理想實現的基礎，一定要好好保重自己啊。哎呀，你說你要來怎麼都不事先通知一聲，也好讓本城主好好款待一下……」

神主轉頭詢問般看向帶雲千千過來的神界使者，後者微笑著輕輕搖了搖頭，於是神主頓時領悟，嘆息一聲，客氣對雲千千道：「何必那麼客氣……」客氣也是假客氣，萬一自己真信了，到時候沒準人家就敢拿蘿蔔、白菜來充數。

再說，大家對彼此之間的關係都心裡有數，現在頂多也就是一個合作關係。自己不喜歡人家，人家倒不見得不喜歡自己，但絕對也是對自己毫無敬畏的。

「話不能這麼說嘛……」

神主抬手制止雲千千繼續諂媚下去，輕咳一聲後，直奔主題：「我也就不繞圈子了，妳手上的雷神之錘是千年前被魔族用卑鄙手法奪去的神族之物……不用這麼看我，我不搶。」再咳一聲，神主感覺很鬱悶，說道：「我只是想讓妳拿著雷神之錘，和我們合作再現天地大陣。」

「天地大陣？名字好矬……」

神主尷尬：「其實妳完全可以把這稱為反璞歸真……當然了，最主要原因是編寫遊戲腳本的作者懶得查資料想名字了。」

雲千千無語。一個NPC居然知道腳本作者這種生物，從某種意義上來說，這確實是挺神的了。

天地大陣，其實就是神界的終級防禦殺招……之一。這座陣法布陣完成後，籠罩範圍可以直接概括整座主城，而且只要有足夠的晶石就可以不限次數啟動。啟動後，大陣自帶防禦外結界HP血條100萬，而且附有隱蔽功能，非城主同意或者非通行證持有者，就算找到大陣的位置也無法進入；若是強行突破外圍的話，還有內結界……沒有血條，但是有無數幻象和神獸小怪。闖陣人能在陣中堅強屹立半小時不倒的話，天地大陣才會完全被解除，只能等待下一次開啟。

從這只有半小時就可破陣的標準，完全可以看得出內結界中是如何的凶險。畢竟這陣法防禦對應的敵人標準是以魔族為主的，說不準還有困殺路西法的可能性。一般玩家進入只能是個死。

而天地大陣的布陣也是很麻煩的，風、火、水、土、雷、光、暗，七種元素凝聚成的七件神器必須是缺一不可。由神器持有人帶神器在陣中靜坐三天，神主親自操持編制元素力量，之後才能成功。

風、火、水、土、光都好說，其對應神器一直在神界中好好放著，沒有什麼問題。唯二的不知去向者就是雷和暗。前者被魔族搶去，後者乾脆直接就是魔族的所有物。想把七件神器全部匯聚在一起的話，還需要很多的準備工作。

「雷神之錘在我這裡，所以只剩下暗……唔，如果我沒猜錯的話，這麼風騷的東西只有可能上貢給路哥，其他魔拿著的話絕對會被路哥陷害……」雲千千摸摸下巴猜測：「讓我想想，你所說的合作除了讓我帶雷神之錘陪你閉關外，不會還想叫我想辦法把那個暗神器幫你弄回來吧？」

「城主果然是聰明靈慧。」神主微笑頷首。

雲千千滿頭黑線：「拍馬屁也是沒有用的。你派別人去吧。」現在路西法仇視她的心情已經人盡皆知了，只差沒命人紮個草人，寫上雲千千的生辰八字，釘五寸釘。

雲千千如果敢在這風口浪尖上出現在路西法面前的話，絕對是找死，沒第二種可能性；至於易容……神主下界了，薩麥爾炮灰了，雲千千實在想不出還能易成誰的樣子去接近這個魔族最高領導人。

且據混沌胖子傳回來的不可靠消息，魔族上層長官見面現在都要對暗號，而每個人見每個人的暗號都不一樣。比如魔神甲見路西法要對床前明月光，路西法回地上鞋兩雙；魔神乙見路西法時卻可能是高喊我是當午，路哥回吾乃鋤禾……

這只是舉例，意在說明現在魔族上層之間的身分核對是如何之嚴苛。暗號每使用一次之後就會耳語更換，連潛伏後偷聽口令冒充的可能性都被杜絕了。

當然，混沌胖子還說了，不保證此消息真實性，不保證此消息流通管道，不為此消息可能帶來的任何可能結果負責……即便如此，雲千千依舊是死了這條心。

這險太不值得冒了！

神主聽雲千千拒絕後也沒失態強逼，只利誘：「城主閣下，我布置天地大陣可是為了妳的城池。如果不肯接受我的一番好意的話，等到路西法帶兵衝上天空之城，一切可就來不及了。」

「不是還有您老在這坐鎮嗎？」雲千千笑得很是討好。

「不行。」神主搖頭：「按照主神規則，我在這段時間內不能直接出手，頂多提供一些幫助。等到一月之期結束後，本神見大陸一片瘡痍，心生憐憫，於是才會怒髮衝冠的協助冒險者擊退魔族……」

呸！憐憫個屁！

雲千千鄙視這站著說話不腰疼的神主。不就是活動劇情規定，硬要拖著打上一個月嗎？想個藉口都不

可靠，不立牌坊你會死啊？

「難道就沒有代替品？」雲千千想了想後掙扎：「畢竟神界也是有這天地大陣的，你們以前怎麼布陣的，現在就怎麼布陣唄。」

「以前暗神器就交歸路西法保管了；而我們最初布這個陣法的時候，路西法還沒叛下神界。」神主長嘆，一副往事不堪回首的樣子。

「這就是你不對了。路哥多帥的一個男人，工作能力又好，還掌管暗神器……就算是嫉妒，你也不能把他開除啊！」雲千千不滿。

神主笑笑，不生氣：「沒關係的，我們神界會派使者去和魔界談判，兩方休兵，不再彼此廝殺，只以大陸上的信仰力量來決上下。」換句話說，等到魔族之亂一結束，陣營也就該開了，冒險者的陣營就是他們的信仰力量。

「什麼時候談判？」

「因為使者正在選拔中的關係，估計要等到魔界撤兵後。」神主解釋：「我們正在海選德、智、體、群、美全方面發展，能代表神界正面形象和友好態度的人才。城主閣下如果有空也可以去神界看看，現在各選手正在初選拉票中。每場比賽都有不少的才藝節目表演，很是精彩……」

「有潛規則？」雲千千眼睛一亮。

「沒有。」神主斬釘截鐵的說。

「切！」

神界有各種理由把所有事情都拖到活動結束，雲千千沒辦法鑽漏洞。為了天空之城的安全著想，更為了不被彼岸毒草追在屁股後面唸叨死，她最後還是只能咬牙捏鼻子答應了神主的條件——去尋找暗神器！

神主明確給出要求，讓雲千千必須在四天內找到暗神器並帶回來，因為布下天地大陣還需要三天，四天再三天……根據神主手上收到的不可靠消息，魔族將在一個禮拜後收回所有分散在大陸上的各支軍隊，集結所有力量向天空之城進軍……

雲千千對此任務表示壓力很大，告別城主叫來彼岸毒草一商量，才發現後者的壓力不比她小。

有天地大陣是好事，問題是這東西成本太高。照雲千千身邊的女隨從，也就是妙麗神官提供的消息，天地大陣每一次啟動都需要一萬塊三級晶石。兩塊四級晶石可以頂三塊三級的，兩塊五級可以頂三塊四級的……以此類推，最後計數標準都按三級算，如果有小數點，後面數字自動省略，就算是0.9也一樣……

小算盤敲敲打打，彼岸毒草很快計算出啟動一次天地大陣的成本，大約在45萬左右，這還是最保守估計。稍微哆嗦一下就有很大可能性超過50萬，說不定60萬也將不是夢想……

對著算盤淚流滿面，彼岸毒草第一次有了和雲千千同樣的感慨……錢啊！哪裡能弄到錢啊!?

天蒼蒼，野茫茫，風吹草低現肥羊……肥羊在哪裡!?彼岸毒草內心無限迴盪著嘶吼。

雲千千也頭大。自己向來自以為敲詐很有一手，但是若要一口氣拿出那麼多錢來，這心裡還真有點打哆嗦。

公會資金不知道具體數額，但就算是夠，啟動一次大陣後至少也會空下大半。更何況最近戰事頻亂，她也不能單把所有投資都放在天地大陣這一塊。

駐地升級、公會成員配備藥品、供應天空神族的糧草等等等等……這些都要錢。

第一次，雲千千有了自己可能需要賣身的預感。

還好她有正當理由逃脫這個籌款的要命工作勞役。一拍彼岸毒草的肩膀，雲千千一臉嚴肅道：「尋找暗神器刻不容緩，我去了。資金的籌措你儘快進行。」

「……」進行個頭，那可是60萬……彼岸毒草哆嗦著手，淚流成河……

090 魔城暴走事件

路西法喝令魔族收兵，準備攻打天空之城，倒是讓大陸上難得的暫時恢復了一些平靜。

一路上，本來已經被魔族占領的城鎮，現在由於魔族撤走、不再回來救援的關係，只剩一些系統刷出的蝦兵蟹將，很容易就被玩家收復江山。雖然被毀壞的城池及其內部基礎建築還需要慢慢重建，經濟重創一時之間也難以得到恢復，但比起最初時的各處淪陷來說，現在這局面已經好了很多。

玩家當中，甚至有些軍事愛好者興致勃勃的策劃，打算伏擊以西華城為終點站、從四面八方正在源源不斷趕回集合的魔族們。而路西法得知這些情況後，居然沒有在媒體面前做出任何回應。

用一句話來形容的話，那就是路西法現在很低調，非常低調。

雲千千一個人飛了差不多有兩座城鎮的距離，沒用傳送是因為她還要趁這趟路的空檔思考。怎麼從路

西法手裡弄到暗神器是個大問題，她暫時還沒頭緒。所以這會她趕得太快也沒用，反正到地方了也只能先傻等……

在這段路程裡，雲千千至少瞅到六批大範圍的玩家VS魔族遭遇戰，也分不清是誰伏擊誰，反正打得挺亂的，鑼鼓喧天、人山人海……

而往西華城前進的方向，還有不少沒參與群架鬥毆的玩家也正在組團趕路，顯然是想留著體力殺條大魚。

「蜜桃——」

下方有人高喊。

蜜桃？雲千千往下瞅一眼，又是一支趕路大軍。距離太遠，再加人數太多的關係，她根本分不出誰是誰，喊自己的人自然也沒發現……無視之，萬一是哪個仇人發現自己，想騙她下去群毆怎麼辦。

雲千千繼續趕路。不一會後，通訊器滴滴作響，她拿起來一看，是龍騰，再一接聽，對方在對面很是無奈的問。

「喊妳怎麼不應？」

「是你喊我？」雲千千大驚：「難怪聽著聲音那麼陌生呢。」

龍騰咬了咬牙說道：「那是妳貴人事忙，彼岸毒草就不會聽不出我的聲音來。」

「哦，所以你是來向我炫耀你跟小草草關係很好的？」

「……我沒那麼無聊！」龍騰抽自己一巴掌。自己實在太閒了，居然會心血來潮的想到要喊她一聲。

雖然說聯盟內部幾個公會最近相處挺融洽，但蜜桃多多絕對是特例中的特例。這人腦中沒有任何敵對觀念，證據就是自己和人家不對盤的時候，人家照樣狗腿諂媚；只要當時情況需要，比如說想敲詐自己、想和自己做生意、想訛自己錢……的時候。

而由上述事例也可以推斷出，就算自己和人家化敵為友的時候，比如說現在，人家也同樣不會把自己當回事。只要此時暫時沒有需要他的情況，比如說她不缺錢、她懶得算計人、她……越想越覺得自己的人生無比杯具，龍騰捂臉懊惱了一下。

反正喊也喊了，龍騰覺得如果自己現在說一句「沒事，我只是和妳打個招呼」然後就掛通訊的話，好像會顯得自己更無聊。於是他調整心情，寒暄了一句：「妳打算去哪裡？」

「打算去搶劫路哥」

「路哥？」

「就是路西法老大。」

「哦，厲害厲害。」龍騰嗤笑，陰陽怪氣的誇獎道。單槍匹馬去搶劫大軍護駕的超級BOSS，一界之主？……他要是信她才怪了。

「一般一般，有沒有興趣一起？」

「哈哈哈……好啊。」這糊弄太不可靠了，死桃子真以為自己會被嚇到？龍騰笑得前仰後合……

經過幾個小時的漫長跋涉，雲千千終於飛到了西華城城郊。這片區域中已經聚集了不少先趕到的魔族士兵。郊外、樹林、荒野、岩山……處處可見魔兵或是魔獸活動的身影。

有實力的玩家在這裡偷襲或組團拚殺的都不少，大部分是為了豐厚的獎勵和經驗而來；再加上最近新

開出來的榮耀系統，有能力率領NPC軍隊的玩家在這種地方更是如魚得水，只要指揮幾次衝鋒，等士兵死得差不多了，自己的經驗也簡簡單單刷上來一大截……

離西華城地面至少有百公尺高的上空處，雲千千拉著龍騰，正在小心囑咐：「準備好沒有？我們現在下去先探探底，看看城中目前是什麼情況……萬一死了的話也不要緊，打一小時牌後，回天空之城復活點集合……」

「……真的要下去？」直到飛到西華城正上空為止，龍騰一直都以為雲千千口中說的去搶劫路西法只是一個玩笑，一個故意逗他的謊話，就跟以前對方曾經做過許多次的那樣。

畢竟他早就知道的，這女孩對她自己那條小命可是珍惜得很，除非是能獲得巨大利益的事情，不然她不會衝動……可是沒想到的是，這回的蜜桃多多居然真的發神經要去親涉險境；而且這種萬中無一的情況，居然剛好又被自己碰上了；再而且，自己居然犯賤想要調戲人家一把，結果被反調戲，人家抓著自己答應過的那句「好啊」，硬要拖他來一起送死……

一想到這裡，龍騰就想去撞牆。深呼吸，他慎重的看著雲千千問道：「妳要不要再考慮一下？我個人覺得我們兩個下去了也只會是炮灰，畢竟這裡可是魔族大本營，再加上路西法最近又在聚集軍力……」

「就是因為他在聚集軍力，所以我才不得不來。」雲千千無奈：「這小子想全力攻打天空之城，不提前阻止的話就來不及了。」

龍騰終於知道蜜桃多多這麼拚命的原因，但事情也不是這麼辦的，這不叫拚命叫送命。

「還是再考慮下吧，所謂謀定而後動……」龍騰擦把冷汗，遲疑道：「要不要叫九夜兄一起來看看情況？」

「他去交任務了，順便請天空魔族來辨認魔獸蛋……我說你到底敢不敢啊，不敢就明說，磨磨蹭蹭跟個女人似的！」

龍騰血淚咬牙說道：「去送死沒什麼，但妳總得讓我知道自己是為了什麼事情去死。」何苦那麼想不開來招惹路西法呢？要說是想刺殺對方未免太不可能了。實力差距擺著，別說蜜桃多多，就算九夜來了也不敢拍胸脯說他能在路西法手下撐過五個技能。

而且來之前，人家說的是打劫……打劫怎麼會跟拯救天空之城扯上關係？真的不是這桃子見錢眼開、喪失理智？

「簡單來說，神族老大願意為天空之城加個結界以抵抗魔族，但是這需要七件神器。其他都齊了，就差暗神器，我們估計是在路哥手裡。於是如此這般、這般如此，眾人就把找出神器的希望寄託在了智勇雙全的本桃子身上……」雲千千攤手無奈道：「現在明白了？」

如果這樣倒是真的推脫不得了……龍騰驚訝了一下，一臉凝色的沉吟會後問道：「那你們已經確定神器在路西法手裡了？」

「不知道。」

「……」窒了一窒，龍騰咬牙接著問道：「假設那東西真在路西法手裡吧，妳知道該怎麼拿過來嗎？……批誒死，千萬別跟我說妳打算殺了路西法，目前沒玩家有這麼厲害的水準。」

雲千千嘆氣道：「確實，我不知道。」

「西華城內有多少軍力，現在如何配置，路西法身邊有沒有什麼陷阱，有多少守衛……」

「不知道。」

「……那妳究竟知道什麼？」就這情報力，還敢志氣昂揚的帶自己來送死？龍騰咬牙，氣得臉都青了。

雲千千無奈的攤手道：「我只知道你現在很想送我去虛無之地打牌。」

龍騰冷笑道：「聰明。」

當然說歸說，龍騰不會真的親手PK掉一個聯盟會長；尤其這會長背後站的還是水果樂園，再尤其這會長本人還是以猥瑣著稱的蜜桃多多……

冷靜的抓著雲千千飛到一個遠離西華城的區域，龍騰放人抄通訊器，順便叮囑旁邊一句：「等著，我先找人弄裝備。」

「什麼裝備？」雲千千好奇。

「煙霧彈，閃光球，炸藥包，人工降雨熱氣球……」

「等等，前面幾個我能理解，熱氣球要來幹嘛？」還是人工降雨用……難道龍騰指望淹死西華城裡的魔獸？他的智商不至於那麼低吧？

龍騰哼了聲：「為了方便殺魔族，我的公會一向是去天空之城找神殿購買聖水的。那東西按比例稀釋後，可以對魔族能力造成一定削減。」

雲千千對聖水並不陌生，這是大戰期間的臨時特殊道具，和基因炸彈有異曲同工之妙，而且同樣昂貴。雖然不能直接造成損血，但在適當的時候使用卻能收到不小的效果。

「龍哥真是有錢人啊。」雲千千無限瞻仰膜拜中。

「一般一般。」龍騰心情終於舒暢幾分，得意的客氣了幾句。然後他頭腦一發熱，又加了一句讓他日後無數次想自抽嘴巴的話來：「與君共勉……」

這只是一句普通的客套語，其中根本不附帶任何誠意，完全是順口就溜出來的。就好比把別人打成豬頭後喊的「承讓」，就好比老公抱著小三對原配說的「妳是個好女人，值得更好的……」，再好比……

總之，諸如此類的客套話大家心裡都知道是放屁。

可是雲千千偏偏認真了，摸摸下巴，很認真的想了想：「本來我是想在旁邊觀看了，但你既然都這麼說，我不出點力也實在是說不過去……嗯，你等著。」

龍騰詫異的看著雲千千，還沒完全消化完這段話的內容，就見雲千千一個俯衝朝西華城方向掠了下去……

「自殺式攻擊？」龍騰小臉蒼白，沒想到，直愛和自己作對的女孩居然還有這麼男子氣概、熱血的一面。

結果事實證明，自殺式確實是沒錯，但不是攻擊，是誘敵。

雲千千一出現在西華城上空十公尺左右，立刻引起萬獸奔騰、眾魔號吼，場面極其熱情、熱烈、熱血沸騰，噪音分貝即使透過系統過濾削減之後仍至少大於一百五十。

龍騰在城外高空都被吵得很是震撼，剎那間完全明白了雲千千在西華城眾魔族心目中擁有的極端地位。

引起騷動後，雲千千沒有急轉逃離，反而猛的加速向地面衝去，在將要撞上地面時忽然一個突兀直角轉向，貼著眾魔獸與魔族士兵頭頂上空一公尺處左右飛行……

要說這人如果往上拔升或者是往城外逃的話，那是毫無疑問的被秒殺。畢竟數萬魔獸、魔族一大片技能放出來，連路西法都不敢說有自信能全身而退。

可現在雲千千不逃，反而混入西華城眾魔中，這就很讓魔和獸們為難了。

用群體技能？顯然是不行的。周圍那麼多自己人，殺敵一百，自損三千……這傻子的名頭誰都不願意頂。

那麼就用單體攻擊？問題是這女人比泥鰍還滑溜，上一秒鐘在你頭上掠過，下一秒鐘就飛到了另一個人身邊繞圈。要如何準確的攻擊到她而不誤傷到其他魔（獸），顯然是一個十分艱難的課題。

於是，在種種限制之下，眾魔們只能撒開腳丫、拍開翅膀，努力追逐雲千千飛過的痕跡。這麼一來二去之後，雲千千身後很快就聚起了一匹匹追趕而來的升空魔獸，還有部分長了蝙蝠翅膀或黑羽翼的魔族。

雖然已經做好了吸引魔族追擊的心理準備，但雲千千沒想到自己居然能造成這萬人空巷的轟動效應。現在西華城內能喘氣的估計都被招惹出來了，就是不知道路西法有沒有得到自己現身的消息？

拖著一長串車廂，身為火車頭的雲千千左拐右拐，也沒指望這麼龐大的一批魔族有哪個勢力能應付得了，於是早有預謀的準備帶魔群衝進城主府。

就在這個關鍵時刻，一路順風順水的雲千千終於受到了懲罰。要知道，雖然說眾魔族、魔獸的實力都很強，但魔多爪雜，在一不小心就很可能誤傷到自己魔的情況下，所有魔都放不開手腳。再加上雲千千逃竄速度極快，方向又飄忽幻化不定，更是繞得所有追蹤魔士頭昏眼花。

正是因為這些原因，所以雲千千一路飛來雖然多次遭遇驚險情況，卻還是憑藉著對地形的了解以及眾魔的顧忌而多次脫身。直到她飛到了城主府前……

越是離 BOSS 近的地方，守衛 NPC 的實力也就越高強。這一點完全是沿襲自關卡 RPG 遊戲的設定，同時也很好的彰顯了 BOSS 的身分。

只見一個魔族將領出現在雲千千的航道上，背負暗黑六翼，一看就是高層次的人物。此魔以一夫當關、

萬夫莫開之勢淡定出劍，脣邊一抹不屑至極的冷笑，囂張的看著雲千千猶如看一個微不足道的小蟲子。

雲千千冷汗刷刷的流，這會也知道情況肯定不妙了。身後是大批魔族、魔獸，回頭被萬爪拍死是絕對不打折扣的；身前是攔路魔將，看樣子也是幾招就能將自己拿下。

問：前有狼，後有虎，怎麼過去？

答：暈過去……

純屬放屁！這又不是言情小說，哪來那麼多囂張跋扈、冷傲絕戾的不世高手專門守候，在自己危急時刻來及時救場？

儘管雲千千非常想暈，但她也知道自己現在一暈就是個死。儘管帶了替身草人可以代替死亡懲罰，但現在市場上替身草人的價格實在是高到讓雲千千抽搐……所以踟躕一秒後，下個瞬間雲千千就定下了決定——拚了！

去勢依然不減，雲千千一邊咬牙一邊往自己懷裡掏摸，眼看就要衝到高級魔將面前。對方手中的大劍也已經抬起，一副凜然孤傲的姿態對她冷笑，似乎下個瞬間就會劈砍下來，以萬鈞之勢將自己橫斬劍下……

就在這個緊張時刻，只見雲千千的手從懷裡一抽，刷出一張薄如蟬翼的面具往自己臉上一覆，抬頭冷喝：「滾開！」

高級魔將一愣，還沒反應過來是怎麼回事，身體就已經下意識的往旁邊一跳，還低頭斂胸作恭敬狀。接著他就感覺到自己面前一陣狂風颳過，再接著一片狂風不斷颳過……

很顯然，第一陣狂風是雲千千，後面的一片狂風則是絡繹不絕、連綿不斷、熙熙攘攘、浩浩蕩蕩……的魔獸及魔族群……

等退到門邊上空的高級魔將回過神來之後，目標早已經逃竄進城主府；而追擊的魔群也已經闖進去一部分，另外一部分還在前仆後繼的往城主府大門裡死命的擠，頗有上班族早上打卡趕公車的氣勢……

高級魔將一愣，眨眨眼，再眨眨眼，終於火了。難怪魔王陛下常說蜜桃多多是他生平僅見的絕世卑鄙小人，連魔族之陰險都遠遠比她不及……馬的，太過分了，居然敢易容成魔王陛下？

憑藉路西法的淫威嚇唬完高級魔將之後，順利逃進門內，雲千千終於吁了一口氣。當然，現在還不是放鬆警惕的時候，她只是暫時逃過一劫，不代表危機解除。

畢竟有一個高級魔將就會有第二個，有二就有三，有三就有……更何況剛剛那個攔門的魔將肯定很快就會醒過來。到時候就算光有他也挺頭疼的，更別說城主府裡還住了一個路西法帥哥……

毫不猶豫的一抖神界地圖，開了一個臨時通道，雲千千身子一貓，直接衝著光洞裡鑽了進去。

追擊的眾魔根本沒動腦子多想，接二連三也跟著鑽了進去。他們一路疾奔衝出光洞後，只見雲霧縹緲、神光繚繞，處處仙樂花香，眼前是一座巍峨建築，身後是不斷絡繹湧來的其他魔族，自己追的那個人已經不見蹤跡……

出了光洞的眾魔面面相覷，滿腦子問號，直到一聲淒厲的尖叫響起，才將他們震醒。

「啊——來神啊！魔族入侵神界了！」

眾魔怒：「靠！」

眾獸也怒：「吼！」

香蕉的！怎麼會到了神界？

雲千千憑藉越來越嫻熟的開通道技術，迅速傳回大陸地圖。當然，她是不會把第二個通道的出口打開，讓別人追蹤到自己去向的。

接著雲千千一路傳送，本來想到西華城外和在那裡等候的龍騰會合，沒想到的是到了地方之後，一個人都沒有。雲千千被放了鴿子，一個人翱翔在天空，分外寂寞。

難道是記錯高度？雲千千上上下下升降一圈，沒有發現目標。

難道是記錯座標？雲千千前後左右盤旋了一圈，還是沒有發現目標。

於是雲千千開始鬱悶，放棄給人一個驚喜的想法，乖乖發訊息：「龍哥在哪？」

「在找妳。」龍騰在西華城中帶了兄弟左突右撞，一邊不解城中魔族為何如此稀落，一邊拿了炸藥包、手榴彈到處亂甩，間或朝魔潑水：「妳到底跑到哪裡去了？」

「我正在一個人寂寞的觀賞雲海……」雲千千抒情了一下，然後撇嘴：「話說，你不是答應了我，一起去拿暗神器？怎麼自己先跑了。」

「我都說了是在找妳！」龍騰咬牙說道：「放心，男子漢大丈夫，一諾千金，我絕對不會食言的……快說，妳究竟在哪裡？」

他根本不信雲千千口中看雲海的說詞。剛才在外面的時候，他遠遠的就看到了城中一片混亂喧囂，雖然看不清具體情況，但是那滾滾塵土是作不得假的，即使是十公尺高的城牆也擋不住，遠遠的看著比沙塵暴還沙塵暴。

「都說我在看……呃，等等。」雲千千有不祥的預感，轉身向遠方熱鬧無比的西華城眺望：「龍哥，

你千萬別告訴我說你衝進了西華城？」

「廢話，我……臥槽！妳已經逃出來了？」龍騰思維敏捷，一轉眼就聽明白了雲千千話中的潛臺詞。

雲千千剎那間憂鬱了：「果然……為什麼我們總是有緣無分？」

「分妳老母已經出來了不會說一聲？」

「呃，這一切其實是個誤會……」自己本來只想給人家一個驚喜……香蕉的，小女人的把戲果然不適合她。

「誤會妳這個蛋蛋。妳等著，我……」

龍騰的話還沒說完，雲千千就聽到一聲巨響，接著一片蘑菇雲從西華城上空騰起，再接著下方白光一片……總體來說就是很壯觀的樣子。

不會吧……

「龍哥？」雲千千試探性的呼叫了一聲。

系統回覆：您呼叫的使用者不在服務區或已欠費，請稍後再呼……

抓抓頭，雲千千大概猜到是怎麼回事了。她剛才在西華城鬧騰了那麼半天，想當然路西法肯定早已被驚動，但是可能因為其他原因而暫時沒能親自出面來抓她。至於原因就不一定了，也許是剛吃飽飯不能激烈運動啦，也許是撇條撇到一半儀容不雅啦，也許是還沒睡醒穿衣服怕出來裸奔啦……

總之，路西法抱著對她的極度怨恨，心急如焚的聽著外面的鬧騰，恨不得立刻出面將她絞殺之。等到他終於處理完不知道是私事還是公事的事情之後，這才終於能夠出面。

可惜這時雲千千已經閃人，並且卑鄙的開了一條光路將一大片魔族及魔獸都引到了神界去。

看見城中新魔獸還沒來得及刷新出來的蕭條景象，再發現罪魁禍首又一次不見蹤影，路西法的心情是可想而知的。

而不巧的是，龍騰抱著一顆救援戰友的赤誠之心，根本不知道雲千千已經脫離險境，呼叫的人手、道具一運齊就衝了進來，在城中大肆轟炸，正好撞在本來就心情不爽的路西法槍口上……

雲千千剎那間想通所有關節，擦把冷汗，捏個傳送石準備閃人。

要說對待龍騰的態度的話，雲千千現在確實感覺挺複雜。以前是因為有宿世仇恨，再加上一直把對方放在肥羊立場，所以可以理直氣壯的狠宰。但是剛才的龍騰救援反被滅事件一出之後，雲千千卻不能再像以前那樣單純把人當凱子了。

別的不說，單是這個人情她就欠不起。

她耍人、陰人、敲詐、勒索、打悶棍的事情都幹過，就是沒辦法把人一片好心當成驢肝肺，這是原則和底線的問題。儘管龍騰剛才主動救援主要是因為信譽的關係，不能說真有多麼擔心她的安危，但這好歹也是主動了啊……

鬱悶的抹把臉，雲千千想了又想，還是把傳送石塞回空間袋，然後哭喪著臉衝回西華城，正義凜然的高喝：「向我開炮！」

路西法順應桃意出手，又一片蘑菇雲騰起，一片白光升起，下一個瞬間雲千千就出現在虛無之地中……

「蜜桃多多！」

雲千千一睜眼，還沒來得及適應光暗切換，一個高大身影就撲了過來，雙眼布滿血絲，一把掐住雲千

千的脖子猛晃。

「妳什麼意思!?」

「嘿嘿，別生氣。」雲千千看清眼前男人是龍騰，也沒被後者的猙獰表情嚇著，掏出幾副紙牌在對方眼前晃晃：「一不小心訊息延遲……看，皇家精裝全球限量版……美女紙牌，是您玩撲克牌的最佳選擇。」

「……」龍騰咬牙切齒的狠瞪雲千千十秒鐘，再看了一眼紙牌，最後看了一眼身後的兄弟及旁邊一群暫停打牌而將視線聚焦過來的熱情路人……最後終於將視線又轉回雲千千身上，龍騰劈手奪過紙牌，咬牙切齒：「別以為這樣就能抵銷妳的罪行！」

「這你就說錯了。」雲千千嘆息道：「我最大的錯誤就是高估了你的實力。人在江湖飄，誰能不挨刀……要是你早說自己不行的話，難道我還會逼你上不成？」

「誰不行？妳說高估是什麼意思？」龍騰怒吼，手癢又想掐人了。

「行不行不是我說了算，這主要是你自己的問題。」雲千千笑得猥瑣，很顯然話中別有深意。

龍騰氣結，有心罵個幾句都不知道從何罵起……這女人……這女人太不要臉了……

旁邊聚在一起的顯然都是剛才和龍騰一起死下來的兄弟，其中有少部分是工作室或其他公會的外援，出於國際互助人道主義精神前來支援的，另外更多的則是龍騰九霄本屬會員。

見自己的老闆兼老大不高興了，這群人連忙七嘴八舌的上來打圓場：「老大別生氣，反正兄弟們都有草人，剛才也刷了不少經驗值，怎麼算都不虧的。」

「就是就是，來，打牌打牌。」

「老大要玩什麼？撿紅點？梭哈？」

「……」龍騰再瞪雲千千一眼，順應群眾民意的坐進了圈子裡去，隨手抓一副牌，拆封、洗牌，手中上下穿梭帶起紙牌翻飛，看得人眼花撩亂，一陣清脆的刷刷聲後，很快將牌洗好。

「果然是紈褲子弟啊，洗牌、切牌是必備技能……哎，你沒出千作牌吧？」雲千千擠進這堆人裡擠走一個，不客氣的直接坐到龍騰對家。

龍騰一陣激動，差點把手裡的牌全往她的臉上砸過去：「妳……」

旁邊人噤若寒蟬，不住的擦著冷汗，臉上看起來都是一副快要哭出來的樣子……大姐，能不繼續刺激我們老闆嗎？

「開個玩笑。」雲千千嘿嘿一笑道：「發牌吧。玩大老二，這樣子可以玩的人比較多。」

「……」

沒人敢應聲。雖然雲千千的話是說得沒錯，但事關老大威嚴，決定權還是得交給龍騰。

龍騰死死瞪、狠命瞪，最後發現人家死豬不怕開水燙，只好低頭發牌。他首先挑掉大小鬼，再發成四份，每份十三張……果然是撿紅點……

091 練級任務

一小時後，刑滿釋放，雲千千和龍騰一行人重新衝到西華城外。

「再來！」雲千千摩拳擦掌的盯著遠處西華城，一臉躍躍欲試狀。

龍騰連忙制止：「慢。我們剛才衝進去的時候發現有些異狀，也許暗神器不是妳想像的那樣屬於武器類型……在重新進去之前，還是先計畫一下比較好。」

「你發現情報了？」雲千千不滿的問道：「那在虛無之地的時候怎麼不說？早商量好的話就不用浪費這麼多時間了。」

「本來是想說的，但妳那麼有誠意帶了紙牌『冒死』為我們送過來，總不好浪費妳一片好心吧。」龍騰笑得一臉得意：「不過話又說回來，我開始真沒想到妳會殉情……莫非是打算和九夜分手了？」

「說話注意點。那不叫殉情，主要是不想白欠你人情。」雲千千翻了一個白眼：「而且我和九哥感情深厚，不是爾等凡夫俗子可以動搖的，你千萬別對我產生幻想。」

「哦？那麼妳的觀點是錢買不到愛情？假如我給你 1000 萬讓妳和九夜分手呢？」倒不是龍騰突然迷戀上雲千千了，兩人的對話說到這分上，主要是調戲加接續話題的結果……在不在一起不重要，重要的是誰的話頭贏過了另一方。龍騰身為囂張跋扈、紈褲不羈的新時代富二代，幹出些欠揍的事情也是情理之中的。

「錢當然買不到愛情。」雲千千攤手無奈道：「假設我和九哥之間有愛情，你出 1000 萬買我們分手，我們的愛情就等於是敗給了你的錢，我和他之間自然不存在愛情了，要有也只是姦情。但這也不代表我和你之間就有愛了，只能算是交易而已。」

「而且我個人認為愛情這東西在當今社會太玄幻，要為生活奔波的人沒時間談愛，衣食優渥的上流人士不相信愛。愛情說白了，就是一個誰都用不起的奢侈品，要嘛在庸庸碌碌中褪色，要嘛在你們這種人手裡被渲染得面目全非……再再而且，我個人也不認為有人敢在我面前談用錢買感情這種話。」頓了一頓，雲千千似笑非笑的看龍騰：「比如我現在同意你用 1000 萬買走我的愛情，你敢嗎？」

龍騰愣了愣，隨後嘖了一聲，老實的搖頭承認：「我還真不敢。」

這女人比一般的拜金女還不要臉，起碼後者是銀貨兩訖，而她八成是把錢糊弄走之後就翻臉不認人。自己沒這麼犯賤，送錢讓人家打自己臉。

一大群人蹲在旁邊聽這一對狗男女跑題談愛情，沒人吭聲插嘴。主要是話題太高深，而且談話氣氛好像有點暗潮洶湧，在情況不明的情況下，大家都不想去蹚渾水。

直到終於聽著似乎是告一段落了，才有人連忙插入談話中：「老大，蜜桃會長，我們到底要不要進去？」

「當然要。」雲千千拍板結束上一個話題，扭回頭，正色問龍騰：「你臨死前在西華城究竟發現什麼了？」

臨死？龍騰心裡不舒服，怎麼覺得這個詞不對勁，不過又不好正經八百的提出詞彙正確運用的問題，於是自己糾結了一會就放下了，乾咳聲道：「首先妳先看看這個。」他說話的同時遞過來一個巴掌大的六邊鏡，臉上帶著洋洋自得的神色，似乎認定了雲千千這種土包子不會認識這東西。

雲千千「咦」了一聲，接過六邊鏡翻來翻去看了看，大驚：「這不是美之女神的真實之鏡？據說可以看穿世間一切真實，任憑再小的角落都無法逃過它的照射。再據說，這是美之女神梳妝時專門用來找魚尾紋的，因為她年紀也不小了，畢竟是上千歲的女神。再再據說，在玩家手裡這鏡子的功能比鑒定術更強大，其價格非一般敗家子不能買也……」

龍騰的臉色忽青忽白、變色幻化，聽完最後一句後終於忍無可忍的劈手奪回鏡子，冷哼：「妳倒是知道得真不少。」

「那是當然。」雲千千笑嘻嘻的拋媚眼給龍騰：「要不是本桃如此冰雪聰慧、博聞強記，龍哥哥又怎麼會從以前就一直對我垂涎不已？」

各個有職位的神、魔手中都能買到些不同的特色道具，這主要也是高層神、魔創造收入、改善生活的一種手段。但是這些東西也都有一個共同的特點……貴，很貴，極其特別以及非常之貴。

遊戲中的玩家們都知道，想得到什麼強悍道具的方法一般都是做任務。越是難做的任務，其後收穫的戰利品也就越稀有特別。而直接購買則省略了這個任務的過程，作為代價，金額方面付出多一點也是理所

當然的了。

因為神界的官員和大軍現在都暫住在天空之城的關係，本來不應該此時就出現在遊戲中的這類奢侈品也就提前現世了。雖然不知道龍騰是由哪裡知道可以從大神手中買到道具這個消息的，但是這樣子的事情本來就沒特意保密。去神族聚居地圍觀看熱鬧的玩家一多，不小心被一、兩個多嘴的兄弟套出點情報也正常。

就雲千千不甚清晰的記憶庫所記，這麼小小一面鏡子的購買價格至少也在六位數，而且最前頭的數字絕對是大於等於五……

什麼叫有錢人？這就叫有錢人。和雲千千這種為了60萬晶石費用就心疼肝疼胃疼的平民階級是完全不同的。

「切！」龍騰鄙視雲千千，轉回正話：「為了搜集第一手資料，剛才我進去之後就一直把鏡子拿在手裡，碰到什麼都照一下……妳也知道，如果真要正面攻打西華城的話，事先了解一下目前城牆堅固度或是魔獸等級實力什麼的還是很有幫助的……」

「哦，那你口中的異狀就是無意中照到的？」雲千千點頭表示理解：「到底是什麼異狀？」

龍騰世外高人般高深莫測一笑道：「妳猜猜城裡新起的那座暗黑雕像到底是什麼？」

「暗神器？」

「呃……」龍騰噎了一下，瞪眼問道：「妳怎麼猜到的？」

雲千千望天嘆氣，無奈的看龍騰：「其實我真的很有誠意配合你，但你一開始先說暗神器未必是武器，現在又讓我猜暗黑雕像到底是什麼……要是話說到這分上我還聽不出來其中奧妙的話，這是不是有點侮辱不思議驚笑201年——

一個出版業界都推之為「大神」的超級編輯……
一個擁有刑警魂、撒鹽不手軟的助理編輯
一個想找回自己失落一年記憶的拖稿作家

三大男人聯手，是否能破解勾魂冊之謎…？

不過，解謎之前，你倆得先逃脫大黑蜘蛛的追殺喲！嘿咪～

Novel 帝柳　Illust GUNNI

勾魂筆記本

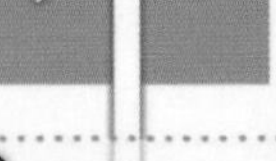

 典藏閣　 華文聯合出版平台 www.book4u.com.tw　 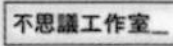 采舍國際 www.silkbook.com　

不思議工作室_　立即搜尋

你的智商？」

「……」龍騰無語。

「鏡子再借我看一下。」雲千千伸手。

龍騰哼了聲，沒多猶豫就把昂貴到可以讓一個普通玩家賣血賣身的真實之鏡遞了過去。

有那麼一剎那，雲千千真有些禁不住誘惑，差點打算攜寶逃亡。不過現在好歹也是有身分的人了，再說共死事件之後，雲千千沒打算再繼續整龍騰，於是含淚克制了這個衝動。

雲千千把鏡子拿在手裡翻來覆去的察看。

龍騰沒說話也沒問，冷眼旁觀。

突然，雲千千驚「咦」了一聲，抬起鏡子，一臉意外的看了看，再抬頭看龍騰，接著皺眉不語。

龍騰莫名其妙的打量自己一下，衣服很好，人很帥，沒有反常呀……於是他疑問道：「怎麼了？」

「你猜猜，我剛才看到了什麼？」

「……看到什麼了？」莫非自己小宇宙爆發？不可能吧。如果真是這樣，自己不可能沒感覺。他既沒有感覺打通任督二脈，也沒有感覺丹田內一股熱流真氣奔湧，倒是膀胱有點脹，好像剛才一直沒下線導致有點憋尿了……

「我看到……」雲千千一臉高深莫測，一字一頓，正色道：「你今天的衣服是白色……」

「……就這樣？」

「就這樣。」

「……」

雲千千嚴肅的表情瞬間一變，笑嘻嘻的把鏡子又丟了回去。「看到了吧，這樣才叫賣關子。又教你一招，不用謝啊。」

@#%$&……龍騰突然想揍人。

旁觀一圈圍觀黨捂嘴埋頭、雙肩抽搐，死都不敢讓笑聲洩漏出半絲去。

龍騰狠狠瞪了一圈，可惜因為視線角度的關係，沒一個人接收到他的怒火……

暗神器居然藏在暗黑雕像裡，這一點雲千千確實沒猜到。天地大陣這樣的東西在以前她是沒聽說過的，畢竟以前那次魔族之亂是按照正常進度出現，而且也沒人在裡面攪和這麼多事情出來。顯然這一次的這個活動是不符合正常進程的，中間有些蝴蝶效應也是理所當然。

正因為如此，七種元素神器在雲千千的記憶庫裡也是一片空白。本來按照雷神之錘這個前例來推斷，雲千千還以為其他的神器也應該屬於武器類，而暗神器這麼超然的東西自然該是路西法手中的深淵之瞳。結果沒想到推理被顛覆，託龍騰手中真實之鏡的福，總算確定了暗神器真正的位置所在。人家不是一把易攜帶、殺傷力強大的武器，而是一座起碼有幾噸重、龐大沉實的魔界雕像。

雲千千一路順風順水混到現在，跟不少大人物NPC打過交道，也算遇到過不少情況了。可是即便如此，在此時她不得不承認自己已經束手無策。

那麼大的東西是想拿就能「拿」得走的嗎？就算她吃菠菜吃到吐也變不成大力水桃啊！無奈之下，雲千千只有帶人先回天空之城，找神主報告消息順便商量對策。

「這個問題有兩個解決辦法。」神主聽完詳細情況後微笑道：「第一，你們可以去找力量之神幫忙搬

運……但是因為神界不可以直接出面，所以只能以僱傭方式找他幫忙。」

「多少錢？」雲千千吞口口水。

神主向身邊使了一個眼色，立刻有一個提把小金算盤的神族站出來劈里啪啦一陣運算，嘴皮子也沒休息的邊算邊報價。

「力量之神的單次出場費1萬，因為是深入魔族領地表演的關係，所以再加1萬。PS：該費用含保險金……提起的重物按公斤計算，每五百公斤就是500金幣。暗黑雕像初步估計是，高XX公尺……初步計算重量XX噸……最後總計24萬5000金幣，請問您是用現金還是信用卡結帳？」

「……」雲千千二話不說離座抬腿走人……馬的，太黑了！

就連本來想充大爺的龍騰都嚇了一跳，差點豪氣脫口而出的「我買單」也沒能喊出來。雖然還沒像雲千千那樣離座，但他現在也只能坐在原處死命瞬人眼睛，怒瞪上面的神族。

第一次見到比雲千千還黑的生物，龍騰異常解氣的同時也表示壓力很大。

「哎哎，別走啊，我們還可以再商量嘛……」提金算盤的神族眼見生意要告吹，連忙提聲急喊：「要不給妳打個九五折？」

「你就是打個五九折都不幹。」雲千千站住腳，回頭瞪他一眼。

提金算盤的神族摸摸鼻子，嘟嘟囔囔，一臉鬱悶的站回神主身後。

神主笑笑，不急不慌的道：「沒關係，這個雖然比較簡單有效，但如果妳實在不願意的話，還有第二個辦法。」

「也對，你剛才是說有兩個解決辦法。」雲千千想了想又坐回來。「事先聲明，成本高於1000金的都

不幹。要錢沒有，要命一條。大不了等魔族打上來的時候，我再開個通道把路哥誘到神界去……相信你也知道，路哥對於追殺我這件事情是很執著的。」

神主的笑容有些抽搐，深深看雲千千一眼，點頭：「放心，第二個辦法不花妳錢。」

「那就好，你說說看。」

第二個辦法可以用一句話概括：山不來就我，我去就山……

按照神主的說法，既然無法把暗神器搬回來布陣，那就只好讓另外六件神器的持有者一起去暗神器旁邊布陣了。當然，這意思並不是說要把天地大陣布在西華城便宜了魔族。畢竟布陣是手段，保護天空之城才是目的，不可能本末倒置、為布陣而布陣。

而考慮到這一點，要解決的另外一個問題就是該如何把布好的天地大陣轉移回天空之城。

神主給出的方案是，用一個可以製造出強大領域的空間先將暗黑雕像包裹起來，然後再在領域中編制元素。因為所有領域都是由元素控制而達到的，所以陣法布置好後可以在領域中得到保存。

接著，再將這個領域帶回天空之城釋放，將天地大陣的排列法則及已形成循環的元素牆從領域中剝離出來，就可以達到轉移陣法的目的。

「至於領域，用你們冒險者的說法來說就是副本。能夠製作出獨立副本的東西或生物都可以用來轉移天地大陣。」神主最後總結。

雲千千想了想：「夢魘可以嗎？」雖然說玩家手裡的夢魘只能起到詛咒敵人的作用，但 NPC 手中的夢魘卻可以用來製作幻象。

同樣的一件事物在 NPC 和玩家手裡可以起到的作用是不同的。就好比美神照魚尾紋的鏡子在龍騰手裡

是代替鑑定術　樣。

「可以，但是那隻夢魘最起碼要有60級。」

60級……雲千千的嘴角抽了抽：「OK。布陣要三天，轉移應該不花時間了吧？那麼也就是說，現在我還有三天多的時間來練那隻夢魘……放心，一定給你一隻60級的。」

方案確定，下一步行動目標：練寵物、刷經驗。

「要我把夢魘練到60級？」九夜皺眉，看著風風火火來找自己的雲千千。「我哪有那個閒心。」

「這是為了世界和平大陸穩定啊，九哥。」雲千千淚眼花花的抓著九夜。「要不是沒辦法的話，我也不願意囉嗦這個。反正你沒有什麼事情要做，我出力，你在旁邊喝茶吃肉看風景就好，OK？」

「妳到底想做什麼？」第一次聽說懶鬼雲千千不蹭別人經驗反而讓別人蹭經驗，九夜總算來了幾分興趣。

「事情是這樣子的……」竹筒倒豆子般劈里啪啦把所有事情的前因後果一說，雲千千喘一大口氣，緩過勁來後繼續道：「所以我現在必須找一隻60級的夢魘轉移天地大陣，還得是信得過的人才行。就三天時間，絕對不耽誤你。」

九夜沉吟了一聲：「既然這樣的話也不是不行。不過妳想好去哪刷經驗了？」

自力更生刷經驗是困難的，而有高手帶的話就比較簡單。愛玩遊戲的人都有這樣的體會。一個遊戲剛開伺服器的時候，從1到X級需要兩三個月，但是當這個遊戲已經運行很久之後，再有新人進入時，從1到X級很可能只需要幾個禮拜。如果有高人帶練並帶刷任務的話，再加上捨得投錢，買點雙倍經驗丹什麼的，

搞不好一個禮拜就衝刺上來也不是夢想。

在這裡不得不重新說到資源的問題。前者是因為資源的匱乏，比如說人才資源，比如說武器裝備資源，再比如說訊息資源……而後者之所以升級迅速，不是因為遊戲的難度調低了，而是因為前輩們的努力已經將資源豐富到了一定的程度……

雲千千混到現在，經歷刷怪刷人刷任務等等等事件之後，目前已經向70級衝刺中。她三天內從無到有帶一隻60級的夢魘出來雖然還是有些艱難，但如果藥品和其他資源跟得上的話，也不是沒可能達到目標。畢竟寵物要求的經驗不可能和玩家一樣，一般都要低上許多。這是每個遊戲都一樣的，主要是考慮到讓玩家在更換寵物時不至於出現實力斷層……

「我已經查過了，目前最適合的練級對象是65級的獨眼巨人。在魔族軍團裡它的等級比較適合，而且行動力不大，適合我這類嬌花法師……」

「……」九夜保持沉默。

雲千千撈著從混沌胖子那裡傳來的資料繼續滔滔不絕：「而且這類小怪屬於特殊時期的刷新場景怪，也就是說不屬於魔族軍隊的編制，所以不用考慮會不會枯竭的問題，只要別去動到小頭目，就能源源不斷的產出。費安姆小鎮本身地形又比較偏僻，和其他戰亂地不接壤，所以玩家中也沒人COS屠魔英雄跑去那裡搗亂，一般只拿來當練級點使……」

「等等，妳說玩家拿那裡當練級點？」九夜皺眉：「這意思也就是說，我們必須和別人共用地圖，妳怎麼確保刷經驗的時候有足夠小怪讓妳炸？」

「這不是問題！」雲千千一揮手表示不想再談論了：「本桃子建公會以來還沒包過場，正好想找機會

體驗下這傳說中仗勢欺人的特權！」

敢搶怪!?滅了他！

「……」

為了大局著想，在必要的時候就得不拘小節……九夜隨口替自己找了個理由，然後就沒再繼續糾結於雲千千口中的包場論調。

他收拾收拾東西，把自己一直放在空間袋角落生灰塵的夢魘蛋一孵化，拉著小馬駒就跟在雲千千後面趕去了費安姆小鎮。

好東西人人都想要，好地方人人都想占，一般這樣的情況，我們通常都把它稱作是「英雄所見略同」。

不僅是雲千千看到了費安姆小鎮的好處，遊戲中同樣還有不少人也看中了這個練級點。敏低、怪傻……這樣子的小怪歷來是法師的最愛；再加上就如雲千千所說，這片地區和大陸上的戰區並不接壤，所以也沒什麼勢力來找碴，都有志一同的把它劃成了練級區。

甚至要是有一、兩批腦子轉不過彎的團隊想來扮演拯救小鎮的英雄的話，還會被憤怒的練級法師們聯手殺出去。

於是，雲千千和九夜二人一到費安姆小鎮之後，理所當然的就看到了一片人山人海外加一片怪山怪海。

只有獨眼巨人小頭目孤單的盤踞、遊蕩在鎮務廳周圍一百公尺的地方，沒人去招惹它，同時也沒人搭理它，形單影隻顯得格外寂寞。

092 領域開動

抄擴音器喊話三遍，表明自己的身分及包場態度之後，雲千千就再沒管下面人什麼反應了，直接提法杖開刷。

她既沒特意殺人，也沒特意不殺人……老娘看哪裡怪多就往哪裡轟，死了也不算自己的。反正她又不是沒事先喊過話，人家不聽警告非要COS神勇內褲小超人，難道自己還能不配合？

九夜淡定的抬頭看雲彩，對下方的謾罵怒吼等等一概閉耳不聞……他真就是來賺經驗的，所以根本沒打算對眼前發生的惡意包場屠殺事件發表任何看法。

遊戲嘛，偶爾有點恩怨是正常的，PK也是遊戲生活的一部分嘛……

當然了，如果有人主動攻擊到自己的話，還是可以考慮正當防衛的。雖然他站在雲千千前面了一點兒，

確實有點阻礙別人的狙擊路線，但這也不能成為自己不能還手的理由嘛……世界如此美妙，你們如此暴躁，這樣不好、很不好……

一小時的單方面壓倒性屠殺後，費安姆小鎮已經被成功清場。小夢魘四蹄踏著黑火，乖乖在天空中的兩人身邊繞圈，已經成長到25級。雲千千收穫垃圾裝備數件，外加一顆黑魔石，順手丟給夢魘吃了，把後者經驗值又拉上來一截。

一個半小時後，先前被殺到虛無之地煩惱了一小時的諸玩家先後復活回去告狀，召出幾個前後陸續來談判的各勢力中高層人員。幸運的是，這些人很識相，並沒有譴責雲千千包場並無故殺害自家下屬的意思。說得更明白些，他們只是來走個過場。

不管怎麼說，自家的人在那麼多人面前跟上層投訴告狀了，就算明知道對方惹不得，也不能來都不來一趟，就跟人家苦口婆心說：我們殺不過那人呀，那公會很難啃呀，忍一時風平浪靜，退一步海闊天空呀。反正去了也白去，所以我們就別去了呀……

玩家加入公會一是為任務，二是為志同道合，第……也就是最重要一點，則是為了找一個靠山。雖然這靠山有大小之分，但起碼加入一個組織之後就不會是孤家寡人了。平常沒事約人喝個酒，組隊下個副本，找人幫個任務，妞被搶了拉人P個K……這就是有兄弟的好處。

這下好了，自己被人殺，上面的人還叫自己忍氣吞聲？這種事情如果真出現的話，凝聚力本就不強的小公會當場分崩離析也不是不可能的事情……

所以被告狀的長官們一斟酌，還是得來。

至於來了之後怎麼交涉，那就是另外一回事了，反正只要能把事情遮掩過去就行……

於是，在雲千千給面子的委婉搬個臺階，表示她其實也不想這樣的慘劇發生，只是情況緊急，實在迫不得已之後，這些先後趕來走過場的人也就順勢下臺，打著哈哈表示自己可以理解了……然後大家意思意思閒聊幾句，來訪外賓在旁邊看了看熱鬧，摸了摸夢魘，陪了陪笑……再然後就痛快閃人，表示自己回去會轉達雲千千的意思，安撫下屬不要再來占「她的」地盤……

送走不知道第幾批來訪者，雲千千吞把藥，跟九夜笑笑道：「看見沒，拳頭大才是硬道理。如果現在換成是水果樂園弱勢的話，被人占地盤的就是我們了。也許是有不少公道的玩家，但只要碰上一、兩個不公道的，平等就無處可談。破壞天平的平衡只需要一克的偏移就夠……唔，身上還有藥嗎？要MP的，我的快吃完了。」

九夜默默丟出一堆藥丸過去。

夢魘好像知道眼前女孩是正在拉扯自己長大的奶媽，聞言也很乖巧的叼出寵物口糧獻媚。

雲千千無語三秒鐘後，婉言謝絕了後者的好意，表示自己和對方口味不大合，再欣慰的接過前者的藥丸數數，好像只能再撐半小時……嗯，看來消耗比預計的要快，得找彼岸毒草要個後勤了。

飛出個訊息讓彼岸毒草派使魔來送藥後，雲千千繼續努力奮鬥帶孩子。她抄袖子拉雷神（之錘）正準備放出新一波天雷時，又一個為手下無辜被屠會員討公道的來了。

「蜜桃！」一葉知秋眼睛瞪紅，挽袖子凌空飛來怒問道：「妳又搞什麼鬼!?」

這個可不比前面的好打發……雲千千嘆氣，甩下一片雷後才回頭答道：「我是在做天地大陣的轉移準備。這回可是正事，你別亂冤枉人。」

一葉知秋作為聯盟的一員，當然也從彼岸毒草那裡得到過通知，知道關於魔族後面將要攻打天空之城，

和天空之城正為了防禦準備天地大陣的事情，包括天地大陣需要準備什麼東西以及夢魘在其中起到什麼作用也了解得一清二楚。所以他其實很理解雲千千的行為。

但是理解她的行為，不代表接受她的行事風格。要說其他人也就算了，反正都是外人，說不聽直接殺了也沒什麼，遊戲裡誰還能沒遇上過暴力圈地？只是自己這邊就太過分了，畢竟是聯盟，這桃子也不給點面子，非得說三遍後就開殺？

一葉知秋咬牙怒道：「妳就不能考慮下影響？把原因一解釋清楚，其他人不敢說，但我的人還能和妳作對？我可聽說了，妳一來只說了三次『老娘要包場，閒人請退避』，然後就開殺……」

這也是落盡繁華的成員太把蜜桃多多當自己人了，誰都沒把自己往「閒人」那邊去想。結果他們把人家當自己人，人家把他們當搶經驗的，直接一溜雷全劈了，根本沒打算手下留情。

雲千千攤手無奈道：「其實這只是個美麗的誤會，我根本沒去看下面有誰。你也是，不會讓你下屬喊兩聲？」

喊兩聲？在其他人都被驅逐的時候自己喊兩聲？那不是討人不喜歡呢？畢竟不是誰都有犯眾怒的勇氣。一葉知秋默然無語。

「不敢？」九夜看一葉知秋踟躕，淡淡甩來太戳心窩子的兩個字……

其實按照本意來說，這只是九夜單純甩出的一個疑問句，人家沒有冷嘲熱諷打擊別人的愛好。但是落在正心虛的一葉知秋耳朵裡，就成功使得這人淚流滿面外加無語哀怨……九哥，您學壞了……

順手把一葉知秋組進隊伍裡，雲千千很自然的朝人家攤手無奈道：「藍藥全拿出來。」

「……」一葉知秋很識相的上交保護費，待在一邊蹭經驗順便聊天：「還差多少級？」

「25……呃，剛你問的那一瞬間到26級了，現在還差34級。這都是越到後面越難升的，我估計再接下來進度就沒最初那麼快了。」雲千千摸摸下巴後，甩雷看向夢魘。「三天時間我不可能全帶它，還得吃飯、睡覺、嗯嗯……九哥有時間我也不敢讓他帶，萬一迷路到無怪區就耽誤它升級了。你那邊有合適的人手嗎？要刷怪夠快的，專門抽出一支隊伍來應該會更有效率。」

一葉知秋中指鄙視之：「妳也是會長，怎麼不去找自己人。」

「我公會裡都是精英。知道精英什麼意思嗎？」雲千千自得的瀟灑一甩頭：「他們是對抗魔族的第一前線，是支援玩家的最強火力，是大陸戰爭中的中堅力量……你好意思讓這些玩家棟梁來帶隻小馬？是不是太大材小用了兄弟？」

一葉知秋再次刷新對雲千千的無恥及臉皮厚度之認知。他無語一分鐘後點頭道：「可以，但是寵物的線上問題怎麼解決？妳下線去休息的時候可以找別人刷怪，但是九哥下線休息的話，我們可沒辦法把這夢魘從保存資料裡拉出來。」

「夫妻可以彼此授權共練寵物，區別只在於我無法指揮他的寵物進行主動攻擊；而且如果死亡的話，在真正主人不在場的情況下也無法再次喚出。」

「你們輪流下線？」一葉知秋看了一眼九夜，笑得猥瑣：「一日不見如隔三秋，哎呀呀……」

「呀你這個頭！」雲千千翻了一個白眼：「都是新時代獨立自主的青年了，你什麼時候看過我們膩在一起哭著喊著要長相廝守？」

確實沒有看到過。一葉知秋摸摸鼻子尷尬。

哭著喊著要愛情要浪漫的不都是女人嗎？什麼時候開始，這種嬌弱纏綿、淒婉悱惻，連自己生日那天

沒收到男朋友禮物也能咬被子哭上三天三夜的奇異生物都變得這麼犀利了？

連女人的大腦回路都恢復正常，他再也不相信愛情了……

三天三夜不眠不休，水果樂園圈地盤壓陣，雲千千及一葉知秋輪流換班，終於不辱使命，順利將夢魘練到了60級。

這三天時間裡，外面的時局也又有了不小的改變。路西法的魔軍逐漸聚攏，戰火不再蔓延，甚至連以前偶爾傳出的新城池淪陷的消息都再也沒有了。

事有反常即為妖。除了老聯盟的幾個高層以外，其他的玩家暫時都沒有得到天空之城將和魔族大戰一場的消息。最新情報被牢牢的控制在一個有限的小圈子內流通，畢竟誰也沒辦法肯定所有玩家都會是自己的戰友。

這世界最不堅定的東西就是立場了，所以雲千千一向認為，沒有立場就是最好的立場……嗯，當然該觀點一出口就被眾人合力打壓了下去。不管怎麼說，人們偶爾還是想相信一些雖然知道不可靠、但聽起來卻很美好的東西……

雲千千拉著夢魘去見神主。

神主也很痛快，一揮手，就有五個早已接到上級通知的神族進來，加上雲千千和一匹變種馬，布置天地大陣的必要條件就齊了。

「我們現在就去暗神器的所在。」神主左手一隻夢魘，右手一隻雲千千，身後還跟著五隻金光閃閃、瑞氣千條、一看就很拉風的神將。

雲千千分外不自在。本想說自己可以走，後來得到解釋是神主要直接定位傳送以免多生波折，於是這才強忍了下來，乖乖讓他牽手。

萬事具備，神主正要開通道，雲千千突然想到一事：「等等。」

神主停下，問道：「還有什麼問題？」

「我想先確認下，你說要三天布置大陣，那這三天我在領域裡可以下線嗎？」

「當然不能。」神主笑笑道：「妳若走了的話，我到哪裡去弄雷神之錘？」

「不會吧……」雲千千吞口水又問道：「那我吃飯、睡覺、噓噓怎麼辦？」

「唔……說不可以也不是很絕對。我可以教妳製造一個法身，如果下線不超過三十分鐘的話就沒事。至於睡覺，進入這個世界本來就等於淺度休眠，短短三天不休息不會損害身體機能的。」

神主丟來一本技能書，雲千千一拍學之。法身分化，可以製造一個擁有原主人一半力量的分身協助戰鬥，真身被殺或真身下線則自動停止攻擊，最多存在時間三十分鐘，冷卻時間六小時……

「好東西。」雲千千滿意點頭。

「好了，現在……」

「再等等！」雲千千再次喊停：「我先下去上個廁所，免得一會憋不住浪費技能。」冷卻一次六小時，不安排好時間的話可是會為難，到時候自己是忍餓啊還是忍尿啊？

雲千千在滿屋子玩家及NPC的滿頭黑線中跳下線解決三急問題，十分鐘後才跳回來：「OK。」

神主瞪她一眼，正要開通道，九夜突然為難開口。

「我是不是也要三天不下線？」夢魘是他的，幻境要布陣三天，也就是說夢魘要存在三天，他也得待

在線上三天？

吃飯睡覺和排……那些都是小事，關鍵是他還沒來得及跟無常打招呼調班啊。萬一三天裡有什麼需要出動的工作，而他又剛好不能出現……向來遵守規定的九夜實在是無法忍受自己工作考評上可能出現的缺曠記錄。

神主咬牙道：「……沒錯。」他說完同樣丟來一本技能書，接著又咬牙道：「要去噓噓快去！」

九夜同樣一拍學之，繼續為難：「嗯，那個倒不用。但是我要先寫個報告請假。」

神主吐血：「什麼報告？」

雲千千笑嘻嘻的解釋：「哎呀您不知道，九哥是公務人員啦。」

「……」神主不大能理解公務人員是什麼意思，但也大概弄懂九夜好像在一個紀律挺嚴明的組織，不能隨意消失，必須提前打個招呼。

思慮到這一點後，神主很有派頭的一擺手：「不用報告了，你告訴我要跟誰請假，我派個神使去通知一聲就是。」

身為一界之主，神主自忖自己這點面子應該還是有的。

九夜臉色古怪的變幻了一下，出於尊老愛幼的良好教養，沒有不厚道的直接掃下這自信心過度膨脹的中年老男人的面子。

「哎呀您不知道，九哥那系統您管不了的啦。」雲千千就沒這顧忌了，依舊笑嘻嘻的把神主面子丟地上踩。

「哦？」神主勉強扯開一個僵硬的笑，頗有無法繼續保持風度的樣子。「究竟是誰這麼大的面子？」

「哎呀您不知道……」

「閉嘴！」再哎呀老子揍妳！神主忍無可忍的吼……

九夜默默的走到一邊發訊息給無常。事急從權，現在還真沒什麼寫報告、等審核、拿批准令的時間給他。幸好的是，無常作為落盡繁華的中階長官，也大概聽說了一些天地大陣的事情。雖然在這三天時間裡沒等來小弟的報告，但為了以防萬一，他還是提前代為準備了三天的假單。

當然了，這並不是為了幫助雲千千順利準備大地大陣。主要是無常太了解前者了，即便自己沒准九夜的假，那顆桃子到了時間也有辦法把人拐走。既然如此，他沒必要讓九夜冒著被扣薪的危險走這一遭，還不如幫他把行為合法化……

事情終於全部搞定。

另外五隻神將當然不會像這兩人一樣不識相，早在得到通知的時候就時刻準備閉關了。於是一行人順利出發。

神主出馬，一個頂兩個。別看西華城裡有路西法，但二者就算真拚起來也不過是個勢均力敵罷了。何況現在是有心算無心，後者根本不知道神主和雲千千等人會突然出現在他的西華城，而前者則是蓄謀已久的偷渡。

於是，根本沒有受到什麼阻礙的，雲千千只感覺眼前白光一閃，被通道吐出來後，自己就已經站在了西華城中數十公尺高的暗黑雕像頭頂上了。

接著白光一閃又黑光一閃，夢魘的領域瞬間被神主釋放出來，將一行人及整座雕像都籠罩在一片濃霧

中……當然了，從外面的角度來看的話，只不過是雕像突然消失，而原地多出來一團一公尺見方的霧團而已。

霧中的神主安排隊形、站位，準備編制元素。霧外的眾魔則驚悚的看見自己主城中那座巨大的雕像憑空消失，亂成一團。

路西法接到報告的時候，正在城主府和三個魔神議定攻打天空之城的具體方案。他聽說了這件事情之後頓時什麼都顧不上了，一臉陰沉的帶人快步走出城主府……

果然，他親手用暗神器幻化豎起的、代表魔族殖民地標誌的那座暗黑雕像已經消失了。原處空空的一片，顯得分外蕭瑟，除了一個霧團以外什麼都沒有……

「……這是怎麼回事？」路西法咬牙問道。

三魔神面面相覷，不知道該怎麼回答。他們也很茫然，剛才大家都在屋子裡，誰知道會是怎麼回事？報信的小魔族趴在地上瑟瑟發抖，連頭都不敢抬起來一下，回道：「屬下也不知道，剛才雕像上方突然黑白兩色光芒交替出現，然後一眨眼，那座雕像就……」不在了……

小魔族吞吞口水，最開始報告的勇氣已經消失，現在實在不敢再說出那個可能會觸怒魔王老大的字眼。

「你說有白光？」路西法霍的轉身，死死盯住地上趴著的小魔族。

「是、是。」

路西法的臉頓時更黑了。

三魔神倒吸一口涼氣，心中有了一個不好的揣測。

壓得人足以窒息的好一陣沉默之後，路西法終於冷笑，一字一頓的陰森開口：「神界的老頭造訪，作

為主人怎能不去拜會一下……」

「陛下？」

「去叫夢魘來。」

「是！」

領域中，雲千千站在自己的位置上，放出用雷神之錘幻化出的「雷神」懸浮在面前，很認真的觀摩了一陣神主編制元素的過程步驟，最後終於承認實在是看不懂……

俗話說隔行如隔山，幹哪行都是需要專業資質強大的。人家做神族老大的，本以為只需要能打就行了，沒想到人家還會一、兩手技術，倒是狠狠讓雲千千刮目相看了。

左右看看似乎沒自己什麼事，雲千千索性坐在地上，撈出一本小說打發時間。

九夜則無所事事的閉目養神，很是寂寞的樣子。

神主抽空看這兩人一眼：「別放鬆警惕，你們還要做好戰鬥準備。」

「咦？要打架啊？」雲千千由悠閒到萎靡。

九夜由萎靡到振奮。

神主哼了聲，繼續專心編制元素，沒有解釋的意思。

倒是掌管風之神器的神將很友好的幫忙釋疑：「領域和領域之間是可以互相碰撞的。路西法發現暗黑雕像消失，不一會就能猜到是我們在這裡。到時候他肯定會召喚其他的領域使者和我們的空間衝撞……大概每六個小時，領域之間會出現一次融合的機會；而我們的任務就是打倒對方領域中幻化生成的魔獸，不

然一旦戰敗的話，這個領域就會破碎，路西法和其他魔也就能闖進來了。」

「這個……打架我倒是不怕，可是打架的時候不能走位怎麼辦？」雲千千為難。布陣前神主都安排好站位了，還交代一定不能動。難道說神器的擁有者都是 HP 超高的防禦坦克嗎？

「誰說不能動了？」神將笑道：「神主只是跟您開玩笑。」

「……」

093

有客來訪

開你妹的玩笑！

前面曾經說過，天地大陣是蝴蝶效應後帶來的新鮮事物，雲千千根本不知道關於這段劇情的任何相關資料。所以由此可以推出，雲千千也不知道閉關其實並不僅僅是閉關，而是還要繼續殺一波又一波的小怪……平均每六小時一輪……

香蕉的！

雲千千想罵人，她身上藥不夠啊！

神主依舊悠閒而專注的在玩著手工編織，根本沒意識到或者說根本沒在意自己刻意忽略告知的這一個消息替雲千千帶來了怎樣的鬱悶。

而雲千千看他那一副「怎麼樣，知道厲害了吧」的小人得志樣子，心裡就是一陣陣的不爽——臥槽！睚眥必報的小心眼男人上輩子都是折翼的衛生棉。

雲千千磨磨蹭蹭熬過六小時，把濃霧中都逛了遍。

在神主剛剛完成一個大框架的同時，周圍的濃霧震盪了一下，接著慢慢消淡了些。有嚴陣以待的神將在旁邊講解，雲千千知道這就代表第一次領域碰撞開始了。

「所有神都把法藥交上來！」

雲千千站起來很有氣勢的大吼。殺外人之前先得有榨乾自己人的勇氣。

身為有地位、有身分的高階NPC，在場諸位神將都是去外面客串大BOSS的角色，身上不可能不帶個幾組藥噁心玩家……好不容易花幾小時推倒一個BOSS後，結果BOSS只掉藥不掉裝備，就是極其特別以及非常之噁心……反正NPC又不能吃藥，還不如幫她多補充點彈藥。

「這……」神將們猶豫的看向神主。

神主點頭：「給她。」

於是五隻NPC合夥湊出兩組藍藥、四組紅藥給雲千千。

高手出品畢竟不凡，六組藥不僅是可以一次性補滿紅、藍條的聖品，最難得的居然還是瞬藥，不用浪費時間等回復。

「夠了。」雲千千眉開眼笑道：「接下來就看我的吧。」

「夠了？」九夜掃來一眼，皺眉道：「才六組，哪怕是再好的藥也頂不了三天的消耗。」

他正說著，一隻英勇無敵的小使魔衝破濃霧來到雲千千身邊，帶來的大大包裹中裝滿了商店藥。

雲千千簽單接收：「我是那種沒計畫的人？剛才自由活動的時候早派使魔出去通知小草草幫我郵寄藥包了。專人負責，每三小時一次，每次紅、藍雙藥各六組……」

神主咬牙問道：「那妳還拿我們的做什麼？」

「被你小陰了一把，不拿點利息回來怎麼對得起自己？」

一群魔怪喊打喊殺的從濃霧中衝出來，五神將英勇應敵。

雲千千跟在後面撿便宜，專挑怪群被神將吸引集中的地方轟炸，安全不說，經驗刷屏跳躍看著也很賞心悅目。唯一不爽就是自己現用的武器被留在原座位旁邊供神主抽血，以致她不得不拿回原本使用的舊貨，殺傷力驟然下降一個等級。

用慣了狙擊槍，誰還會對土製彈弓感興趣？

整個領域一片動盪，除了神主及七神器旁邊有一圈禁止打擾的結界外，其餘空間到處充斥一陣陣號吼之聲。

連九夜這樣的路痴都跑出去奮勇殺敵了，人家本來就是熱血男兒，讓他在旁邊看著不要動實在不大現實。至於可能跑錯路的問題更不用擔心，反正敵人到處都有，看見哪有怪就殺過去好了。就算實在天才到能跑出包圍圈，一個怪都找不到，還有終極絕招也就是夫妻傳送。

因為這些有利因素，九夜衝殺起來毫無顧忌，甚至不用考慮走位的同時觀察自己與其他人相隔距離的問題。他跑遠了，一個傳送；他又看不到其他人了，再一個傳送……

雲千千差點被身邊忽而一閃忽而又一閃的白光刺激得神經衰弱。她設置了隨時接受傳送選項是為了方

便九夜沒錯，但這不代表她願意看到身邊總是不時有一個人憑空出現，好歹要有點節制吧？

時刻保持警惕太折磨人了，可要是不保持警惕，不管身邊出現什麼人都始終不以為然的話，萬一下次瞬閃過來的是一個魔怪怎麼辦？

身在大後方，身為遠程戰鬥力，雲千千沒覺得魔怪有多棘手，反倒覺得九夜這樣的出現頻率比可能出現的魔怪棘手多了……

「九哥，你殺你的得了，不用老跑回來，反正到處都有敵人。」雲千千比較委婉的給出良心建議，順手咬牙切齒的甩出一片天雷對遠方進行地毯式轟炸，以發洩胸中怒火。

九夜本來要衝出去，聞言腳下頓了頓，轉頭問道：「戰士不能離法師太遠不是常識？」

原來是為了照顧纖弱的她嗎？是嗎？雲千千抹淚感動道：「常識不重要，重要的再來幾次我就真不行了，你還是放我自生自滅吧。」

「……」

身後的神主聽到兩人交談內容後，插嘴：「九夜分不清方向？」

「是。」這也不算什麼丟人的事，再說就算丟人也不是自己丟人，於是雲千千回答起來很迅速也很沒有壓力。

九夜哼了聲，沒對對方洩漏自己隱私的事情表示出什麼意見。

神主哈哈大笑道：「原來如此，曾經的阿……咳咳，某人，也有這個毛病。」他說完，臉上居然露出一點懷念的神色。

「你是說我們族長？」雲千千和九夜對視一眼後接話。

「咳、咳咳，這可不是我說的。」神王一陣劇烈猛咳後，連忙撇關係。

「算了算了，就當是我說的好了。」雲千千一揮手，懶得繼續和神主回憶過去的童年……青春……咳，總之可以肯定是一段在對方心裡很美好的時光。

神主笑笑道：「如果不喜歡用太多傳送的話，我可以幫你們在戒指上附上另外一個功能，在比較狹小的空間或是混亂場面中會更實用些。」

「哦？求分享。」

神主一抬手，分出一絲注意力從七神器中各自抽取一團元素，揉合捏成兩朵赤紅色的光團，一前一後分別彈向雲千十二人所在的位置。

光團準確的停在兩枚戒指的戒面上，像是遇到了海面的液體一樣，很快被吸收了進去。

神主和藹的微笑道：「你們捏拳試試。」

兩人依言照做，兩隻無名指上的戒環中各自牽出一條紅色光束，循著另外一端的光源纏繞了過去，最後融合成一條細小如髮絲卻明亮顯眼的赤紅光帶。

「哇！遠端紅外雷射瞄準射線！」雲千千激動。

傳說中的狙擊槍必備設置。電視裡都有演，一般主角在房間裡脫衣服準備睡覺的時候，身上或臉上都會突然出現這麼一個小紅光點，然後另一主角破門而入，再然後見狀大驚，再再然後撲倒主角將其從槍口下解救出來……

如果歹徒狙擊失敗後卻仍然沒有撤走，而是不甘心的一通掃射的話，房間裡會瞬間被打成一片稀爛，床上、被子、枕頭被打出一片片羽毛亂飛，兩主角狼狽逃竄或是從各個不可思議的角落找出違禁槍械還擊。

這是動作片。

而如果歹徒就此撤走，準備下一次再找到更好的機會捲土重來的話，則撲倒與被撲倒的兩人會在幾個特寫鏡頭後驚魂未定的對視凝望，然後突然智商下降，不顧場合順勢成就一段好事。這是愛情動作片……

雲千千沉浸在想像中流口水。

神主吐口血：「這不是遠端紅外什麼什麼……這叫千里姻緣一線牽！」

「哦？」

「夫妻之間一起握拳時，自動激發戒指上的這個功能，兩個戒指間會牽連出一條紅線，即便是在最複雜的迷宮裡，憑這條紅線也能準確走到自己伴侶的身邊。」神主扶額嘆息。這到底是個什麼女人啊？連最基本的浪漫情懷都沒有。換作一般人的話，看見這麼明顯的現象場景也應該猜出來是怎麼回事了……

九夜聽了很滿意，這代表他又有一種尋路的方式了，加上使魔和夫妻傳送……九夜有預感，自己離那段野外迷失的、不堪回首的過往已經越來越遠。

雲千千卻很失望，又是一個對她沒有實用價值的功能。她以一種「你這悶騷老男人難道就不能發明點有用的東西？」的鄙視眼神注視神主。

神主額上青筋暴跳，頭一次有入魔的衝動……難怪路西法不願意繼續做天使，碰上這種女人的時候卻不能肆意痛打，確實是一件非常讓人痛苦的事情……

五神將依舊堅守在戰鬥崗位上。

九夜得到尋路利器後滿足的重返戰場。

雲千千終於不怕被騷擾，保持左手捏拳、隨時準備應合九夜可能發出的紅線連接的姿勢；另一隻手則抬則法杖，左劈劈、右放放，一片雷接著一片雷，在後方悠閒的撿便宜。

整整一小時後，魔怪大潮終於漸漸退卻，最終消無。

神主喜悅的宣布大家已經成功抵擋住了一次罪惡的襲擊，保護了正義，偷盜暗黑雕像來編組天地大陣的計畫繼續進行。這是一個令人振奮的好消息；當然，同時還有一個壞消息。根據神主的預測，每一波的獸潮都將比前一波的要厲害上那麼一些，不多，也就是三、五級的差距而已。

別小看了這三、五級。三天有七十二個小時，就算每六小時的襲擊魔怪都比前一次只多三級；七十二小時，也就是十二輪後，最後一波獸潮也能恐怖的達到 X+36 的效果。

「難怪我覺得剛才打得分外順手，本來還以為是魔族已經不成氣候，要嘛就是自己小宇宙爆發，搞半天原來人家只是第一波試水溫的。」雲千千倒吸一口涼氣後問道：「九哥，你剛才注意到那些小怪是多少級沒有？」

「40 級。」九夜果然不愧自己專業戰鬥人員的身分，對敵人的情報收集永遠是謹慎無遺漏。

「假設穩定的每次只提升三級，最後一波就是 76 級。如果中間有幾次人家魔品爆發，一次提了個五級，我們很可能就會在最後一戰中遭遇到平均等級超過 80……甚至是超過 85 級的獸潮。」雲千千頭大了，哀叫道：「還有沒有其他好消息撫慰一下我受傷的玻璃心？」

「有。」神主點頭表示肯定：「在七件神器的旁邊殺怪練技能，可以獲得平常的三倍經驗。只要妳一波波的打過去，到最後一次的時候應該也能比現在提高個兩、三級。而且 60 級就可以進行第一次轉職強化了。雖然不知道妳為什麼還是未轉職前的狀態，但只要妳能在這段時間內達到 70 級，我就可以代替修羅族

長強行幫妳打開身體中的力量禁制。」

70級玩家對85級魔獸依舊是個杯具……雲千千嘴角抽搐，不知道該如何跟對方研究討論這個問題。也許在神主的心目中，這些獸潮根本不算什麼，但他偏偏是目前最重要的也是唯一的手工布陣人員，根本不可能出手限制魔怪。而在雲千千的實力對比來看，這些獸潮帶來的威脅就太過巨大了。

接下來的兩天時間裡，雲千千和九夜就處在下線、發呆、打魔獸的輪迴中。雖然自身的實力一天天提高，但相對的，魔怪獸潮的實力也一天天變強。神族給出的官方解釋是因為兩個領域在短時間內多次碰撞，造成了彼此力量滲透和融合，所以對方能夠滲透伸進來的力量也就越來越大了，直接導致了魔怪的強悍。

再換句話說，就算領域沒有被碰撞破碎，如果這樣的情況持續個一、兩個禮拜的話，到後面兩個領域也將會直接融合到一處，那時路西法依舊會出現。畢竟九夜家的小夢魔比起魔王手底下的老夢魔還是差了太多，實力完全不在一個層次上。

唯一幸運的是，目前獸潮每一波的實力增長都僅限於三級，並沒有出現五級的跳躍；而就在剛才，眾神和雲千千二人已經又一次阻擋下了第十波的獸潮攻擊。雲千千停留在69級的尾巴，最後一條經驗值依舊懸空。而九夜已經飛躍到了71，一天前神主代替修羅族長賜他福，轉正成了血屠者。

「按照經驗推斷，你從暗屠變成血屠，那麼我就應該是從暗法轉成血法……」雲千千抓抓頭，一臉糾結道：「怎麼突然有種變成邪教的感覺？」

九夜瞟了一眼雲千千，淡淡道：「名字不重要。」

「是啊是啊，不重要，但萬一有別人問起來的話，會不會顯得我們有種在耍帥的感覺？而且還是那種

很不含蓄的耍帥。萬一有人聽了不爽的話，搞不好我們會被打耶。」

「妳也可以選擇不說……」九夜頓了頓，繼續道：「反正創世紀裡也沒有第三個修羅。」他是真想不出能打得過自己和蜜桃多多的玩家，最後一句已經完全可以省略了。

「這回是很欠扁的玩神秘。」雲千千嘆氣道：「小女孩的把戲不適合我這樣成熟理智的女人。」

「……」九夜不雅的翻了一個白眼，這回是真的懶得理她了。

收拾心情放出法身，雲千千和其他神告別後，下線吃了個泡麵。她二十分鐘解決再回到領域中，一抬頭，居然發現眼前出現了一個不可思議的不速之客。

「路哥!?」雲千千抓狂。不是還有兩波嗎？兩波嗎？兩波嗎？他們又沒打輸，為什麼路西法現在就可以進來了？

「別激動。」九夜很淡定：「他不是路西法。」

雲千千冷靜下來，再看了看旁邊的神主及另外五位神將，這才發現到其他人都很鎮定。

神主繼續編他的天地大陣。五神將依舊閉目養神，像是誰都沒看到。大家都沒有一副如臨大敵的樣子，反倒是這個「路西法」一臉的踟躕蒼白，好像被人怎麼了一樣。

「……你誰啊？」

冒牌路西法苦笑，沒有回答。

幫雲千千解答的依舊是旁邊的九夜。

「據說它就是被路西法派來碰撞我們領域的那隻老夢魘。」

「有任務？」雲千千眼睛閃星星，期待的看著夢魘。

事有反常即為妖……這句話出現過幾次了？反正只要情況一不對勁，或者是沒有按照預定路線劇情走的時候，就代表著一定是出現了某些變故。

本來應該是敵人的夢魘突然現身，看起來也不像是專門跑來放狠話讓她和他們走著瞧的。那麼莫非是有求於自己？

一旦遇到談條件、撈好處的時候，雲千千的大腦立刻運轉得飛快。

「準確來說不是任務。」夢魘很遲疑的樣子，猶豫了好一會才咬牙說道：「是魔王陛下發現了你們要找的聖器氣息，派我來與各位談判。」

「談什麼？」既然關係到聖器，出面接話的自然是神主。

雲千千摸摸鼻子退到一邊，順便分袋小瓜子給九夜，兩人一起站旁邊嗑瓜子看熱鬧。

「談談關於神界會不會繼續插手大陸戰局的事情。」既然已經開了頭，夢魘再說起話來不像剛才那麼拘謹了，一咬牙，就把自己的目的吐露了出來。

「想讓我們神族收手？」神主似笑非笑的看著夢魘。

「沒錯。」

「咳咳。」雲千千乾咳幾聲，爭取注意力，生氣的舉手發言：「請別把我當死人，謝謝。」

神主和「路西法」一起轉頭看著雲千千，兩者都沒搭話也沒理她，看一眼後就又轉回頭去，態度上明顯就是把她當死人……

「喂，太過分了啊！」雲千千挽袖子，躍躍欲試的想跳過去和人家好好說道說道，被九夜一把抓回來。

「別搗亂。」

是她搗亂嗎？明明是人家在算計她啊！雲千千怒。

九夜視而不見。

神主像是沒看到旁邊剛才發生的一切，一邊繼續編制元素，完全沒有停下來的意思，一邊淡淡的問夢魘：「為什麼？」

「……因為規則。」夢魘為難，臉色蒼白道：「神界本來就不應該插手大陸的事情，你們已經是犯規了。我們把聖器還回來，你們收兵並且停止對天空之城的一切援助，這是理所當然的事情。」

「說得沒錯。」神主點頭認同。

「喂！」雲千千第二次準備亂入交談，同樣第二次被九夜抓回。

夢魘表情一喜，臉色恢復了幾分紅潤，剛想再說些什麼，神主繼續開口。

「可是你們已經犯規了，就不能怪我們神族插手。」

「什麼？」夢魘一愣，問。

「天空之城。」神主笑答。

全程旁聽的現任天空城主雲千千表示茫然。

神主看夢魘一眼，「天空之城是永久的中立之城，其占領勢力不屬於也不能屬於任何一個陣營。魔界想攻打上去，就等於是破壞規則，也是對光明勢力的挑釁。」

「有這麼一回事？」九夜眼睛一亮，刷出小本子記上這個資訊準備回去提交給無常，同時轉頭向雲千千確認。

「從來沒聽說過啊。」雲千千茫然的攤手，表示自己相當不解。她確實從來沒聽說過這事情，不過這也是因為沒有NPC特意講出而已。回想從前，天空之城確實未被任何陣營占領過……難道不是因為光、暗兩陣營嫌棄它種族複雜、太難管理的緣故？

夢魘跳腳激忿道：「難道是我們想攻打那裡嗎？明明是這個女人的錯！」

「關我屁事！」雲千千插嘴。

「不要找藉口，解釋就是掩飾。」神主流行了一把。

雲千千若有所思的摸摸下巴思考著：「嗯嗯，這麼一來就解釋得通了。原來並不是因為聖器或其他緣故才招來了神族，主要還是因為路西法對天空之城起了攻打的心思。難怪神族在不能出手參與戰爭的規則下，主動提供那麼大的便利給我……我說呢，我往神界放進一大批魔獸，居然沒神找我算帳，本來還以為是情報資訊不流暢，原來是大局當前不好替我添麻煩啊。」

雲千千感慨萬分、萬分感慨。

神主在旁邊聽得青筋怒放，咬牙切齒道：「妳最好不要逼我改變主意。」他已經盡量淡定了，這女人居然還刺激自己？

094 使魔傳信

夢魔還要再勸，神主已經揮手不耐道：「不用多說了。只要路西法想動天空之城的腦筋，我就不能不管。」

「那麼聖器您不要了？」夢魔咬牙道。

「取回聖器的任務我已經交給她了。」神主一指雲千千，後者嚇一跳，莫名其妙的指著自己鼻子。

神主點頭道：「對，還記得我發過的限期任務吧？」

「……記得是記得，但……」

「沒有蛋。一個月內我沒見到聖器的話，妳自己看著辦。」神主陰森森的威脅。

「……」大哥，身為一個代表光輝正義的正面形象代言人，您這樣子是不是有點破壞純真小朋友心目

中的美好幻想？

神主不肯妥協，夢魘也只能狼狽離開。而且除此之外，他還得去報告路西法一個不知是好還是壞的消息，那就是聖器尋回的交涉又落到陰險水果手裡了。

說這消息好，是因為路西法早就等著整治這女人的機會，現在知道人家會自己送上門，當然不能放過。而說這消息不好，是因為每次魔族有什麼亂子都會與這女人有千絲萬縷的聯繫。

魔族們一聽到雲千千名字時都是氣憤填膺沒錯，但同時也難免會有頭暈、腳軟、噁心想吐等各種不適症狀……

「其實最頹廢的應該是我。」雲千千看著夢魘蹣跚蕭瑟的背影很是唏噓，便摸壺小酒出來，邊喝邊嘆氣道：「某些神把自己的工作推到別人身上，完全不考慮他人的意願想法……話說你不會不知道路哥現在有多恨我吧？我懷疑自己只要敢出現在他面前，下一秒的時間就會被剁成碎肉……」

「放心，不會的。」神主冷哼一聲道：「妳死了會直接化成白光，不會有屍體碎塊留下來汙染環境。」

「……」雲千千頭一次有語塞的時候。抹了把汗，她小心翼翼的問道：「從前我就一直想問了，其實你很討厭我對吧？」

「哼，妳自己說呢？」

「我覺得應該是。」雲千千抓抓頭，無奈。看來即使沒有天空之城的限制，她這尷尬身分好像也只能永久中立了。魔族那邊肯定不願意要自己，本來以為敵人的敵人就是朋友，神族應該會給自己點面子，沒想到今天這麼一交談才發現，神主那邊對自己似乎也頗有積怨。

難道她註定命犯天煞孤星，這輩子居然連陣營都沒法子加入了？

又是六個小時後，本應該出現的第十一波獸潮久久不見蹤影。雲千千等人不敢有絲毫鬆懈，誰知道領域裡一直是風平浪靜。

等苦捱過一小時，確定這一批的領域融合時間已經過去，眾人這才放鬆下來，研究魔族突然不再繼續騷擾的原因。

雲千千提出魅力說，表示路西法一定是得知了領域內的情況，知道她也在場後，因為折服於其人格魅力之下，所以才收斂了行動。

九夜提出迷路說，表示可能是來訪的夢魘在回去時走錯路，一不小心迷失在幻境中，至今仍在等待救援所以無法發起行動。

神主對前者鄙視之，對後者憐憫之，統統搖頭，給予否定答案後總結，表示路西法之所以不再發動進攻，應該是因為他的注意力已被轉移。

「早在剛才夢魘來的時候，我就覺得有些不對勁。按照路西法原來發下的指示，它應該是要一直努力衝撞領域，派出魔怪騷擾我們，沒理由突然出面交涉讓神族罷手……而它明明不應該出現卻還是出現了，就代表外面一定是發生了什麼其他的事情，或者是路西法有了別的安排，所以才需要提前結束行動。」

「除了攻打天空之城以外，我想不出路西法最近還有什麼其他的行動計畫。」

「關鍵應該還在聖器上。」神主嘆息，想到這裡又忍不住狠狠瞪了雲千千一眼。「自從某人把聖器帶出神界之後，神界的結界領域就開始出現了一些裂縫，如果不在限期內拿回神器重新供上祭壇的話，神界和大陸的通道很可能會被打通……」

「耶！」雲千千興奮的和九夜對掌慶賀。

「……」神主額上的小青筋很活潑的跳動兩下，磨牙一字一頓：「我再重複一遍，不要逼我通緝妳。」

「其實真的打通通道的話是好事。」雲千千苦口婆心的勸神主道：「不管是什麼地方、什麼時期，都要與外界交流才能帶動自身的發展。封閉自己的領地雖然能起到一定的防禦作用，但始終太被動了。當其他地方蓬勃發展的同時，自己卻獨獨被排斥在外……別的不說，單說你們神界的生產總值，沒有玩家到神界消費，你們連自己都養不起，還得靠敲詐勒索行騙來賺錢，真的很丟人耶。像是我上次去買解綁令的時候，你們就故意把價格多報了十……」

「咳咳咳！」神主一陣狂咳，老臉微微紅了一下，眼神飄移亂轉，一副心虛的樣子。「那都是往事了。」

「我理解。」雲千千嘆了一聲，很體貼的點頭。「那麼聖器丟失也算是往事了吼？」

「……是。」神主咬牙。

五神將見話題有越來越尷尬的趨勢，連忙跳出來打斷對話：「現在的情況我們還不是很了解，但可以肯定三件事。第一是路西法仍在準備攻打天空之城，他從來沒有放棄過這一堅持。第二是聖器已經確定落到了魔族手裡。第三，魔族最近可能有了一些麻煩……呃，請問您在做什麼？現在是會議中，請不要玩簡訊。」

雲千千把信件寫好交給使魔快遞，特意叮囑是特急快遞，讓對方一定要儘快轉到收信人手中。

小使魔刺溜一聲竄走後，雲千千這才回頭對一臉不滿的神將笑笑道：「資訊時代最重要的就是情報資源，既然大家都覺得魔族那裡有值得關注的資訊，那我當然要第一時間派人去打探下。」

天空之城上的混沌粉絲湯收到雲千千的來信時，也正是開會的中途。

做情報生意的人經常會需要與客戶收發信件聯繫，為了避免正常遊戲生活被連綿不絕的傳信使魔打擾，所以天機堂中特設了一個驛站，專門用於接受客戶信件；就連混沌粉絲湯的私人客戶也同樣，只要他設置了傳信轉移（相當於來電轉接）後，所有來找他的送信使魔都會自動轉到驛站中去，而不是一直不斷的噌噌出現在自己面前。

驛站是最近才在各大工作室，以及入駐遊戲的虛擬公司要求下增開的新建築類型，主要是玩家意見太過強烈了。平常私人交往還好，除了聊天狂人和簡訊狂人以外，大家的信件收發量都很平衡。

但換作公司的話，這信件的控制問題就很是嚴峻了。

以前大家等級不高，交換資訊都是信箱和通訊器。前者需要玩家自己去信箱收發信件，可以控制。後者也可以選擇關閉接收資訊，在非工作時間裡可以避免打擾。

但自從玩家們等級慢慢增長，送信使魔逐漸走上傳遞舞臺後，世界頓時亂套，滿世界都能看到小使魔勤勞的奔走。企業、工作室、對外組織如情報堂一類的部門，只要是名字為玩家所熟知的成員，幾乎每天都能收到以三、四位數來計算的信件訊息。小使魔絡繹不絕又絡繹不絕。

平常還好，但比如一遇到刷怪時，一隻小使魔混在怪群裡實在是火眼金睛都難以分辨。一不小心砍到的話，使魔倒不會死，所有攻擊全免疫，但卻會發出無比淒厲尖銳的慘號，讓人頭皮發麻。

最受不了的是如混沌胖子這類喜歡享受生活的人，沒公務時候喜歡去溫泉轉轉，脫得只剩小褲褲後轉個身，突然冷不防發現有個使魔站自己屁股後面直勾勾盯著自己……

於是驛站功能一開放，頓時引來山呼海嘯般的喜悅熱潮，多少人當場喜極而泣潸然淚下……

會還沒開完，會議室就匆匆進來一個人，附在混沌粉絲湯耳邊為難道：「老闆，有隻使魔來送信……」

「不是有驛站？」混沌粉絲湯詫異，這種事情為什麼需要那麼慎重專門跑來通知他？

「這……主要是那使魔好像有點急的樣子。」來人為難。

「哦？會議繼續，你們先討論，我去看看就來。」混沌粉絲湯轉頭吩咐了一聲，然後起身跟著來人離開。

到了驛站所在的分院外，混沌粉絲湯還沒走近就聽到了裡面一陣嘈雜喧鬧，一浪浪使魔的尖嘯聲傳出，震得連房子都跟著顫抖。

混沌粉絲湯被這聲浪衝得忍不住蹬蹬蹬後退三步，一臉驚嚇過度的蒼白。「這是怎麼回事？」造反？罷工？要求加薪？

系統傳信使魔什麼時候連暴動都學會了？

傳話帶路的人苦笑一聲，很體貼的先送上一副耳塞才道：「剛才有隻使魔衝進驛站，本來我們都沒在意，但是不一會後，驛站中就傳來暴亂的聲響……唉，您還是進去親眼看看就知道了。」

混沌粉絲湯戴上耳塞，調整過濾分貝，外界傳來的噪音聲頓時減小，他的臉色這才恢復了幾分。「走，去看看。」

混沌粉絲湯一進驛站其中一個房間，只見裡面一片雞飛狗跳，一堆小使魔在裡面尖叫奔跑、蹦蹦跳跳；而這其中，一隻尤其英勇的小使魔則格外引人注意。

只見它以使魔天下之有我無敵的氣勢，一手攥拳打上一隻使魔的眼眶，另一隻手張開，枯枝般細長的

皮包骨頭似的手指向下一探，反爪一撈，一記嫻熟的猴子偷桃撈上另一隻使魔的褲襠，成功帶起又一輪尖叫。它的兩條小短腿也沒閒著，交替踢踩，對準旁邊一圈使魔一輪狂踩，而且只踩臉……

「……」混沌粉絲湯看得目瞪口呆，忍不住吞口口水，再吞口口水道：「這、這到底怎麼回事？」

「這就是我不得不請您來的原因了……」報信玩家欲哭無淚說道：「這個房間裡的全是聯繫您私人的使魔。」

混沌粉絲湯肥胖的身軀非常吸引視線，大發神威的小使魔很快發現自己要找的收信人，興奮的尖叫一聲，放下正在欺負的那堆使魔，橫衝直撞的把周圍一圈小使魔撞得東倒西歪，以萬夫莫敵之勇衝到混沌粉絲湯身前，一雙小爪子一撈，刷出一封信件遞上，兩隻大眼睛閃星星的期待看混沌粉絲湯。

混沌粉絲湯和身邊玩家看了看信封，大大的「from：雲千千」頓時刺痛了兩人的狗眼。

「……」報信玩家沉默三秒鐘，嘴角抽搐了一下，乾笑道：「果然是強將手下無弱兵啊哈哈……」

混沌粉絲湯猛擦冷汗，也感覺很抽搐。能把系統傳信使魔調教成這樣子的強人究竟得是有多變態？

簽收信件，打發走把自己驛站攪和得雞犬不寧的使魔後，混沌粉絲湯看信才知道是雲千千跟自己要魔族的最新動向資料，順便報告了下她那邊發生的事情，陣營即將開放的消息，以及她似乎將會無陣營接納的尷尬境地。

「這死女人。」混沌粉絲湯失笑道：「能把自己搞得沒有陣營肯收留，她也算奇葩了。」

遊戲中的NPC雖然喜歡為難玩家，但這一般只表現在一些小細節上；而大的立場方面，NPC對玩家的要求限制還是放得很寬的。比如說陣營系統規定同陣營玩家都是一夥的，但如果中間真有人殺了自己人，哪怕是殺得再多，頂多也就是罪惡值加倍計算而已，不會真有哪個NPC跳出來指責審判玩家。

雲千千的情況比較特殊，她鬧出的動靜太大，大到NPC想裝死人都不行。偷魔獸蛋、偷聖器，糊弄路西法，還把魔界大軍放到了神界去……隨便哪一條算上來都夠她死個百、八十次了。

「老闆，有什麼情況？」報信玩家問道。

「也沒什麼，反正都是亂，只不過以後似乎會更亂上一些而已。」鬧吧鬧吧，他發的就是戰爭財，還怕會鬧得太大不成？

混沌粉絲湯的心態很好，被鍛鍊到現在，此人已經頗有一些看破紅塵的感覺。別人橫刀向天笑，他攬情報去睡覺……管那麼多做什麼，只要自己有生意做就行。

「陣營系統快開了你知道嗎？」想了想，混沌粉絲湯問身邊的報信玩家。

「前面收到過一些消息，但目前為止還不能確定，所以這個情報我們暫時還沒有標價售賣。」

「那就現在標吧。魔族侵略的活動結束之後，情報和陣營就快開放了，暫時分光明、黑暗兩方。陣營在大陸有駐城，加入陣營還可以獲得一些屬性加成……」混沌粉絲湯把手裡的信丟過去給對方，「更詳細的都在上面了，你拿去歸檔，順便把最近魔族活動的情報調過來給我……唔，前面的情報順便傳去一份給彼岸毒草，暫時就這樣了。」

「OK！」報信玩家拿信閃人。

混沌粉絲湯也閃人，留下一驛站哭泣的被雲千千派出使魔所欺負了的小使魔……他可沒精力安撫一堆傳信NPC，還是等它們自己慢慢調整心情吧。

江湖險惡啊！都是出來混的，哪怕只是個信差也得學著成長。瞧瞧人家養的使魔……嘖嘖！

彼岸毒草收到信的時候就正常多了，沒什麼波折，也沒剽悍使魔大鬧驛站，就是得到的消息有點令人鬱悶。

神、魔二族的陣營都不肯接納雲千千，這可不僅僅是她個人的事情。雖然說公會中的成員不強求必須跟會長同一陣營，但是個人都知道，會長選擇的陣營立場將會在一定程度上影響公會成員的福利。

會長加入某陣營後，在選擇和建立公會駐地時，自然會對自己的陣營有所偏向。陣營開放後，占領的公會駐地也將開放信仰屬性，會長是暗黑陣營的，自然就只能選擇信仰暗黑陣營的城池作為駐地領地。光明陣營的玩家一進自己公會駐地就頭昏眼花、屬性減成，這日子還怎麼過!?

同樣的，陣營玩家在對應的陣營城池也能獲得一定的加成。雲千千沒屬性，也就代表她所有領地都不能信仰陣營，手下會員能獲得加成的區域都是人家的地盤……

彼岸毒草彷彿看到了「眾叛親離」四個大字頂在雲千千的腦袋上。

一天、兩天，一月、兩月，玩家可能不會有意見。但眼看人家的優勢再對比自己之後，所有人都能一直保持平和的心態!?

長此以往，辛苦發展起來的公會到最後會不會幫別人做了嫁衣裳!?

焦躁的起身在辦公室裡走來走去，彼岸毒草的眉毛皺得能夾死蚊子。

房間裡的其他人沒看到信件內容，只能莫名其妙的面面相覷。

「這死女人！」轉了一圈又一圈，彼岸毒草終於忍不住低吼：「她到底打算怎麼辦!?」

「怎麼辦？」雲千千在領域裡笑嘻嘻，一副無所謂的樣子。「誰說非要陣營不可!?」

095 忙碌的忙碌的……一天

九夜皺眉表示無法理解：「能不能詳細解釋一下。」

雲千千掏顆蘋果出來啃，抬手劃了個半圈直接指到神主那邊去：「你問這老頭。」

老頭？神主怒，接著裝傻道：「什麼解釋？我沒聽懂。」

「嘖嘖，明人面前不說暗話，不用再裝傻了。」雲千千鄙視道：「是不是要我提醒你帝國聯盟是個什麼東東？」

神主色變。

九夜繼續皺眉問道：「什麼東東？」最不愛聽這種暗藏機鋒的對話，有內幕趕緊說呀。

雲千千嘖嘖道：「我打個比方，R國人來我們國家喊，我們R國好啊好啊真是好，大家都來崇拜我們

吧。我們有尺度最大的愛情動作片，有御姐、蘿莉、熟女、幼齒，願意改國籍追隨我們的人舉手，每人可獲贈精裝愛情動作片一套二十四碟。」

「這……」九夜有點小尷尬。

雲千千再啃口蘋果，接著比方：「接著M國也來喊了，我們M國真是好啊就是好，有KFC，有天體營還有變形金剛、猛男、金絲貓，想要啥有啥，願意跟我們一夥的喊起來，每人可獲贈綠卡一張外加與內褲超人合影……」

神主聽不懂，只隱約覺得應該不是什麼好話。

九夜也聽不懂，這比方太委婉，繼續問道：「這和我們說的陣營有什麼關係？」

雲千千掃了神主一眼說道：「神界、魔界不在自己地盤混，跑到大陸來拉客戶，這就好比別國跑到我們國家招募他們的二等公民一樣。神、魔用信仰祝福幫玩家加成屬性收買人心，就像R國、M國發愛情動作片、綠卡給你們一樣……最後，記得我以前說過的神、魔二族在這次之後就不會正面交鋒，而是用各自的玩家信徒比勝負吧？這就好比R、M兩國要打仗了，戰場卻選在我們國家，還拉我們的人去送死。」

九夜的眉頭皺得死緊，瞪神主一眼沒說話。

後者擦把汗，再擦把汗——雖然大致意思沒錯，但這話說得怎麼那麼不討人喜歡呢？

「無陣營其實也是一種陣營，只要是沒有信仰陣營的玩家都可以申請在帝國聯盟掛職。雖然沒有加入陣營後的直接屬性加成，但是當功勛達到一定點數後，可以領取到相應的榮譽徽章，徽章可以加成屬性。而且功勛還可以兌換到不少隱藏技能，具體能兌換種類與各自種族有關。其實說白了，也就相當於是大戰結束後的榮耀系統。」

雲千千嘿嘿笑道：「別以為只有新地圖裡才有好東西，如果認真挖掘的話，大陸的寶藏比神、魔二界裡面的要多得多，後者不過是大家聽著新鮮而已。」

帝國聯盟算是一個前世沒能發展起來的「陣營」，神、魔兩陣營一開，基本上99%的玩家都第一時間選擇了各自的偏好加入，而比較低調的帝國聯盟根本就沒人發現……即使發現了也沒人能想到這會是協力廠商勢力。畢竟每個人的個人面板上都是有陣營顯示的，加入光明和暗黑陣營後，面板上都有勢力標示，唯獨加入帝國聯盟後什麼都沒標示。

而等到陣營發展成熟後，帝國聯盟的資訊作用才慢慢被NPC逐漸公布出來，於是大家這才恍然大悟——

——香蕉的，原來還有一個這麼悶騷的勢力？

光、暗兩個陣營中能用功勛兌換的技能書及武器裝備都有局限性。比如說在神族那裡能兌換到的一切東東都是帶「光」字頭的；同理，魔族頒發的一切獎勵也都是帶「暗」字頭的。

風、火、雷、土、水等等系統的法師經常在陣營中感到迷茫，他們不知道自己到底該拿功勛去兌換什麼。治療術？詛咒藤？與自己的專業不合啊。戰士們也迷茫，兩個陣營的技能除少數可以適用外，其他莫不都是需要大量MP發動，難道要轉成傳說中的魔武雙修？

此時想改投帝國聯盟的懷抱已經來不及，陣營不允許背叛……所有人汗。

「如果說光明是反暗黑陣營，暗黑是反光明陣營，那麼帝國聯盟就是反陣營的陣營。」雲千千笑得跟撿了錢包似的，「光陣營和暗陣營對殺才可以賺功勛，聯盟殺誰都有功勛，而且最關鍵是技能實用。」喜孜孜的打了個響指，雲千千總結發言：「只除了公會駐地再也無法享受任何信仰祝福以外，就個人實力上的考慮而言，其實我個人還比較偏向帝國聯盟……」

「只除了？」九夜沉吟一會後疑惑問道：「既然如此，妳不加入陣營也沒什麼，怎麼……」怎麼剛才還一副要死要活、彷彿被全世界拋棄的淒婉小可憐的樣子？

雲千千臉一僵，三秒鐘後捂臉痛苦的喊：「陣營玩家可以在對應勢力地盤裡半價購物啊混蛋！」馬的，可以節省這麼大一筆開支，憑什麼不讓她加入？憑什麼!?

「……哦，那確實是很痛苦。」九夜咬牙，嚥下一口小血。

凌晨時分，神主終於宣布天地大陣完成，老手一揮，直接把幻境連天地大陣一起打包帶回天空之城。從幻境出來後，沒空搭理看見自己就兩眼瞬間發亮的彼岸毒草，雲千千在對方衝向自己的前一剎那迅速甩出大陣，啟動，下線……馬的，還是真正的睡眠靠得住，沒躺在床上失去意識總覺得差了點什麼。路西法要現在就進攻的話也隨他了，反正她是真的撐不住了……

摘下頭盔一躺到床上，雲千千果然闔眼就睡著了，還做了一晚上惡夢。

夢裡肥婆版的彼岸毒草穿著花裙子，一副黃臉婆打扮，不停的翻著一個收支本，還無比哀怨的跟她嘮叨：「老公怎麼辦啊，這個月生活費又超支了，你這個沒出息的連神魔公務員都當不上，買東西都比人家貴一倍，這日子沒法過了嚶嚶嚶嚶嚶……」

雲千千滿頭冷汗的被驚醒，抬眼看床頭櫃上的時間，居然才過去三小時。

受不了這個刺激的雲千千撈上頭盔再回遊戲，第一眼看到的居然還是彼岸毒草。

後者一見她就紅著眼衝了過來，看那樣子似乎有揪她衣領的衝動。「陣營的事情妳不打算跟我解釋？」

「……唔，你先把臉轉過去，我對你的那張臉有輕微恐懼症，等我緩緩些。」

彼岸毒草一臉猙獰的咬牙道：「什麼意思？」好傢伙，居然還敢找碴挑釁!?

「別誤會，只不過是我做了一個惡夢，現在看著你的臉還有點適應不過來。」

這還不是一個意思！彼岸毒草發狠挽袖子，正要捍衛自己的尊嚴，旁邊會員甲路過。

「咦，會長、副會長都在呀？對了，聽說過幾天要開一個陣營系統，真的假的？」

彼岸毒草瞬間想起正事，頓時大驚失色道：「這話是誰跟你說的？」

他本來想趁消息還沒有流傳出去之前找雲千千商量關於陣營的問題，所以還特地吩咐身邊人封鎖訊息，結果沒想到連路過的人都知道了……是誰？到底是誰散播出這個消息？難道這其中有什麼不可告人的目的？彼岸毒草黑化，開始考慮陰謀論的可能性，同時腦中CPU急速運轉，想把事情遮掩過去。

沒想到是雲千千主動拆臺，很自然的點點頭承認：「啊，是這樣沒錯。你想加入哪個陣營？」

「……」彼岸毒草吐出一兩小血，咬牙強行插入會長與普通會員之間的親切交談，一臉黑線、二話不說的抓著雲千千領子就把人拎走。

到了會議室，門一關，彼岸毒草怒道：「妳怎麼能把這麼重要的事情就這麼說出去？」

「咦，難道我不說他們就不知道了？」

「這……」彼岸毒草語塞，尷尬的原地轉圈，好一會後低頭承認錯誤：「是，主要問題還是因為我沒有把消息封鎖好……但是就算這樣，我們也不能正面承認這個話題。現在最要緊是控制大家的言論趨勢，不能讓他們繼續就這個問題討論下去……」

雲千千莫名其妙的打斷滔滔不絕的彼岸毒草：「為什麼？」

「為……」彼岸毒草氣結，順了順胸中鬱結後，耐心和人講道理：「事情是這樣的，妳不能加入陣營

對吧？」

雲千千點頭。

「既然妳不加入陣營，公會也就沒辦法在領地信仰某陣營，得不到庇佑的那些想要加入陣營的會員難道不會對此有意見？」

「為什麼有意見？不就是公會駐地沒信仰？」雲千千抓頭表示不能理解，「就算沒信仰祝福，那也是公會的事，頂多影響的是駐地繁榮度和軍事防禦值。玩家個人又不受影響……」

「這……主要是面子問題，人家的駐地都有陣營庇佑，就我們沒有……」

「面子算個屁！」雲千千揮手示意停止這個話題：「如果是這個問題的話就不用多說了，大不了我們多放幾個炮臺、多築幾道城牆，實在不行就申請帝國駐軍……比起這些雞毛蒜皮的小事，現在最重要的是另外一個問題。」

「……什麼問題？」雞毛蒜皮？帝國駐軍是那麼容易讓玩家想申請就能申請的？彼岸毒草感覺有些疲憊，實在是猜不透自己家的會長腦子裡在想些什麼了。

好吧、好吧，沒信仰就沒信仰。如果最後真不行了，大不了他和唯我獨尊回去重新立山頭，也可以順便收留無家可歸的水蜜桃……

雲千千一臉慎重的說道：「現在最重要的問題是，怎麼在神、魔兩界開放之前儘快把我們手裡的魔獸蛋清倉賣個高價。」神、魔領地的折扣她是沒分了，既然節流不行，那她就開源，就不信攢不出一份家底……

利用創世時報的廣告欄，水果樂園將要販賣魔獸寵物的消息很快傳遍了整個創世紀。眾玩家們等待這個時刻已經很久了。自從知道雲千千帶人掃蕩魔島獸窟之後，大家都在揣測著那批寵物蛋最後的歸處將會是哪裡。

而理所當然的，為了可能會被拿出來公開拍賣的這批寵物，有財力的玩家個人和團體們也早就做了充足的準備，調動所有可調動的資金，隨時準備奔赴拍賣會第一現場。

雖然想是這麼想，外界眾人的心裡還是有些沒底。畢竟高階寵物大量在創世紀中出現還是第一次，這麼一批寵物現世，如果讓一個公會裝備上的話，必然會打造出一支實力有絕對領先優勢的強悍隊伍……根據雲千千以往的行事記錄來看，大家覺得這女孩應該不傻，不僅不傻，人家還很精明。

賣寵物能換到高額錢財，但畢竟是有限的財富；不賣寵物能將公會實力整體提高一個等級，這卻是無限的發展可能性……所謂高手，就是指在遊戲中處於先驅領航地位的人。

用無限的發展可能來換有限的財富？

在聽到拍賣會真的要舉辦的消息後，所有玩家歡呼慶祝的同時也有點迷茫——這桃子這回到底是怎麼了？莫非是腦袋被驢踢了？

拍賣會場很順利的布置起來，半天工夫就做好了舉行拍賣會的準備。彼岸毒草已經看破紅塵或者說自暴自棄了，對雲千千的決定根本沒有也懶得有任何意見，一臉淡漠的作欲隨風而去狀。

孽六捏著小本子過來報告：「寵物蛋和幼獸總計數目為三百三十七隻，還有部分屬於生活輔助寵物和已經無法馴化的寵物沒包含在內。現在能夠進行拍賣的寵物已經全部存進拍賣格，商品冊十分鐘後自動生成。廣告要打出去嗎？」

雲千千想了想後說道：「把整理過後的寵物資料發一份給默默尋，再發幾份到其他小報去。別說打廣告的事，那得付廣告費的。我們是提供新聞的熱心民眾，至於拿到資料後發不發就隨便她。」

敢不發，她就寫個「服」字送給那妞……

想自毀長城也不是這麼來的，雲千千就不信默默尋在其他人都發布了第一手消息之後還敢讓創世時報做那唯一一個開天窗的。

「……好的。」孽六的嘴角抽了抽，點頭答應後下去做準備。

九夜在自己寵物夢魘的帶路下於拍賣會場內巡視，看完一圈覺得無安全隱患才走回來。問雲千千：「妳確定自己不留一隻？」

「我倒是想留，問題是不好的寵物留了沒價值，好的寵物留了我心疼……」雲千千嘆氣道：「還是先賣了吧。神、魔兩界一開，這些寵物就是地攤貨了，使點手段還是有辦法弄到的。」

「我倒覺得路西法應該不會給妳這個機會。」九夜掃了雲千千一個白眼。

彼岸毒草聽到關鍵資訊，驚訝問道：「神、魔界開了之後會有大量寵物出現？」

「那是當然的。」

彼岸毒草先是心裡一鬆，因為總算確認了雲千千並不是貪財貪到鼠目寸光，而是判斷局勢後經過成熟判斷才決定賣掉寵物蛋。

緊接著他心裡又是一緊，因為他無法想像玩家們斥鉅款搶購寵物蛋後，在不久後的將來看到大批與自己所攜帶寵物一樣的寵物蛋出現時會是怎樣的心情……水果樂園的名聲難道又要再次跌破底線記錄了嗎？

彼岸毒草又喜又憂的糾結著，第N次對未來的生活感到迷茫。

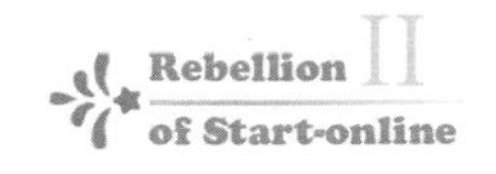

而對比起彼岸毒草來，雲千千在糾結的則是其他方面。以前設局宰凱子，她都是把龍騰這頭肥羊直接列作最優先考慮的，人傻、錢多……雲千千在很長的一段時間裡，都是直接把龍騰的錢包看作自己的儲備小金庫。

可是現在不行了。人家前陣子挺講義氣，而且自己也有和龍騰和解的意思了……雖然龍騰到現在都不知道曾經的那段日子裡她為什麼那麼不喜歡他……在兩方勾搭得正漸入佳境的時候，自己如果眼睜睜看著對方伸過脖子讓自己宰是不是有點不大好？

用頭髮想都知道，拍賣魔獸蛋這麼大規模的活動，想讓龍騰這富二代不出面是不可能的。人家家底豐厚啊，搞不好今天拍賣的大半進項都是從人家錢包裡撈出來的。

但是如果明講自己是在陰人的話，龍騰不出手，又顯得事情太過詭異了，難免會引起其他玩家警惕……直接說明理由更是不行。萬一消息走漏，其他人知道自己的寵物蛋馬上就不再是稀罕貨了怎麼辦？

想來想去，鑒於自己的良心實在不安，雲千千決定把這件頭疼的事情讓龍騰自己決定。呼拉一個訊息撥出去，聽到對面接聽通話，雲千千才扭扭捏捏的開口：「龍哥哥～」

龍騰寒了一下：「別客氣，有話直接說，妳還是叫我小龍好了。」只要不被噁心死，他情願自降身價。

「是這樣子的，人家有一件為難的事情想向你請教。」雲千千斟酌了一會，盡量委婉的道：「假設……只是假設哦。假設有一個人有件事情想跟你說，但她又不知道怎麼開口，也不想讓別人知道這件事情，那麼該怎麼辦？」

「……假設的那人是男是女？」龍騰沉默許久後問道。

「女。」

龍騰一聽答案狂汗。對方先是那麼甜膩的喊自己龍哥哥，接著又說有件不欲人知的事情想跟他說，又說她不知道該怎麼開口……那爛水果的臉皮厚度絕對是驚天動地，一個禁招砸下去都不掉HP的。這樣子的小人也有不好意思開口的事？

快速調取了腦中的過往記憶以及種種電視劇中看來的經驗教訓，龍騰想來想去都只有一個可能：綜合對方的口氣、態度和那份羞澀勁，他初步斷定也許、可能、似乎、大概、說不定……這死水果是看上自己了？

被自己設想出來的結果嚇出一身毛毛汗，龍騰抹把冷汗，斬釘截鐵的說道：「那就啥都別說了。」自己無福消受啊！

「可是，如果不說的話，也許你會錯失很多珍貴的東西哦。」比如說大筆的錢錢……

「沒有關係。」龍騰視死如歸，悲憤道：「如果真是那樣的話也是我的命運，就讓一切盡在不言中吧。」

「好吧，既然你那麼堅持……咦，用不用掛那麼快？」雲千千莫名其妙的瞪通訊器，很是不爽龍騰不懂禮貌的態度——她話還沒說完呢，太沒風度了……

龍騰切斷通訊後是怎樣的驚魂未定就不說了。總之，在各方準備之後，創世紀玩家期待已久的魔獸拍賣會終於在第二天的下午拉開了帷幕。

除了必要的拍賣人員，比如彼岸毒草及其副手孽六外，水果樂園的人沒有一個到場拍賣會的，所有人都被雲千千拉去城郊集合準備，隨時準備應付路西法可能發起的攻擊……一小時前，雲千千就接到了邀戰帖。要嘛說人家有風度呢，果然不愧是幹魔王的，連殊死拚鬥都要先發個信函通知一聲。當然，彼岸毒草個人更傾向於認為對方是在故意製造緊張氣氛。

拍賣會開始一小時，雲千千帶水果樂園在城外嚴陣以待……路西法沒有出現。

拍賣會開始三小時，雲千千依然帶著水果樂園在城外整裝待發……路西法仍是沒有出現。

拍賣會開始六小時，雲千千帶水果樂園開始自助燒烤，補充飢餓的同時順便休息一下。

拍賣會開始七小時後，營火晚會召開，水果族已經徹底放鬆，載歌載舞、歡聲笑語一片。

十小時後，營火晚會結束。大家看夜已經挺深了，玩也玩累了，於是決定回去休息，順便看下拍賣會完了沒有；如果完了就去整理、點算一下資金……

彼岸毒草趕來時，正好碰上雲千千指揮人滅篝火，收拾燒烤道具和臨時帳篷。

本以為自己會看到一群疲憊會員的彼岸毒草沒想到會看到這麼一幅其樂融融的景象，一口鮮血頓時滾上喉中。找到雲千千，彼岸毒草身心憔悴已無力怒吼：「你們這是在做什麼？」

「小草草你來得好晚，我們的營火晚會已經結束了。」雲千千一副惋惜樣子，同情道：「工作辛苦了，晚會沒趕上沒關係，我過陣子讓你放個長假休息休息。」

終於還是沒忍住，彼岸毒草吐口血，不敢置信的問道：「妳的意思是說，你們來這裡就是為了辦營火晚會？」

「不然呢？」

「……路西法的魔族軍在哪？」

雲千千直著眼睛呆滯，沉默半分鐘後一拍頭，恍然大悟：「哎呀，我忘記了。」

思維。

「……」再吐口血，彼岸毒草無語淚流，實在不知道該怎麼以正常地球人的思考回路來理解火星人的思維。

終於想到自己帶人來這裡本來是為了正事，雲千千凝色沉思道：「路西法發了邀戰帖，以他的信譽不可能不來。現在他突然失約，估計是因為出了其他的什麼事情。」

「什麼事情？」彼岸毒草問道。

「不知道。」雲千千搖頭：「我只知道在布置天地大陣的時候，魔族就有些不對勁。本來那時候他們應該發動十二波進攻阻止我們，但是第十波後，路西法就派了夢魔來做說客，好像有些無法抽身和我們計較的意思。」

到底是出了什麼事情呢？蝴蝶翅膀扇得太厲害，這次的活動劇情已經遠遠偏離她所知道的軌道。

兩人說話的時候並沒有特意避開別人，所以這會已經有一圈圍觀黨圍在旁邊聽八卦。聽到這裡，眾人紛紛舉手發表自己的見解，場面一時火爆了起來。

「是怕了吧？我們能抄了他們的家，就能滅了他們的族。魔族那些NPC絕對是怕了！」意氣風發的熱血派。

「屁！根據我的推理，這應該是一次陰謀。對方不是無法抽身，而是故意想先消耗掉我們的耐心和鬥志。」心思縝密的陰謀派。

「剛才烤肉還有剩的嗎？再來幾串。」搬椅子、拿零食準備圍觀討論的路過派。

「管他那麼多。等過段日子閒下來了，他們再不來我們就主動打過去。」……鷹派……

水果族正七嘴八舌討論得熱火朝天時，一道系統公告石破天驚的出現：有神秘人士盜走魔族聖器，魔族上下舉族震驚，舉行集體遊行示威要求抓出凶手，嚴懲盜寶賊。因為聖器丟失，魔界侵略活動提前中止，謝謝大家在活動期間的熱情參與，祝您遊戲愉快……

眾多聲音頓時一起消失，像是被突然按下了靜音鍵一樣，所有人不約而同一起轉頭，刷刷刷的齊齊看向雲千千。

雲千千也聽得一愣，接著發現不對勁。轉頭看了看，雲千千嘴角一抽問道：「……你們看什麼？」

會員甲：「嘿嘿……」

會員乙：「沒看什麼。」

會員丙擠眉弄眼，對雲千千做出一臉「大家心裡都有數，您別裝了」的心照不宣表情。

會員丁……

彼岸毒草氣憤的怒吼：「蜜桃多多！」

雲千千嘴角再抽了一下，鬱悶道：「不是我偷的。」

眾人：「……」鬼才信妳。

「……真的不是我偷的！」雲千千抓狂——草泥馬，果然糊弄太多會有報應，這回真不關她的事啊嗷嗷！

系統公告是半夜發的，所以並不是所有玩家都在第一時間知道這個消息。但八卦向來是流傳最廣的訊息傳播方式，到第二天中午時，幾乎整個創世紀的玩家們就都知道了魔族侵略者內院失火的消息。

聖器被偷？嘿嘿，絕對是蜜桃多多幹的，太厲害了……

雲千千頭一次體會到被冤枉的感覺，身為第一嫌疑犯，她的心情極度之糾結複雜。先不說外面那些流傳越來越廣的謠言，現在就連自己公會的人甚至彼岸毒草、九夜之流都一致肯定絕對是她下的手……在這眾望所歸的情況下，自己還能說些什麼？

燃燒尾狐聞訊後幫雲千千占卜了一卦，然後很好心的發來訊息，告知對方自己的占卜結果：「根據我的推算，妳最近不宜出門，黑煞星主位，乃是大凶之兆。」

「大胸之罩？我天天都按標準步驟穿著，怕個鳥啊！」雲千千頹廢道。

「非也非也，此大凶非彼大胸……」

雲千千此時沒耐心聽人賣弄口才，不悅道：「再不好好說話，小心我揍你！」

「……」燃燒尾狐鬱悶了一下覺得自己有點委屈：「喂喂，我可是好心，太不給面子了吧？」

「真好心就幫我算一下魔族聖器到底落哪裡去了。你擺明一副看熱鬧的樣子，讓我怎麼給你面子？」雲千千嘆氣道：「要知道我最近心情可不好，人要是心情一不好，就容易做出些陰暗的事情……」

「聖器是沒有……」燃燒尾狐賣了一個關子，停頓好幾秒後才慢條斯理的接著道：「但是我占卜出路西法最近常在東凌城出沒，如果真想查出是怎麼回事的話，妳不妨親自去看看。」

「占卜出來的？」雲千千驚訝。小狐狸最近技能練得不錯啊，連路西法這樣子的大BOSS的行蹤都占卜得出來了。

「咳咳，其實只有一半是占卜，另外一半是朋友給我的消息。」燃燒尾狐不好意思的坦白。

「你自己占卜的是什麼？」

「……我自己占卜的結果是路西法在大陸範圍活動。」

真是好……詳細的範圍……雲千千無語了。

「……慢慢練吧，我相信你。」

掛通訊，奔傳送陣，雲千千頭一次為了非與錢財相關的事情而鬥志昂揚……都以為是她偷的？好，那她就偷給他們看看……

在整個創世紀的玩家幾乎都斷定魔族聖器丟失與雲千千必然有關的時候，其實還有少數人保持清醒的頭腦做出了否定的判斷。

「不是蜜桃多多幹的。」無常看完桌上一大疊的報告，指點文件堆，對一葉知秋肯定的說道：「蜜桃多多的行蹤很好調查，她幾乎完全沒有掩飾自己的行動。從魔族收兵的時候開始，她就一直在和其他事件人物接觸，更在三天前被鎖進領域，一直沒有出來過……」

「再說，魔族聖器是什麼現在誰都不知道，就連她建陣時要找的暗神器都是靠龍騰的真實之鏡才找出來的。在情報不足、行動時間也不具備的情況下，如果她這樣還能拿到魔族聖器，除非是有出門踩狗屎的運氣。」

096 暗潮VS暗潮

魔族之亂雖然結束了，但各個地圖中都是一片瘡痍，等待玩家的重建和恢復。

戰後經濟果然受到了巨大影響，提升的物價完全沒有像是要回到戰前的意思。各個城鎮內的基礎建築也被毀得一片狼籍，雖然勉強保留了一個框架，但部分功能設施還是不得不暫時宣告中止受理業務。

在大戰期間，大陸西面是魔族占領地，東面則是玩家據守區域，所以相對來說，後者的情況比起前者要好了許多，城鎮被破壞得有限，重建起來也更加簡單。

以東凌城為代表，在大戰時龜縮安分的NPC們就紛紛露面，主動開放了難度不等的各種任務，有巡邏清除魔族殘部、搜集生產建築材料、拜訪異人高人協助重建、尋找戰時失散親友……這些城內原住民們積極踴躍的抓住過往玩家發放任務，為恢復東凌城的繁榮度和安定度而努力著，期許早日回到從前那和平美

好、沒事吃飯逛街順便還能調戲調戲想要任務的玩家們的悠閒時光……

雲千千到了東凌城之後，不過是短短一條街的距離，至少就被十個以上的NPC看上，想抓她幫忙。

後來在第一個勇於嘗試的老女人死皮賴臉的逮著雲千千，硬要對方去幫她找自己以前的老情人回城修復房屋時，親眼目睹雲千千不耐煩殺人行凶，放雷把老女人劈成灰灰的其他NPC瞬間退卻，聰明的把目光轉移到了其他玩家身上……壯丁多的是，犯不著去惹這個煞星。

兩名天空神族和女神官妙麗長期被雲千千寄放在東凌城客棧中自生自滅，和這裡的NPC們混得很熟，都快成了半個東凌城人。要不是大戰結束後，神主和天空神族來跟她要人，雲千千搞不好都要徹底忘記自己還有這麼三個隨從。

看來自己果然沒有做紈褲子弟被人前呼後擁的命，怎麼就老是習慣不了帶隨從上街呢……雲千千感慨的往客棧方向走，心裡說沒有遺憾是不可能的，畢竟是不錯的三個戰力。

不過話又說回來，相處時間太短，這些NPC的性格模式還沒有被自己影響，帶他們出去實在是不方便。比如說雲千千愛幹壞事，聽壁角、潛敵陣就不說了，沒事還易個容去調戲了幾次魔族最高領導人。這種事要是帶個隨從在身邊跟著，會不會露餡被抓就先不說了，自己好歹也是一個羞澀靦腆的女孩子耶，怎麼好意思讓人知道做這種事？

「老闆，來取人？」客棧掌櫃和雲千千也混得熟，一見後者從大門進來，連忙點頭哈腰迎了上來：「您寄放在小店的三位隨從現在就在房間裡，我去把人帶過來給您？」

「嗯。」雲千千沒精打采的應了聲，很心疼的樣子：「多少錢？」

「瞧您說的，您是熟客，我還能收您的錢不成？如果老闆肯幫個小忙的話，這費用我就讓您免了如

何？」掌櫃笑得菊花燦爛，臉上的皺紋都擠成了一堆。

「哦？說說看。」

「您請您請，進包廂先吃點酒菜再談。」

跟著掌櫃後面進包廂，裡面早已經有一個男人坐在了那裡。雲千千抬頭看一眼，嚇得差點當場轉身就跑。

「啪」一聲，包廂門很及時被拍上，掌櫃在門邊擋著門板諂笑道：「老闆別忙走，先談談嘛！」

「對，先談談。」包廂內的男人也笑，冷笑。

雲千千僵硬的回頭乾笑道：「呵、呵呵……路哥怎麼有空，是長假旅遊？」

路西法淡淡的瞥一眼雲千千，慢條斯理的說道：「我哪有那麼好的興致。聖物被盜，魔界一片混亂。本來入侵大陸的事情就沒解決，現在又出了這件事……妳覺得我還會有假期？」

聖器的實際作用不大，關鍵在於其代表的象徵意義。就跟歷代皇帝手裡的玉璽一樣，都知道那玩意只是拿來蓋章的，可還是有不少皇室宗族趨之若鶩，為的不過就是玉璽的象徵意義。不然光是一件蓋章的事，拿個蘿蔔刻出來也能蓋，有什麼不同？

「魔族聖器丟失的事情已經聽說了，對此我也表示十分遺憾和惋惜。」雲千千沉痛道。

「不必，我們魔族可當不起。」路西法冷哼一聲。

雲千千默了默，小心翼翼的試探：「那您叫我來這裡是為了……」

「西華城一別之後，許久未見。」路西法嘲諷道：「難道我想和妳見個面都不可以嗎？還是說妳心虛？」

「哈哈……我有什麼好心虛的。」雲千千心虛的乾笑兩聲：「那現在見完了，我可以走了不？」雖然聖器確實不關她的事，但除了聖器以外的其他事卻確實都關她的事……雲千千欲哭無淚。東凌城裡的客棧老闆怎麼會和住在西大陸的路西法勾搭成姦？這奸細也隱藏得太深了。

「可以，妳走吧。」

沒想到的是，路西法居然真的沒有為難她。他端杯茶細細品嘗，一揮手，當真就放雲千千離開了。

要說路西法冷嘲熱諷，更甚至懷疑認定真是她偷了聖器的話，雲千千都不怕，大不了就是找她秋後算帳，再大不了就是一死。可要說對方現在這樣乾脆俐落，好像真的僅僅是為了見她一面就放人，雲千千卻有些心虛了。

不怕他出招，怕的就是他不出招。那麼好說話又不跟她計較，見完面就能閃人？路西法該不會是打算慢慢玩她吧？

雲千千哆嗦了一下，站在客棧門口，一臉神情恍惚的樣子。直到客棧掌櫃把二男一女的三個神族隨從都帶到了她面前，還猶自回不過神來。

「老闆您走好，以後有空歡迎再次光臨小店。」掌櫃哈腰在門口鞠躬。

「真的讓我們走？」雲千千忍不住問道：「難道不用把他們三個扣押下來當人質？」

二男一女三神族莫名其妙的看神經病般看著雲千千。

掌櫃陪笑道：「瞧您說的。卑鄙邪惡的魔族被我們趕跑了，現在正是一片太平世界，本店又不做人口買賣，扣押您的隨從幹嘛？」

「……」雲千千臉色古怪的沉默半分鐘後才開口：「掌櫃的，您以後一定大有前途。」當著她的面還能把瞎話說到這分上，這位絕對不是普通人物。

雲千千一臉糾結的帶著三個神族在掌櫃歡送下離開，再一臉糾結的帶三人回天空之城，沒有交還神主，而是寄放到了自己名下的另外一個飯店……她一路上想了無數可能性，接著很快再被自己推翻。

雲千千回到辦公室絞盡腦汁，頭一次感到無力，她是真猜不出來路西法到底想幹什麼啊？

「幫我算算XXX的種族。」XXX是客棧老闆的名字。雲千千想來想去後，呼叫神棍燃燒尾狐。

一分鐘不到，她收到回訊。

「人族。戶口東凌城，職業客棧老闆，等級50……妳要查他幹嘛？很普通啊，長得也不好看而且很老……」

「確定是人族？」雲千千驚訝，難道是人奸？

「不相信我的占卜就別來問我啊！」燃燒尾狐不滿。

雲千千想了一會，又說：「再查查XXX現在的座標。」

燃燒尾狐嘟嘟囔囔的切斷通訊。

雲千千等了一會，燃燒尾狐再回覆時卻是一副震驚的語氣。

「妳說的那個XXX在魔界耶！」

是了，問題原來在這裡……沒理會燃燒尾狐興奮的關於「到底是什麼事」的詢問，雲千千毫無道德心的把人用完就甩，切斷通訊，開始思考問題。

那個客棧中的掌櫃確實是本城人，並不是路西法提前就設下的耳目。畢竟主城裡的有名店鋪大家都熟，

而且都是一開始就存在的，不可能那麼早之前就做了手腳。

但是當魔界連接大陸開啟活動之後，各個城鎮的 NPC 中就混入了不少的魔族奸細，有提供情報的、有組織暗殺的，還有單純在戰爭間隙出來娛樂的……畢竟是擬真遊戲，在 NPC 們有了智慧的前提下，戰爭的內容如果還是像古早網遊中那樣僅僅是殺怪殺怪再殺怪的話，恐怕就連侵略者們自己都會哭泣的。

這也太侮辱智腦的智商了。

客棧掌櫃估計就是在戰爭時期被路西法派人偷偷換了的。不過現在不確定的是，那假貨到底是什麼時候開始代替真貨出現？

東面大陸是玩家的根據地，而作為東方主城中最大客棧的掌櫃，這個奸細能探聽到的情報量自然是可想而知。

疲累之後喜歡邀在一起去喝酒聊天的玩家不少，既然是東凌城中規模最大的客棧，那裡每天接待的玩家自然也不少。雲千千親眼看到的就有十來次大型聚會，有時是公會包場慶祝某戰役勝利，還有幾次是有人過生日、結婚什麼的，在那裡擺酒宴請好友。

魔族大戰結束了，但是看來魔族之亂還不能算結束。人家從明處轉到暗處，至今仍在默默的耕耘奮鬥著……雲千千感慨，想通了這個環節後，呼叫彼岸毒草回城商討。

不一會後，彼岸毒草出現，一開口先是提出一個疑惑：「剛才在路上碰到神主找我，說有人看到妳帶那三個隨從回來了，怎麼還沒把人送回去？」

「啊？」雲千千一臉白痴模樣。

剛開始她是想著那三個隨從在魔王手下的店裡待過，自己說不定還要盤問些問題，這才把人留下。後

來她一想事情就忘了，人自然也就一直沒送回去。

剛想開口，突然想到一個可能性，雲千千果斷搖頭：「暫時不能還回去。你回頭避一避，別讓那些NPC逮著你逼問。」

「妳想私吞NPC？」彼岸毒草大驚。這女孩以前只是貪財，現在連人都貪，莫非是見色心喜……咳，見才意動，所以想把三個隨從留下來自己用？

「這事情有點複雜……」看出來彼岸毒草好像想歪，雲千千連忙把自己去東凌城客棧取人時遇到路西法的事情說了一遍，再補充了燃燒尾狐的占卜和自己對魔族的想法，最後總結道：「由此可見，魔族的事情還不能算是完全解決。而神族可能也沒我們想像中那麼簡單。」

彼岸毒草聽完全部事情經過後先是驚駭，接著再聽到這句話時就只剩苦笑了：「我和其他人從來就沒覺得神、魔簡單過，也只有妳，老想著去招惹人家，說不定什麼時候真會把水果樂園都賠進去。」

「咳。」雲千千尷尬的乾咳一聲，道：「現在已經確定的是魔族還有眼線潛伏在大陸NPC中，要一一找出來不是件容易的事情。而我現在更在意的是神族……據我推測，神族雖然口口聲聲不插手大陸戰局，但說不定也安排了探子，那個妙麗應該是其中之一。」

「怎麼說？」彼岸毒草正色問道。

「首先，她在撒彌勒斯的罪惡之城做過臥底，還偷了個東西回神族，這是疑點一。」雲千千頓了頓，接著道：「其次……你應該也知道這個女人是我從神王手上騙來的……」

彼岸毒草額角青筋很活潑的跳動，忍了又忍，才憋住沒就著這個話頭翻雲千千以前的舊帳……現在最要緊的是神、魔兩界的問題，那些細枝末節以後再說……

「……妳繼續說。」從牙縫裡擠出幾個字來，彼岸毒草的臉色十分難看。

雲千千沒注意到這反常，凝色認真的斟酌了一下神主的態度才道：「在神主沒來天空之城之前，這件事情當然沒有任何問題，妙麗也不可能知道自己被拐帶。可是在神界大部分人都到了大陸之後，雖然他們和妙麗沒有直接接觸，但妙麗自己連拜會神主、彙報任務之類的話都沒提起過……這就大有問題了。」就好像……這女人是故意配合她拐帶她一樣。

怕穿幫？是怕雲千千的謊話穿幫，還是怕她留在雲千千身邊的真實目的穿幫？

神主假裝被騙，妙麗也假裝被騙，所以才方便留下來獲得更多的情報？

雲千千一想到這個可能性，忍不住一頭冷汗。還以為自己最聰明，一直在NPC中間混得如魚得水。雷心拿到了，寶藏騙到了，連天空之城都收入囊中，還能把那麼風騷的一界之主和實力強悍的女神官玩弄於股掌之間……沒想到現在才發現神界裡面有那麼多問題，看來確實不能把人家都當傻子。

一路順風順水幾乎沒遇到過什麼挫折的雲千千被打擊到了。還好此人天生皮厚肉賤抗打擊，才沒被這次的失算打擊到心灰意冷、消沉度日。

而彼岸毒草雖然隱隱知道雲千千做過的一些事情，這麼完整聽到全部經過卻還是頭一回。剎那間，這個可憐的男人突然覺得還是什麼都不知道要幸福得多。

騙神主、拐神官、偷聖器、抄魔窟……恍惚間，雲千千曾經做過的一件件豐功偉績，不斷在彼岸毒草腦海中走馬燈般閃過。難怪這人沒陣營肯要了，沒有直接把她拖出去五雷轟頂炸穿越，已經是那些大人物們心胸海闊、大肚能容、虛懷若谷、海納百川了啊啊啊……

這到底是個什麼女人啊！

彼岸毒草抓狂，很想當場揮灑一份辭呈甩到這女人臉上去，然後收拾包袱閃人，從此退隱紅塵再不理世間俗事，直到百年後安詳終老、了結此生，順便還要記得留份遺書讓子孫後代見到水果家的人都繞道走……馬的！再強悍的心臟也禁不住她這麼折騰啊！

雲千千當然不知道這麼短短的一段時間裡，自己的副會長心中已經是百轉千迴。理順思路說完了自己的懷疑，雲千千終於舒服了不少，順手把頭疼的爛攤子甩給彼岸毒草：「所以綜上所述，我認為妙麗是神界派下大陸放到我身邊的奸細，就連魔界聖器的失蹤說不定都和她有關，畢竟這女人是有前科的……嗯！就是這樣，你馬上著手調查！」

彼岸毒草吐血：「憑什麼讓我去調查!?那女人是妳的隨從吧！」

「我不好下手啊！」雲千千理直氣壯的瞪眼。

「……那麼神主問起來的話怎麼辦!?萬一最後調查出來聖器不是她偷的，我們要怎麼跟神族解釋這件事情!?」

「解釋個屁！」雲千千毫不在意的揮手，理所當然道：「就算不是她偷的，還不是讓我栽贓嫁禍了!?」

「……」怎麼不能，栽贓嫁禍可是這桃子的拿手好戲……

彼岸毒草抹把臉，咬牙道：「行！為了排除掉以後的隱患，我這就去調查。妳這段時間帶著他們滾得遠遠的，暫時不要在天空之城出現……」

就這樣，堂堂天空城主被趕出家門流浪，連經費都沒撥出半個銅板，彼岸毒草完全是一副放任她自生自滅的姿態。

摸摸鼻子，雲千千鬱悶一下後，對一臉茫然的三個隨從揮手命令道：「走！浪跡天涯去！」

097 罪惡之城遊覽日記

浪跡天涯也得先找個和自己一起私奔的，不然逃亡的日子多寂寞啊。

抱著這樣的念頭，雲千千帶著三個隨從開始滿世界拉人。

找燃燒尾狐，後者和工作室出去了，考察某神秘墓穴挖寶行動中。

找銘心刻骨，和考拉出去了，培養感情、追妻行動進行中。

找龍騰，和分到寵物的會員們出去了，龍騰九霄精英突擊隊全體寵物特訓中。

找一葉知秋，和無常出去了，駐地再奪取並重建計畫實施中……

彷彿一夜之間大家都有很多事情要忙，誰也沒空搭理她。由此也可以看得出來，其實除了雲千千以外，其他人的生活還是很多姿多采的。

「人生寂寞如雪啊……」雲千千頹廢的坐在酒樓中感慨。

「哦？」一個聲音笑呵呵的從雲千千身後傳來：「小姐只有一個人，不知道我有沒有這個榮幸請妳喝杯酒？」

雲千千回頭一看，是一個單眼皮金髮帥哥。

他嬉皮笑臉，一副調皮古怪的樣子，左耳還打了一顆閃閃發光的小耳釘……極品。

雲千千默默打量完，默默把身邊隨從趕到另外一邊，再回頭，斜睨帥哥一眼，無奈道：「你那麼閒？再調戲我小心我翻臉。」

單眼皮帥哥窒了窒，又笑道：「小姐怎麼這麼說話呢？我們初次見面，萍水相逢……」

「天堂行走。」

「……妳怎麼認出我的？」單眼皮帥哥垮下臉來，一副很鬱悶的樣子。

「我也不知道怎麼認出來的。」雲千千攤手無奈道：「反正不管你換成什麼臉，只要一看你這副德性，心裡就有種『啊，又是這小子……』之類的感慨……既然不是長相問題，那就是氣質問題？」

「君子如玉、玉樹臨風、風流倜儻的氣質？」天堂行走問道。

「你要聽真話還是假話？」

「算了，還是別告訴我了……」

相信大家都還記得，天堂行走有個任務在身——殺了騙門內賊妙麗。本來在雲千千的計畫中，妙麗就是一個協助她尋回聖器的NPC；而最後不管成功與否，雲千千都打定主意讓人砸上個黑鍋，再讓天堂行走殺神滅口回去交任務，她則回去幫妙麗向神主申請烈士稱號，順便哭訴栽贓是魔族下的手……皆大歡喜，多好。

沒想到後面事情越來越多，再加上天堂行走正好又有新的任務要辦，暫時沒有出現，於是這個行動也就一直擱置了下來，直到雲千千發現妙麗有極大可能再次重操舊業，在自己身邊幹起了臥底的老本行……

「如果我可以幫你把這女人活捉回去的話，你那騙子師父有沒有辦法幫我問點情報出來？」雲千千腦子轉了轉，情不自禁的狠毒了一把。

「這……」天堂行走為難道：「以前沒聽說過有這類事情。據我個人估計，應該是行不通……畢竟是遊戲，再有智慧、再有個性的行為也是有個底線的，一不小心被移除就麻煩大了。」

「唉──那你殺吧。」雲千千萬分失落的擺擺手趕人，轉過頭繼續喝酒。

天堂行走想了想，撩衣襬坐下，敲敲桌子問道：「要不跟我說說是什麼事？別看我在妳這裡老穿幫，但好說也是從撒彌勒斯手底下畢業的高材生……」

「行啊，那你先告訴我魔族聖器是被誰偷的？」雲千千很看不爽天堂行走這副自信的樣子，故意提了一個難題。

認真算起來的話，魔族聖器被盜事件實在可以算得上是雲千千遊戲生涯中的一大汙點。當然，這意思不是說她和魔族同仇敵愾，痛恨侵犯魔族尊嚴的那神秘人士什麼的。她氣的問題主要是在於，明明就不是她幹的事情，自己卻幫別人揹了黑鍋……

悲哀，太悲哀了。

本來是刻意刁難才提出的問題，沒想到的是，天堂行走居然樂了，笑出一口白牙，點頭道：「這我碰巧還真知道。」

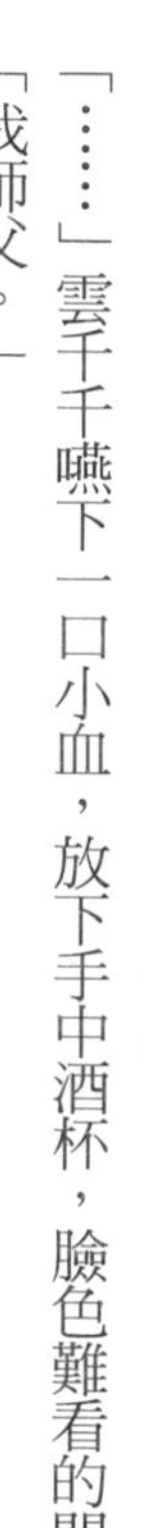

「……」雲千千嚥下一口小血，放下手中酒杯，臉色難看的問道：「是誰？」

「我師父。」

「……」

罪惡之城從建立開始就吸引了玩家的目光。雖然NPC們向來都喜歡為難和調戲玩家，但有勇氣把全遊戲裡的玩家都糊弄進來，讓人家幫自己賣力幹苦工的，目前為止還是只有撒彌勒斯一人而已。

成為過街老鼠、全民公敵，需要多麼巨大的勇氣啊。別說憤怒的玩家們可能會因此而發動的攻擊搗亂行為，光是眾人的口水都能把撒彌勒斯淹死個百八十回。

可是即便如此，撒彌勒斯依然以頑強的毅力，堅定不移的貫徹自己選定的道路，一步一腳印，扎扎實實的走下去，從兩手空空一無所有，一直成長到能和四大城主比肩，擁有一座城池的驕傲領主……鼓掌，這個劇本只要稍微改編一下，再請個實力派明星來唱主題曲，偶像派明星來演男主角，四小花旦出演女主、女配，和主角來段糾結複雜的暗戀、明戀、三角戀、不倫戀……如此打造一番後，完全有在黃金時段播出的潛力

雲千千倒從來沒有像其他玩家那樣鄙視撒彌勒斯過。在她看來，偶爾騙騙人實在沒什麼不對的，誰一輩子還能沒騙過人？作業沒寫，撒謊說本子忘記帶了；玩晚了，回家撒謊說在學校看書；偷偷丟掉不喜歡的菜，撒謊說已經吃了；交個男朋友，撒謊跟家裡說這是同學；買東西找凱子付帳的時候，撒謊說我最愛你了……

男人、女人都愛撒謊，這跟性別、年齡、智慧、閱歷都沒關係，跟善意、不善意的也沒關係，區別只

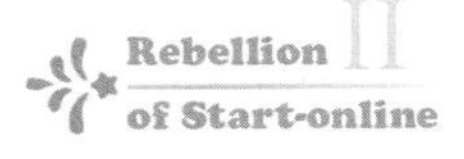

不過是段數高低，會不會被人識破而已。

可是話又說回來，不鄙視不代表她就不會找他算帳。這黑鍋既然落自己身上了，當然得找機會丟回去，再不然撈點好處也行，哪有讓她白吃虧的道理。

於是雲千千拍板定案：「走，帶我去你師父那裡。」

「帶妳去是沒問題，這三個怎麼辦？」天堂行走的大拇指往後一比。

「存起來。」

雲千千一句定江山。

三個可憐的隨從再次被拋棄，被送到另一家客棧客房關禁閉，等待雲千千想到要回來接他們的那一天……嗯，希望這一天不會像上次那麼難等……

心有多遠，腳步就有多遠。有傳送陣，天涯亦不過是咫尺。

半小時後，雲千千和天堂行走一起出現在罪惡之城。目前城中還是NPC居民占據主要地位，玩家比較少；但是不管玩家還是NPC，能在罪惡之城活著行走的都不會是簡單人物。

聽名字就知道了，撒彌勒斯完全是以招收終生監禁的囚犯標準來吸納本城居民。如果不夠心狠手辣、頭腦靈活或實力高強的話，搞不好進城不到半小時就得橫著被搬出去……以死人或是被害妄想症患者的身分。

「這位美女，妳的裝備掉了。」一個溫文爾雅型的帥哥有禮貌的拉住雲千千，指指其腳下一套金光閃閃的輕甲。

「雷霆萬鈞！」

帥哥被秒殺。

雲千千捏拳放在脣邊吹了吹，踢開輕甲，鄙視道：「第一，空間袋裡的東西不可能自己掉出來。第二，這明顯是染出來的顏色，黃金色輕甲不代表黃金階輕甲……請別侮辱我的智商。」

周圍居民譁然，繼而紛紛鼓掌。

一個老頭激動淚流，上前抓住雲千千的小手：「小姐，加入我們吧！年輕一輩的新鮮血液太少了，城裡人想找個繼承衣缽的人都難。」

說著說著，他刷出一張名片自我介紹：「順便說下，本人是XX打劫機構負責人。本機構近年來不斷引進最新科技打劫器材，嚴格培訓專業人員及精英，積極提升打劫品質，並曾多次榮獲四大主城追捕機構申斥，受頒發通緝令及恐嚇信無數……本機構業務熱線XXOO，客服諮詢及投訴熱線OOOX，二十四小時輪班人工受理各項業務。服務範圍包括銀行、拍賣行、各大超市及中小店鋪、工廠、豪華住宅區……」

雲千千傻眼，轉頭看天堂行走，問：「你們城裡的人都這麼囂張？」

天堂行走摸摸鼻子不好意思道：「其實他們平常還是很低調的。」

「……這還真沒看出來。」

「這主要是因為……第一，妳罪惡值高，在他們心裡的判斷是同類人，而且還是成功人士型的同類人。」天堂行走苦笑道：「第二，妳頭腦靈活，剛才一眼識破騙局。第三，是心狠手辣……呃，要不然妳想說成是行事果決也行？」眼看雲千千的臉色不大好看，天堂行走連忙換了一個比較委婉的形容詞。

「換句話說，我這是獲得罪惡之城居民資格了吧？」雲千千點頭表示了解，順便回過頭去惡狠狠威脅老頭：「再不放手，我劈了你！」

老頭依依不捨的放手。其他圍觀群眾被威脅著，不情願的慢慢散去。

雲千千繼續和天堂行走並肩往前走。

「你們這座城池其實挺不錯的，有探索價值。」

「那是。比如殺手公會、間諜公會、打劫公會等等等等的旁門左道妳都能在這裡找到。要是在外面地圖的話，想找到這些幹特殊行業的人還得憑運氣。不過話又說回來，想在這裡委託業務妳還得夠強悍，不然走一條街的路程都夠被玩死個十次八次的……而且本城範圍中坑蒙拐騙都不犯法，就算平安走到委託業務的地方，還得看人家樂不樂意接妳的工作，或者會不會在合約上設圈套騙妳什麼的。」

「有壓力才有進步嘛。」雲千千表示欣賞。「等千邊的事情忙完，抽個空到這來度假也不錯。一般越是壞人，手裡的好東西就越多。看《西遊記》就知道了，妖怪手裡拿的都是神器，身為第一男主角的猴子居然只有一根棍子，而且吹噓得上天入地的，結果遇到誰都打不過。至於那些拿飯碗、釘耙什麼的就更搬不上檯面了。」

「不過電視劇也說了，好人即使拿根棍子也能把精裝豪華版的壞人打得屁滾尿流。首先人家有人脈，其次人家是內定男主角。」天堂行走哈哈大笑。

雲千千對天堂行走翻了一個白眼不屑道：「那是神話。」

故事裡，好人就是好人，壞人就是壞人。好人一定會被壞人欺負，但壞人最後也一定會敗給好人，哪怕那個好人什麼都做不了。

而現實裡，最實在的則是成王敗寇，站得最高、笑到最後的就是主角。

比如說孫悟空如果在半路被一個妖怪打死，那麼吳承恩寫的就不會是《西遊記》，而是《成魔記》或《一個小妖怪的奮鬥史》什麼的。一百零一回的章節裡，小妖經歷各種磨難、各種歷練，其中西遊四人組的戲分只占其中一回。唐僧是個不諳世事、空口白話的傻子；孫悟空是個因為人家擋路就怒起行凶、欺負勤懇小妖的惡猴；豬頭貪吃猥瑣；沙悟淨……這個人就路人甲吧。如此沒個性又吃苦耐勞的角色能搶什麼鏡頭啊？就是讓他搶到了也沒收視率……

兩人一路聊天到了城主府。天堂行走帶雲千千暢通無阻的走進去，順手在門口抓了一個NPC，亮身分證問道：「師父呢？」

NPC驗完身分證又恭敬的遞回去：「城主大人今天出門了，好像是要去建築局設計圖紙。」

「師父偷走魔族聖器是為了代替被女神官偷走的那個東西。」天堂行走揮退NPC後跟雲千千解釋：「妳應該也知道，每塊領地都可以供奉雕像、神器、守護獸等各一。雕像我們有了，守護獸還沒定。神器本來是定了，可惜還沒來得及安上就被偷走。那老男人眼光高，非要找到一個比原來更好的……」

「於是你們就盯上魔族的聖器了？」雲千千一拍頭，終於在這座罪惡之城裡找到比她膽子還大的人。她是抄了魔獸的獸窟，人家直接抄了魔族的看家寶貝。這是什麼層次？起碼目前來說，她是望塵莫及的了。

「別這樣看我，我也不知道他看上的居然是魔族的聖器。還是頭天晚上他帶著東西回來，得意洋洋的跟我吹牛的時候才知道的。」天堂行走攤手，表示自己也很無辜。

「剛才說的圖紙就是預定供奉聖器的建築？」

「是。其實我到現在都沒確定要不要幫妳。罪惡之城我也有股份，幫了妳是自己受損失；可是妳是我朋友，又因為這件事惹了麻煩，不幫妳我心裡過不去……」天堂行走帶著雲千千往另外一個方向走，邊帶路邊嘆氣道。

雲千千笑道：「說得好聽。如果我好說話的話，你就不會那麼痛快答應，而是想法子讓我主動鬆口或乾脆瞞下來了……別不承認，你敢說剛才感慨的那句話裡沒有讓我內心不安、主動放手的意思？」

「嘿嘿……」

「……」嘿你老母！自己隨便說說的，原來還真猜中了……雲千千怒。

在城裡趕路沒辦法用傳送陣，只能憑兩條腿走。

雲千千速度倒是不慢，遺憾的是天堂行走速度卻很慢。

罪惡之城現在還是發展初期，完全沒有後世雲千千來時看到的繁華喧囂；各處建築也沒完全規劃好，再說建築局又是除了城主之外沒人會去的地方……所以需要靠人帶路的雲千千只能遷就天堂行走的速度，慢慢在後面跟著。

等終於到了建築局之後，雲千千抓狂了。抓狂的原因不是其他，主要是她一進門的剎那，剛好看到身後城主府方向一座高大樓塔拔地而起。此塔所有遊戲玩家都不陌生，其名藏寶塔，也稱中樞塔，是各個大型城池中用於供奉守護神器的所在……

「臥槽！就慢了一秒鐘啊！」雲千千捶地撓牆，頭一次無比痛恨遊戲中各項功能之便捷。

建築需要材料、需要人工、需要進度……這些都是指正常情況下；但如果時間趕得緊的話，也可以花

二十倍成本直接完工。這主要是考慮到有錢人一向沒什麼耐心，而且這類肥羊的口袋也最鬆……

「哎呀，小丫頭也來了？」撒彌勒斯笑咪咪的看著雲千千：「好久不見，這回是來度假的？」

「不是。」雲千千咬牙切齒，看了一眼撒彌勒斯，再看了一眼身後偷偷鬆口氣的天堂行走，問道：「莫非你徒弟已經通知了你說我要來？」所以才這麼大方直接秒樓，就是為了不讓她把聖器拿回去？

「絕對沒有這回事！」天堂行走正氣凜然的否認道：「我一直和妳在一起，回來的時候也是同路，妳什麼時候看到我通知他了？再說，NPC又沒通訊器……」

「說不定，騙子有騙子的手段。」雲千千狐疑不減：「畢竟你師父的行為太反常了，普通人建設建築哪會用秒工？」

天堂行走還沒說話，撒彌勒斯已經長嘆一聲：「其實這主要是為了防備魔王大人來搶，早點供奉起來就安心了。」

「這……」雲千千一時忘了還有路西法這個芒刺在撒彌勒斯身後虎視眈眈。如果要這麼說的話，對方因為擔心而花大成本也是能說得過去。畢竟路西法可不是那麼好對付，一旦後者得知真相，直接指揮百萬魔軍踏平罪惡之城也不是不可能的事情……

「既然沒有私下勾搭，那你剛才鬆什麼氣？」掉轉矛頭直指天堂行走，雲千千隨便找一個發洩口。

「我鬆了口氣主要是因為不用再為難。不然你們要真打起來的話，我幫誰？」天堂行走苦笑。

「廢話，就算你不看我們的交情，單看我貌美如花，他老得像饅頭渣，對比這麼明顯，要幫誰不是一目了然的事情？」

「咳。」撒彌勒斯重咳一聲。

「咳屁！」雲千千心情極度不爽

好事多磨，好物其實也多磨。神族的聖器丟了，引發動亂及後續混亂無數，最後被魔族撿到。魔族的聖器丟了，直接導致一場意義深遠的大戰提前中止，經調查後得知是撒彌勒斯所盜。

神、魔兩族多麼風光啊，頭頂大族光輝，各自獨享一界領土，還是兩大陣營的當家帶頭人。結果現在一個個都被鬧得灰頭土臉、狼狽不堪。

魔族聖器已經確定拿不回來了，除非罪惡之城被徹底搗毀，中樞塔完全破壞，聖器才能物歸原主。神族聖器估計有大半可能也是回不來了。本來也許路西法還沒有私吞聖器的意思，但他家聖器都丟了，憑什麼把別家的還回去？

要難受大家一起難受，要糾結大家一起糾結。作為一個平常就喜歡損人不利己的魔族老大，路西法不歸還神族聖器的理由實在是充分得不能再充分。

作為一切事件的根源，也就是最初「拿」走神族聖器的主要犯人，雲千千表示壓力很大。

「往事已矣，來者可追。節哀。」撒彌勒斯悲天憫人，一臉慈藹的安慰雲千千，被後者一拳正中鼻子，打出一個蒜頭鼻。

「你最好別現在惹我！」雲千千咬牙切齒的捏拳威脅。

撒彌勒斯騙術高超，本身實力卻不是很好，於此惡勢力脅迫下只能低頭，尷尬的乾咳兩聲，轉移視線，問天堂行走：「對了，那個女騙子找到了嗎？」

「找是找到了，可是……」天堂行走為難的看了一眼雲千千。自己的任務還捏在她手裡，如果對方心情不爽，硬是要扯他後腿的話，自己也只能咬牙忍了，誰叫人家是老大呢。

「可是什麼？」撒彌勒斯終於找到發洩口，拍桌怒喝：「既然找到那個女騙子，你還不趕緊去把她殺了！」

天堂行走無語。

雲千千冷笑道：「問題是你們要殺的女騙子現在是我的隨從。」

「呃……」撒彌勒斯傻眼。

接下來的事情，撒彌勒斯不好繼續再出面，主要是他出面，人家也不理他。於是天堂行走義不容辭的站出來，負責與雲千千交涉關於女騙子的歸屬處置問題。

雲千千以心靈受到嚴重創傷為由，拒絕在此時討論這個問題，並且要求天堂行走帶她遊覽罪惡之城。後者理虧外加師命在身，不得不點頭答應下來，於是兩人開始滿城亂轉。

其實要說雲千千糾結，她是真糾結，但卻遠遠沒達到自己表現出來的那分上。反正就是一個黑鍋嘛。幫人揹了雖然不舒服，但也沒什麼實際損失；再說路西法遲早會知道真相，到時候人家身為正牌物主自然會出面，哪用得著自己在這為魔族的東西操心？

雲千千本來的目的就是出來避風頭，順便如果能探聽出一些神、魔二族準備進行的行動計畫就更好了。聖器只是順便，實在是不怎麼重要。

充分利用對方的理虧心態，為自己爭取更多的利益，這才是雲千千表現得如此憤怒的真相。

「這座城裡有什麼值得去的地方嗎？」雲千千問身邊導遊，也就是天堂行走小帥哥。

「這要看妳想看的是什麼了。」天堂行走轉轉手裡匕首，試圖挽起一個刀花，邊走邊道：「如果想做

任務的話，街上每個NPC身上都有一段很複雜的背景故事，能不能從中掏出任務得看妳自己。如果想品嘗美食的話，強烈推薦本城特色酒樓——龍門客棧。如果是娛樂放鬆可以去紅燈區……嗯，妳先給我一個大概目標，我才能帶妳去妳想去的地方。」

雲千千擦把冷汗。沒想到她回溯兩年之後，罪惡之城依舊如此剽悍，風采不減當年。看來即便還沒有後來發展得那麼繁華，此時的罪惡之城也已經開始慢慢發展出它原本的雛形。

「那就去龍門客棧吧。」

雲千千依稀記得那裡彷彿是一個情報集中站，雖然僅限於NPC的情報，而且老闆娘宰人太狠；再而且，常常賣消息還是拆開來按關鍵字賣……但是雖然有那麼多的而且，也依舊不能掩蓋老闆娘手眼通天的人脈，人家可是有真本事的。

「妳真要去？」天堂行走驚訝道：「我還以為妳會選擇去紅燈區。」

雲千千滿頭黑線：「我好歹也是個良家少女，能不能別把我想得那麼豪放？」就算她有興趣去重溫記憶也不是現在，有正事要做呢……

天堂行走依言帶雲千千到了龍門客棧，一進門，一個熱情的服務生就迎了上來。

「兩位客人裡面請，請問是住宿還是用餐？」

「用餐，順便打聽點事情。」雲千千很老道的說出前世的口號。一般這句話之後，服務生就該知道自己是來買情報的了，接下來老闆娘或其他二級負責人出面和自己交涉；再接下來，她就可以打聽神、魔二族的情況。

「打聽事情？」服務生臉色古怪，看了眼天堂行走後，悄悄湊到雲千千耳邊：「是關於我們老闆娘的？」

雲千千笑道：「是。」服務生很上道嘛。

服務生的表情更猶豫了，忍不住又看了一眼天堂行走，再悄悄問道：「是關於這位先生的？」

「呃？」

雲千千有點莫名其妙。

服務生看她不說話還以為是默認，一臉同情的對雲千千道：「這位小姐，雖然我們老闆娘的追求者很多，但她從來沒跟誰有過什麼牽扯，更沒有交男朋友或結婚的打算……就算您男朋友有什麼糾纏暗戀她的行為，那也不是我們老闆娘的錯啊。女人何苦為難女人，還是抓住男人的心最重要。」

天堂行走的臉色忽青忽白，被噎得半天說不出話來。

雲千千愣了半分鐘才把話中的意思消化理解清楚，頓時拍桌大怒：「什麼亂七八糟的！」

滿店客人被這邊的大聲吸引，指指點點的望了過來。

誰是誰男朋友了？還有誰說她是來問老闆娘的感情生活了？雲千千怒。

「咦，您不是因為男人在外面偷吃才跑來抓狐狸精的？」服務生詫異。

「屁……廢話，當然不是！」

您還不如直接說屁話呢……服務生默了默，連連哈腰道歉：「那真是對不起了，這樣子鬧場的人太多，我聽您說是問事情的，還以為您也是那些潑婦呢。」他說完，趕忙帶路把二人往一張空桌上引。

落坐後，雲千千一把抓住正要去上茶的服務生，皺眉問道：「你剛才說誤會……難道平常你們店裡沒有來問事情的？」

特意把「問事情」三個字咬重發音，就是為了看看對方的反應，雲千千一瞬不瞬的盯著服務生的面部表情，可惜等了半天之後終於失望。

服務生一臉莫名其妙的答道：「上酒樓是吃飯的，沒事誰跑來問事啊？這又不是諮詢站。」

天堂行走也莫名其妙，而且身為被誤會的受害人，他覺得自己很有必要弄清楚到底是怎麼回事：「妳特意來這裡到底是想問什麼？」

雲千千尷尬，又不能明說前世的龍門客棧幹的本來就是「問事情」的買賣，於是支吾解釋：「小說裡不都這麼寫嗎？酒樓、客棧裡消息最靈通，想打聽什麼的話只要找間酒樓進去，在大廳裡坐坐就好了，還可以給服務生或老闆一點小費，對方就知無不言、言無不盡……呃，看你這副表情，莫非是覺得我的想法太過天真？」

「……」何止是天真，簡直就是異想天開。

先不說小說裡的橋段能不能當真，就算真有這樣子的酒樓，估計也開不了太長久。是個人都知道，妄言是非是要惹大禍的。那些販夫走卒的貨色就算真聊，也是聊菜價、薪水或者泡了哪個妞。這就好比隔壁鄰居大嬸不會跑到小攤販，跟老姐妹閒聊昨天搶銀行的劫匪用的什麼槍、開的什麼車、走的什麼路線一樣……境界不一樣啊。雖然理解您想打聽神、魔內部機密的心情，但這些NPC怎麼可能知道？

腦海裡一萬隻草泥馬咆哮而過，難得天堂行走依然能保持一臉祥和，只是嘴角略微有些抽搐，他委婉道：「……其實也不是很天真，但這裡畢竟是魔幻背景，妳最好還是別穿越去武俠了……」

「……哦！」雲千千摸摸鼻子，無奈只能一臉鬱悶的放走酒樓服務生，等開飯。

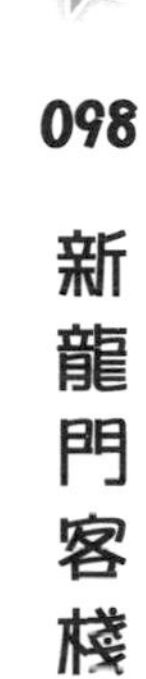

098 新龍門客棧

這世界上有各式各樣的美人。

有第一眼看上去就驚豔的，令人目眩神迷，情不自禁心嚮往之。也有初看雖然不起眼，但越看越耐看，越看越心儀的。還有外表不是很起眼，氣質卻很獨特，能於萬千人中脫穎而出的。

欣賞角度不同，個人偏愛不同，所喜歡的美人類型自然也就不同。

龍門客棧的老闆娘也是一個美人，至於是哪種美人並不重要，大家只要知道她是一個追求者眾多，引了無數男人競折腰的美人就夠了……

雲千千二人在坐位上等了沒一會，剛才點的菜很快就端上，一道道流水般排開，很快擺滿整張桌面。

菜餚全部擺好後，服務生剛要走，被雲千千一把拉住：「慢，帳單能不能讓我先看一下。」

服務生陪笑道：「您別擔心，我們這裡吃飯是餐後結帳。」

「還是先看一下我才安心。這桌上有幾道好像我剛才沒點的東東，回頭萬一你跟我要錢我肯定會不爽，不爽肯定會打人，打了你們又說我吃霸王餐怎麼辦？」雲千千很堅持。

天堂行走根本沒注意雲千千點了什麼，聽了這句話才往桌上看：「唔……果然有點多。」

「多還是其次，關鍵是貴！大饅頭你堆兩盆上來也不會超過1金。可你看看這道……魚翅耶……哇，居然連血燕也有……你們是不是看著我長得太像肥羊？」雲千千拍桌怒道。

服務生連忙解釋：「客人您誤會了，這些多出來的菜是我們老闆娘送您的，剛才誤會您實在是不好意思。」

這麼好的事？雲千千狐疑的看了一眼身後的天堂行走，眼中意思很明顯——是不是你泡了人家？畢竟天堂行走花名在外，走過路過不要錯過的隨手泡個妞再忘了也不是沒可能的事情。雲千千甚至恍惚間還想過，若干年後，會不會有個嬌柔女子找上天堂行走他家，左手扇、右手畫，淚泣嘶吼。

「先生，難道您不記得十九年前罪惡城外的XXX了嗎……」

就因為服務生誤會多嘴了幾句，就加那麼多好菜？罪惡之城裡居然出現這麼厚道的生意人，這事件本身就很令人驚悚了……

天堂行走同樣不解，但發現雲千千看自己的詭異眼神後，他頓時鬱悶了。「妳這眼神什麼意思？」

「沒什麼意思……」雲千千嘴角抽抽的回頭，問服務生：「你們老闆娘就讓你添菜，沒說別的？比如說讓你帶個紙條啊，電話號碼啊，或者摺扇什麼的？」

「這倒沒有，要不然我去幫您問問？」

「不必了。」雲千千鬱悶，揮手把人趕走，重新坐下問天堂行走：「你有什麼看法？」

「雖然我很想說可能是那個女人對我一見鍾情，神思恍惚，所以獻菜邀寵什麼的……但是想了想，最可能還是非奸即盜。」天堂行走很有自知之明的摸摸鼻子。

「說得沒錯，所以當前最應該做的是馬上閃人。」雲千千扭頭吆喝：「服務生，打包！」

打包不能連盤子帶走，那叫偷竊。當然，可以自己準備拋棄式餐盒，或者直接跟酒樓要。

服務生剛離開沒多久就不得不驚慌失措的跑回來。

「二位客人怎麼要走？是不是小店有什麼招待不周的地方……」

「沒有，主要是我們現在很忙。」雲千千不覺得白吃還打包有多麼不給人家面子，事關自己利益，喜歡算計別人的人都不喜歡有人背後算計自己。

服務生聽完又跑回後堂，不知道是搬餐盒去了還是搬救兵去了。

一分鐘後，答案出現，是後者。

風情萬種的老闆娘從後堂走出，來到雲千千這桌，笑語盈盈：「二位客人莫非是對我有什麼不滿嗎？其實我只是想表達一些歉意，請兩位不要……」

雲千千一揮手，不耐煩道：「明人面前不說暗話，妳這歉意表示得太過了。大家都是母的，妳再怎麼賣弄風騷我對妳也不可能有興趣。我旁邊這男人又沒發言權，下多大工夫也白下……還是直說了吧，妳到底有什麼目的，不說清楚我可不敢承妳的情。」

「……」妳不敢承情？老闆娘無語僵笑的看桌上已經攏出的十來個餐盒。要不是餐盒不夠的話，說不定她連服務生都不叫就直接裝完閃人……江湖上的人都知道，善的怕惡的，惡的怕不要臉的。自己為惡多

年，頭一次長這麼大見識……

深吸一口氣鎮定一下，老闆娘笑道：「二位不妨和我去包廂坐坐？」

雲千千和天堂行走湊頭嘀咕幾句。嗯，估計到包廂要有事情發生了。

一個是身為堂堂罪惡之城副城主的男人，一個是身為連堂堂罪惡之城正城主都敢揍的女人……怕什麼？於是兩人一拍板，跟著老闆娘轉身上了酒樓二樓。

兩人一進門，裡面早已經先坐了一個男人……是不是覺得這句話很熟悉？沒錯，雲千千在東凌城客棧遇到路西法的時候就是這場景，所以她也覺得這場景很熟悉，反射性就想跑路。

可是畢竟曾經有過在路西法面前跑路失敗的經歷，所以雲千千充分吸取教訓，電光石火間改變主意，想都沒想的衝上去，一腳把正在悠閒品茶裝酷的男人踹翻。不等房間裡錯愕的三人——包括被踹翻在地的男人——反應過來，她緊接著又是非常流暢的一連串踩臉、踢下身，法杖敲頭……

確定地上蜷縮成一團哀叫的男人沒有反抗能力後，雲千千這才判斷已經安全，鬆口氣擦汗說道：「嚇死我了……」

「……」老闆娘表示自己也快被嚇死了，她在旁邊看得簡直是心驚肉跳啊。

天堂行走更是從此留下了不可磨滅的心理陰影。

謹慎的用法杖對準地上男人的太陽穴，雲千千沉聲威脅：「不許動！」

於是男人果然不動了，連呼痛聲都戛然而止。像是電視畫面突然被按下了暫停鍵一樣，全身上下唯一的動態就是額上一條條冷汗……她她她她到底想做什麼？

「……客人？」老闆娘試探著小心翼翼的喊了一聲：「您這是做什麼？」

「挾持人質妳看不出來?」

「……」就是因為看出來了才問的。老闆娘擦把冷汗解釋道:「這位先生只是想和你們談生意,能不能先把他放開?」

「談什麼生意?」雲千千依舊謹慎。

「是這樣的……」老闆娘連忙把自己接觸雲千千一人的目的講述了一遍。

大致意思就是這客棧是她和地上那男人一起開的,兩人開酒樓本來就是玩票性質,沒有真的想靠這賺錢;但剛才他和她聽說了雲千千想在酒樓打聽情報的事情,覺得這個在客棧賣情報的思路很有意思;再想到兩人以前在大陸上都算是交遊廣闊,又加上老闆娘的追求者不少,很方便就能知道些不為人知的事情。於是兩人就想請雲千千上來商談一下龍門客棧轉型的事情,順便也當是開張,做了雲千千的這第一筆生意……

「……這位莫非就是傳說中的影武者?」雲千千終於想到些什麼,大驚。接著她想到一個問題又是一驚——照這老闆娘的說法,這輩子龍門客棧變成情報站居然還是自己促成的?

踏馬的蝴蝶效應!

男人從地上爬起來,和老闆娘相視苦笑道:「您千萬別這麼說,哪個傳說中的人物會被人踹翻。」

「呃……」雲千千冷汗刷刷的流。她終於想起來了啊,龍門客棧售賣情報時,雖然對外的聯絡人一直都是老闆娘,但人家頂多只能算是銷售部經理,而真正的背後總裁正是這位剛被自己踹翻的大爺……

雲千千和在場三人大眼瞪小眼半分鐘,乾笑道:「那個,一切都是誤會。」

天堂行走雖然不明白雲千千這是發什麼神經,但不管怎麼說都是自己同夥,於是跟著道歉:「真不好

意思，我朋友最近情緒有些激動。畢竟女人每個月都有那麼幾天，你們懂的……」

「屁！」一聲把天堂行走拍到地上，雲千千轉頭陪笑道：「別聽他胡說八道。主要是我之前也被人騙到包廂過，那時包廂裡坐的是路西法……」

「嘶——」三人一起倒吸一口冷氣，眼睛瞪得溜圓。

男人總算知道自己無辜被揍的原因了。如果曾經有這樣的經歷的話，那確實會留下心理陰影。現在他覺得自己沒被錯手誤殺已經很慶幸了。

四人互相介紹了一道。雲千千收回法杖，和天堂行走一起坐到了包廂裡的大圓桌旁。

男人也帶著老闆娘過來坐下，依次倒了四杯茶，遞到各人面前後才開口：「如果我沒判斷錯的話，您想打聽的應該就是魔族最近的動向吧？」

和路西法有接觸，而且好像關係不很友好，再加上最近魔族流傳的聖器被盜的消息……男人完全有理由判斷，雲千千想詢問的應該就是關於魔族方面的訊息。

雖然撒彌勒斯用魔族聖器做了罪惡之城的守護神器，但見過這東西的人還是沒幾個，所以男人此時並不知道魔族丟失的聖器就在自己住的這座城中。

至於所謂的「XX隱隱感覺到XX的方向傳來一股熟悉的氣息和波動……」這樣的橋段更是不可能出現了。如果真有這種感應的話，當初雲千千就不可能從神界「拿」出聖器而沒被發現。雖然她在被強制接受尋找聖器任務時也曾期待過這個狗血的設定，但事實證明一切都是浮雲……能聞到氣息的那叫狗，和聖不聖器無關……

「我確實想知道魔族的動向，還有神族；但話說回來，我自己都不明確自己想知道的是哪一方面的消息，只是初步懷疑他們似乎在背地裡做些什麼事情……你有門路？」雲千千問道。

男人將手中茶杯放下，敲敲桌子，沉吟半晌後道：「簡單概括就是說，妳想知道神、魔兩族還滯留在大陸的原因？」

「你理解錯了。我的意思是想知道他們打算做什麼和已經做了些什麼。」

「這個範圍有些大，不收妳錢吧，我似乎虧本了；但要說收妳錢的話，目前來說我還真算不出來應該收多少。」男人苦笑道：「看來這開張買賣也不好做，我似乎不大適合這一行？」

雲千千連忙諂媚道：「別啊，您哪裡不適合了？您天生就是吃這碗飯的。」好傢伙，這要是因為幕後大老闆被打擊消沉，未來赫赫有名的情報中集站就這麼被斷送在自己手裡的話，別人知道了還不得掐死她？

「這樣吧，我去幫妳問問以前的朋友，看能不能蒐集到一些有用的消息，然後妳聽了再決定要不要付錢。我相信小姐不會故意賴我帳的。」

「其實事情是這樣的，我這人偶爾自己都不太相信自己……」雲千千比較委婉。

「哈哈哈，原來小姐不僅實力高強，人也很幽默。」男人大笑。

老闆娘陪笑。

天堂行走乾笑……

雲千千白眼朝天翻——

一群神經病談完生意，男人不喜歡出面，所以依舊是老闆娘將雲千千二人送下樓來。

除了最開始雲千千出人意料的暴走外，雙方的談話還算順利，而且終於確定了龍門客棧未來的轉型路線，老闆娘心裡也是十分期待的。

一路上親親熱熱，才幾句話的工夫，兩個女人就熟得差點當場斬雞頭結拜。

「最近店裡要整頓下，看哪裡布局該改改，方便以後的營業。妹妹如果要來的話，可能會招呼不過來，過陣子姐姐再請妳吃飯。」老闆娘笑靨如花道。

「別客氣。不過我建議你們可以改得更有特色點，這樣比較有氣氛。」反正已經蝴蝶效應了，雲千千索性把翅膀再扇得狠一點，直接把後世自己來這裡時看到的布局照搬了過來：「比如那裡放兩個長原木櫃檯，坐個中世紀管家，不苟言笑、十分犀利那種，戴單邊眼睛，看誰都用眼角，專門負責接情報買賣。還有這裡……那裡……」

雲千千一路指點江山過去，聽得老闆娘連連點頭，只差沒大呼知己。

099 我們生孩子吧

雲千千點的菜一道沒吃，全打包了。

男人客氣的做主，表示這頓免費，算是慶賀初次合作和生意開張。

雲千千不客氣的立即追加三道招牌菜和五道上品佳餚再十罈女兒紅。

於是男人後悔，開始擔心這次買賣沒準自己連本錢都賺不回來。因為這客戶不要臉的程度已經超出他的想像，說不定人家聽完情報不認帳，或者只認小單帳。

可惜沒等男人再有所表示，雲千千已經飛快逃竄，留下一頭冷汗、無比尷尬的天堂行走和男人乾笑。

「那個……我今天沒帶錢出門……」

「……」男人無語半分鐘，勉強笑著打了個哈哈：「客氣什麼呢，都說了今天我請客……」他一轉頭，

淚流滿面。

聖器下落知道了，神、魔內部那些不得不說的事情有NPC去探聽了，雲千千再次失去目標。因為撒彌勒斯害自己揹了黑鍋的關係，她也決定把妙麗的命多留幾天去為難他們。

魔界活動結束了，陣營系統因種種原因還沒開。系統秉承永不冷場原則，同時也是為了轉移玩家注意力，很快推出最新週期活動——王國之未來。

別看名字霸氣，其實說白了就是兒童節的周邊活動。雖然玩家大部分都不是兒童，但他們的服務對象可以是兒童。用智腦的說法，這是為了培養尊老愛幼的風氣，培養玩家的愛心與責任心等等。

在這個活動裡，玩家們可以做的事情有很多。比如去實現各家各戶NPC中小孩子們的願望，或者應徵褓母陪NPC孩童學習遊戲，各種條件完成後可以從家長處獲得感謝獎勵。當然，家庭水準越高的孩子越難伺候，比如說平民孩子要玻璃球，貴族孩子要的可能是鑽石球……

第二件可做的事情就是開啟孕育系統。在遊戲中，夫妻關係的玩家雙方可以一起去某教堂連續祈禱三天，每天一小時；接著三天後，夫妻中的女方會收到系統提示自己懷孕，據說該段劇情靈感來源於瑪利亞老師懷小耶的故事。

孕育期間的女方在這十天內各項屬性減半，飢餓度增長加速三倍，同時每小時隨機刷新當前時段會引起「孕吐」反應的食物，日子過得煩惱非常，不小心死亡的話就又得重新祈禱……

不適症狀還能勉強接受，主要屬性減半有點討厭。如果平常不惹事的人還好，頂多是少打怪、多逛街，也沒什麼危險和不方便。如果平常就愛惹是生非如雲千千這類人，十天的屬性減半狀態幾乎就等同於源源

不斷的仇家登門而來……這種時候保護女方的職責就落在男方身上。

要知道，減半的是所有屬性，包括敏捷，這等於是連逃跑都比平常要困難許多。

十天後，孕育期結束，女方可以回教堂讓牧師幫忙把孩子取出來……當然，這裡是一秒鐘搞定。孩子性別隨機，生下來就有三歲大，會走、會說、會跑，擁有各項天生屬性為夫妻雙方的平均值，等待玩家自行培養，還可以像玩家一樣學習技能並參與戰鬥，相當於培養成長型寵物……

考慮到日後培養出來的剽悍屬性，雖然條件艱苦、日子難熬，但雲千千依然蠢蠢欲動想要一個寵……咳，孩子。

九夜接到求孕信，讀完了解情況後，秒回訊息：「可以，一人一個，等明天。」

雲千千收到確切答覆後甚感欣慰，同時不解九夜在忙些什麼非要等到明天，莫非再次迷失在了人生的道路上？

九夜收線後，對桌子對面的美貌女人淡淡頷首，說：「繼續說。」

女人微笑，合起面前的文件問道：「是尊夫人？」

九夜抬抬眼皮：「不關妳事。」

「這個其實很關我事。」女人笑笑道：「要知道你接下來的任務不簡單，可能需要長期駐守；而且我們公會在這段僱傭期間，要求你不能向任何人透露你的行蹤動向。如果有老婆的話，對方勢必會因為你的長期失蹤而產生懷疑；再加上工作行動不能告訴她，這個懷疑慢慢會越擴越大。最後一點，我們公會是純女性公會，一個女人看見自己老是失蹤的戀人出現在　堆女人身邊會怎麼想？……畢竟我也是女人，知道

一般女人會有多麼小心眼。」

「放心，我老婆根本不算女人。」九夜不耐煩道。

「呃……」女人呼吸一窒。她本來以為這番話多少會給對方帶來些影響，沒想到結果居然被否定得這麼……呃，乾脆？

想起剛才通訊中商量的養孩子，九夜又抬頭，問道：「還有一點，我最少要半個月以後才能上工，妳們這段時間是另外調整還是重新聘一個？」

「……另外調整。」女人微笑咬牙，半點沒有換人的意思。

「那就好。」

教堂也是人滿為患。在兒童節時，孕育系統開放的通知被各城鎮張貼在公告板上之後，所有已勾搭成姦的男女們都沸騰了。

男人們激動的是……孩子耶！堪比高級寵物還不占寵物格的孩子耶！

女人們激動的是……孩子耶！自己和老公愛情的結晶，軟綿綿、乖巧巧的孩子耶！

由此可以看得出來，男人、女人看待事情的角度和方向是完全不同的。並不是說男人都不喜歡小孩子，只是他們更喜歡用客觀角度去看待問題，沒有血緣關係的NPC怎麼可能真當自己孩子疼？

而女人判斷問題則比較主觀，說得更明白點就是感情用事，她們會用柔軟的目光看待事物。比如可愛型小怪的練級區裡，女人永遠就比男人少；當然，太恐怖也不行，女人會怕……雖然在遊戲裡的孩子只是一個NPC，但只要沾上了和愛情有關的邊，女人就感性了；再加上小NPC本來就賣相可愛，更是哄得一票已婚女人恨不得掏心掏肺。小孩受個傷，搞不好她們比看見自己老公受傷還心疼。

反正不管是出於什麼原因，這個孕育系統是大大的被期待了，火熱開啟之前就吸引了無數已婚夫婦去教堂掛號取牌占位置，以保證第一時間培養出可愛、厲害的孩子。

雲千千本來想走後門，直接在自己城中的天空教堂祈禱，沒想到接到彼岸毒草的訊息後才知道，天空教堂現在已是最火爆熱門的孕育點。夫妻祈禱位直接以三位數拍賣，還供不應求。男人雖然無所謂，但喜愛浪漫的女人卻很講究這些形式，總覺得自己的孩子一切都要最好的……

於是了解情況後，雲千千果斷放棄後門，決定隨便找個偏僻地方懷孩子就好了。三天的祈禱位就是300多金啊！她實在無法理解屬於女人們的瘋狂。難怪有名人曾經說過，這世界上最好賺的就是女人和孩子的錢……

到了第二天，雲千千終於物色到一座沒人搶的教堂。

之所以沒人搶，是因為附近風水不好……說得更明白點，就是小怪等級太高，座落位置也太偏僻，目前為止除了雲千千和九夜外，還沒其他玩家能在這來去自如。更別說女性祈禱三天後就屬性減半，不選個安全的地方「待產」的話，很有可能一出門就一屍兩命……

雲千千帶本小說到教堂等九夜。本來她的意思是讓對方直接用夫妻傳送過來，免得她等到天荒地老，沒想到九夜居然堅持要自己走，因為他還得再帶一個人。

莫非是第三者？雲千千狗血了一下。

再連續接到了十七封使魔傳信後，第十八次使魔跑到雲千千身邊時，九夜及身邊的一個女人終於姍姍

來遲。

馬的，果然有第三者！雲千千鬱悶，小說往空間袋一丟，站起來問道：「這位是？」

「我老闆。」九夜淡淡應了聲，邊走過來邊左右打量，然後問道：「怎麼祈禱？」

老闆？女人僵了僵。

「跟這牧師說一聲，然後交錢，再然後找個位置坐一小時就得。」雲千千看了一眼女人，沒理她，轉回頭刷出一把道具對九夜示意了下，準備得很充足的樣子：「小說、隨身聽、行動劇院還有撲克牌……你要哪個？」一小時時間說長不長，說短卻也不短，不找點事情做很容易無聊的。

「酒。」

「……」雲千千默默無語的摸出一壺酒丟給九夜，自己轉身去牧師處交錢再到九夜身邊找個位置坐下。

兩人耳邊同時聽到系統提示，第一天祈禱倒數計時開始。

跟著九夜一起過來的女人大方走來，一副很熟絡的口吻對雲千千打招呼：「九哥的女朋友？妳好，我是……」

「妳好妳好，我最近要生孩子，沒空接生意。」雲千千也很不客氣的拉人家小手手握了握，打斷女人的自我介紹，表示自己並沒有和她認識的意思，要僱傭員工的話請不要找她這個準孕婦。

「呵呵。」女人捂口笑了笑道：「妳別誤會，我和妳男朋友沒什麼的。」

「……」妳特意這麼說到底是想讓我誤會啊，還是不誤會啊……雲千千鬱悶，攤手無奈道：「妳也別誤會，我不認為妳和他會有什麼的。」

「……」

100 情敵!?

九夜是個什麼樣的人？

首先，他等級高、技能強、操作也好，乃是創世紀當之無愧的第一高手，這是大家都知道也公認的事實。

其次，九夜外貌英俊，身形挺拔精健，屬於純天然百分百無汙染、無添加的偶像派，這也是所有人有目共睹的。

所以綜上所述，先不論現實中的家世、財產、背景等外在因素，單從遊戲中的表現來看的話，這麼一塊肥肉會引起女色狼爭搶是理所當然的事情……

當然了，這只是一般的推理邏輯。

實際上從前輩子到這輩子，在慢慢和九夜熟悉之後，雲千千也發現了他許多不為人知的一面。比如路痴的毛病就是如此，能把一段不到一百公尺的直線走出拋物線效果的男人目前來說雲千千也就見過這麼一個了。

其次是他太直，一是一、二是二，原則性極強。這種人不好合作，但是很好糊弄，不然雲千千也不能把人弄出來陪自己打家劫舍那麼多次，直到慢慢同化……

再來就是懶，這個懶是指思考而不是指行為，熟識的人告訴他需要做一件什麼事情，他不會去考慮為什麼要做，只會直接提著匕首就上。無數次的配合就是這樣打出來的，一個口令、一個動作，比 NPC 執行得還乾脆徹底。

綜合以上所述後，基本上就可以得出九夜的生活規律了。他經常迷路，偶爾不迷路也是被人拖去做事，再偶爾沒被拖去做事也懶得和人交流……眼紅的女孩們想要在委婉的言語和暗示中，讓這樣的九夜明白自己的心意，實在是一件不可能完成的任務。除非她們有直接搶人壓寨的勇氣。

雲千千占的就是這個便宜，她不說，她直接拉人就跑，把一顆顆黯然失落無所寄的破碎芳心丟去風中飄零……現在條件好的男人多搶手啊，再矜持還剩得下個屁？

雲千千一路順風順水的勾搭，偶爾做點小越界的事情，比如說結婚，比如說養孩子。雖然這些都不算真正確定關係，但也能讓她在九夜眼中變得比其他女人特別一點。今天特別一點，明天再特別一點，加著加著搞不好慢慢就順理成章、順水推舟了。

前景一片美好，雲千千很滿意。

沒想到就在她一路高唱凱歌追男仔的道路上，突然猝不及防跳出一個女人，雲千千一怔之後才猛然想起，都快忘了這男人有多搶手了！

雲千千嘖嘖有聲，頗有興趣的打量了被她一句話噎得無語的女人一番，點頭稱讚：「小妞長得不錯啊。」可惜就是段數太低，一上來就是挑撥離間，當她是沒見過世面、感情用事的小丫頭嗎？

女人緩了緩，重新掛上一臉勝券在握的微笑道：「謝謝誇獎。不好意思，可能是我想多了。也是，我聽九哥說過你們是假結婚，想來妳應該不會因為這點小事就生氣的。」

假結婚？那叫誤結婚……雲千千瞇了瞇眼，一張嘴，露出半口白牙說道：「你們的僱傭契約和他結不結婚也有關係？」

就這樣子還想故布疑雲，九哥跟妳說過假結婚……妳要敢說九哥跟妳說過想離婚，老娘就服妳。

「也算有些關係吧，畢竟要了解一下僱傭工作會不會替他的私人感情生活帶來影響，現在想來是沒問題了。」

「您真體貼。」

普通老闆會關心員工私人生活嗎？要連這都關心的話，那些派員工出去出差跑業務的老闆又該怎麼說？故意挑撥人家空閨寂寞的老婆紅杏出牆？

「沒什麼的。」女人恢復幾分自信，款款的坐到九夜另一邊，挑釁一笑道：「不介意我坐這裡吧？」她就是以權謀私來泡男人的，怎麼樣？

雲千千還真不介意：「沒事，您坐您的。」她說完一屁股坐另外一邊，把自己沒看完的小說撈出來，心無旁騖的繼續看。

九夜從頭到尾提一壺小酒在旁邊坐著，一句話不插，像是根本沒看見兩個女人之間的風起雲湧似的。

要是換作天堂行走的話，這樣的舉動明擺著就是在暗爽，喜孜孜的看兩個女人為自己爭風吃醋。但要換成九夜的話，雲千千百分百肯定這傢伙根本就沒關心過這邊的動向，甚至連人家對他有覬覦之心都沒察覺出來。

真可憐……雲千千抽空憐憫的看一眼女人，不知道這妞在費盡口舌卻終於發現自己只是在做無用功後，會不會吐口血以示鬱忿。

想要男人？想要男人妳就說嘛，妳不說我們怎麼知道妳想要呢？只要妳說了……呃，當然妳說了我也不能給，這男人內定了。雲家的雲千千偷笑暗爽看小說，根本不擔心身邊男人會被旁邊的女人勾引走。

女人此時確實有點鬱忿。她本來是想刺激一下蜜桃多多的，雖然外傳此女一向卑鄙陰險，但再卑鄙陰險她也是一個女人，小心眼、愛吃醋的毛病只要是女人肯定都有。只要自己用心挑撥兩句，對方就算不和自己撕破臉，肯定也會不爽。到時候再添把火誘導幾句，她就有信心讓那兩人之間生出嫌隙。

哪個男人會喜歡一個成天疑神疑鬼、無理取鬧的女人？只要懷疑的種子種下，女人相信自己總有收穫的一天……靠！妳踏馬的到底是不是女人？看到情敵就坐在妳老公旁邊了，居然還有心情看小說，太不給面子了吧！

女人自信的笑容越來越僵硬，在發現眼前的蜜桃多多不是假裝，而是好像真的沒把自己放在眼裡，也根本沒對九夜有任何不滿之後，她終於自信不下去了。

這到底是怎麼了？

女人偷偷別過頭去揉揉臉，長呼出一口氣後再轉回來，面上笑得越發燦爛，重新出發，從九夜下手，在空間袋裡得意的掏出一壺酒遞過去：「九哥，酒喝完了吧？我這有魔域城新出的上好佳釀，外面黑市價

50金一壺，你……」

「50金？」雲千千果然無法淡然了，眼睛閃星星的抬頭看女人。

「呃，妳……」女人乾笑。她說這話是故意想引起蜜桃多多注意的，但現在對方確實注意到她了沒錯，表情卻好像有點不對？

這傢伙為什麼沒生氣？

「分一半、分一半，別那麼小氣嘛，九哥。」雲千千興奮的抓出一個空酒壺。

對於長期幫自己供酒的「好兄弟」，九夜當然也不小氣，在女人的目瞪口呆中很痛快的倒了半壺過去，然後才自然的提起自己的半壺細品，眼瞇了瞇，滿意的點頭：「確實好酒。」

女人吐血：「呵、呵呵……好喝就好。」她一轉頭，淚流滿面。

「別哭啊，就喝妳半壺酒……要不然我們還妳可以了吧？」雲千千安慰女人。

九夜一聽也看過來，一怔，接著為難的點頭：「好吧，不過我已經喝了兩口，沒關係吧？」他越來越搞不懂女人了，明明是她自己主動送出來的，自己一喝她卻又哭了……莫非這也是客套？

老娘不是在哭這個……女人委屈，強忍下朝這兩人再吐口血的衝動：「別誤會，呵呵……只是眼睛裡有沙子。」

好老套的藉口……雲千千、九夜一起鄙視。不過前者比較直接，後者稍微委婉了一些。

計畫A之挑撥離間看來是不行了，女人鎮定一會情緒後痛定思痛，決定實行計畫C——打入敵人內部，徐徐圖之……

別問為什麼沒有計畫B，想跳過不行嗎？

呵呵一笑，女人恢復正常，作熱絡狀道：「還有那麼多時間，大家不如來聊聊天吧。」說話重點尤其對準雲千千，結交之心已經表現得十分明顯。

「大姐，我賣身不賣藝的。」雲千千為難道。

九夜：「……」

「呃……蜜桃妹妹真幽默。」女人笑得已經有些勉強，當沒聽到繼續說下去：「能成為天空城主肯定不容易，你們以後還有什麼計畫？我雖然沒蜜桃妹妹這麼厲害，但也有一個小小公會在手，不知道有沒有結盟的可能性？」

「這……我說得太坦白了怕傷妳心。不過我們結盟也看實力的，小小公會有點太不自量力了吧？當然我不是指妳不自量力。假如大家以後會長碰頭，一起開個會，出來的個個都是叫得出名號的人物，妳往裡面一坐，搞不好人家會以為妳是某會長包養的情婦耶。」

「……果然很坦白。」女人扯了扯嘴角，嘆道：「女人要撐起一個公會其實不容易，比如說我……」

柔弱攻勢，適用於一切大男人主義及英雄情結膨脹的雄性生物。

「會嗎？」雲千千打斷她的話，抓抓頭，一臉茫然不解：「我覺得還好啊，水果樂園一直也沒什麼需要操心的地方。只要自己實力夠，把職責分配明確，下面的事情自然就不用操心。」

「……」馬的，失算！忘了這人也是一個女會長，還是坐到了天空城主之位的女會長。女人絕望的向九夜方向看去，果然發現對方不僅沒有保護憐惜的樣子，還一臉欣賞的看著雲千千……

101 狐狸的占卜

一連三天的祈禱很快過去。女人天天報到，次次不落，按時、按點打卡，不遲到、不早退，充分展現了一個新時代小三勤勞奮進、兢兢業業、不焦不躁、力爭上游的優良品德及專業資質。

在第一天裡的毫無建樹之後，也許是了解到要接近這對詭異男女必須採取非一般的手段，於是女人也不再急於求成，而是重新切換回了妾身不明狀態。她什麼也不說，什麼也不做，就打著工作僱傭的幌子，跟在九夜身後進進出出，頗有一種「我就靜靜的為難妳」的一切盡在不言中之意味。

可是雲千千也不是省油的燈，或者說她根本就沒打算點女人這盞燈，對明裡暗裡的挑釁一概不搭理。

第一天過去了，她看見人家第二天又來，很自然把人拉來玩撲克牌，順便很欠揍的問了一下，看對方還有沒有相好可以拉來湊麻將。

於是三天祈禱結束的同時，在連續輸了兩天牌後，女人終於被靜靜的為難到了……

「這十天你該做什麼就做什麼去吧，記得把夫妻召喚請求開關打開，有事我直接拉你。」收到系統提示懷孕的消息後，三人回城休整，雲千千就這麼在酒樓一揮手，很無所謂的告知九夜不用陪產這一消息。

女人大吃一驚，莫非這就是傳說中的以退為進？她還沒想通，九夜也很無所謂的點頭。

「嗯，如果是小事可以跟無常說，打架再叫我。」

「這不大好吧。」女人忍不住插嘴：「這十天是非常時期，我已經讓九哥放了假的。」不管對方說的是真是假，自己這邊的姿態總也要做一下。有些事情別人做了那叫客氣，自己如果趕著附和就太不識相了。

「大家都很忙的。本水果日理萬機，抽空懷個孕已經是很給面子了，還放個男人在身邊束手束腳的是不是太說不過去？」

女人瞬間被噎住。

反而是疑似被嫌棄的九夜也跟著點點頭，沒有什麼不忿的樣子：「沒錯，再說就算我跟著也容易走失，還不如有事的時候直接傳送。」

「對了，那個誰。」雲千千轉頭看女人。

「觀月，我叫觀月。」女人的嘴角抽搐強笑，表情平靜的遞出一張名片，其實心裡早已是淚流滿面——三天了啊，自己這個情敵在她和她老公面前晃了三天了啊，居然到現在才被問到名字，這是不是有點太不給面子？

「妳這幾天盡量幫九哥安排鬆散點的工作，比如守衛巡邏什麼的就行了，最好是別人一起合作的那種。」雲千千不以為意的收名片，順口囑咐：「工作崗位別太重要，工作難度別太大，工作要求別太嚴

苛……不然萬一妳拉他去打個BOSS，關鍵時刻人被我拉走了多不好。妳說是吧？」

崗位不重要，難度不大，要求不嚴苛……那我僱他幹嘛？女人，也就是觀月嘴角又抽了抽。雖然她僱人的目的確實是醉翁之意不在酒，但那也不代表她就願意白花錢包養一個小白臉……該幹的事情還是得幹，不僅要幹，還要幹得好。她只想單純追男人的話，直接製造點浪漫偶遇多好，節省成本不說，還比這有氣氛。自己想的不就是解決公會問題的同時近水樓臺嗎？

「反正九哥那邊我已經給了半個月的假期。」深吸一口氣，觀月舉杯道：「這段時間怎麼安排是你們自己的問題。我還有事，乾了這杯以後有機會再見吧。」好女人就得懂得察言觀色。

姐姐今天不伺候了，你們自己玩吧。

送走觀月再送走被無常叫走的九夜，雲千千看著一桌子菜發愁。

失算了，懷孕真不是好玩的。想喝酒，系統提示說酒精對胎兒不利；想吃菜，夾兩筷子就碰上孕吐，再夾兩筷子又收到紅色警報，直指某某菜餚中有可導致流產的成分……

馬的，擬真度低一點會死啊！不吃了，全部打包。雲千千一揮手，很熟練的叫來飯店服務生打包酒菜，接著塞進空間袋直接從窗子翻了出去；於是再接著……

「嘀嘀，您的運動量過大。」

「臥槽！」

燃燒尾狐正跟著工作室在某墓穴卜算入口方位，突然收到久不見面的蜜桃多多飛魔傳書。

還沒等他把使魔帶來的包裹接到手裡，緊接著天上落下一個人影，直接把燃燒尾狐和身邊的工作室成

員們都嚇了一跳。

「蜜桃？」看清眼前人影，燃燒尾狐拍拍胸口，喘口大氣：「妳怎麼來的？」

「跟它來的。」雲千千一指小使魔，表示自己是跟隨著對方帶信的腳步而來。在某些時候，使魔其實也可以當成是GPS定位系統來用。

「一路都這麼跟來的？」燃燒尾狐大驚。這還是不是人？如果是短距離的話，用使魔定位方向確實是有可行度；但假如距離再遠一些的話，使魔速度就不是玩家所能企盼的了。畢竟這是送信專用的功能道具型NPC，凌波微步、移形換影什麼的放在人家面前都是浮雲……這種速度也有人能跟上？

「怎麼可能？」雲千千翻了一個白眼，鄙視道：「我只是記得某人說過自己最近都在進行盜墓工作，正好我剛才閒得沒事去修羅族補修了點轉職修煉，順便去你們村子溜達了一圈，就聽說某人目前的活動範圍在焚骨荒原；又正好我恰巧知道這附近有塊占地很大的墓群……」

「尾狐，這位是？」旁邊好像是工作室帶頭小隊長的玩家警惕的看著雲千千，向燃燒尾狐問道。

燃燒尾狐擦把汗說道：「聽我喊她蜜桃，難道就不能讓你聯想到什麼嗎？」

工作室眾人一凝，繼而想到了什麼齊齊抽氣。

雲千千抱拳揖了一圈，謙虛客氣道：「小小名氣不足掛齒，大家不用太過仰慕。」

「……」沒人仰慕妳！

燃燒尾狐看了看無語的眾人，轉頭對雲千千苦笑道：「我還在工作呢，妳應該不會是單純找我聊天聯絡感情吧。」

「當然不是。我是有夫之婦，沒事找其他男人聯絡感情像什麼話？」雲千千比了一個中指：「我找你是讓你算算，神族的聖器是落在魔族的誰手裡了？」她可沒忘記自己身上還揹了神主親自頒發的限期任務一個。現在已經是這麼緊張的時期了，別到時候平白多個陣營通緝令可不是好玩的。

「這個我算不出來，也不用我算。」燃燒尾狐鬱悶，感覺對方這要求有鄙視自己智商的嫌疑。「既然是聖器，又落在魔族手裡，難道妳會猜不到誰才有資格保管這個東西？」

「狐狸你最近好聰明耶！」雲千千眼睛閃閃，湊上來諂媚討好：「那順便幫我算算最近路西法在哪裡吧？」這才是她的真實目的。

燃燒尾狐吐血：「我要是能算出這個的話早就發財了，還用得著跟個小工作室滿山亂跑？」

「喂！」旁邊的工作室小負責人滿頭黑線。

「不好意思，我這朋友就是耿直了點。」雲千千打圓場。

眾人再默：「……」妳還不如不說話呢。

最近神族行蹤成謎，魔族也成謎。這當然不是意味著他們已經回各自的領界了，大陸上還是能看到神、魔二族的身影。只是這些 NPC 現在已經變得跟大陸上其他和平 NPC 一樣，不主動攻擊玩家，在大陸生活行走，甚至偶爾還發放任務。

神族目前在大陸生活的根據地是天空之城，魔族則是在西華城。可是神主和路西法的身影卻已經消失了很長一段時間。從上次雲千千被請到東凌城客棧包廂之後，路西法就像人間蒸發一樣。要不是因為聖器還在他身上的話，雲千千巴不得這一輩子都不要再看到對方。

「魔族的聖器不是也丟了嗎？妳不如去調查一下魔族的聖器丟在哪裡，找到聖器應該就能找到路西法了。」

要找神族聖器就要找路西法，要找路西法就要找魔族聖器……一個循環下來，最後的關鍵點還是聖器。問題是，雲千千知道魔族聖器在哪裡，路西法現在卻還不知道啊！她的期限快到了耶，哪有那麼多時間浪費等人找到線索再自動現身？

「我記得你有個大預言術的技能？」

如果說占卜是查詢技能的話，大預言術就是召喚技能。前者是由玩家輸入想占卜查詢的事物，按照技能等級得出或模糊或清晰的答案。後者則與玩家無關，是召喚預言現世……說白了，也就跟神靈附體差不多。技能使用後，玩家賣弄一陣，接著智腦利用玩家的口來誦讀出與占卜內容有關的提示詩歌，而玩家本身則陷入一個臨時副本，不會知道自己預言出的是什麼。

「那技能我用過幾次，比猜謎還難，目前為止還沒人能聽懂的。」燃燒尾狐摸摸下巴，很感興趣：「妳想挑戰腦力極限？」

「總比一點提示都沒有的好。」

102 線索

反正已經是毫無頭緒了，還能有比現在更差的處境嗎？

答案是有。

「不在東西南北，不在地府黃泉。」雲千千把聽到的提示預言抄下來，順手丟給剛神靈附體完而醒轉的燃燒尾狐：「快來幫忙想想是什麼意思。」

「唔……比起謎底，現在我比較介意的是這個預言怎麼半點美感和神秘感都沒有？」燃燒尾狐抓起小抄看了兩眼後被鬱悶到：「我記得前幾次預言的時候，謎題都很帥的，什麼在血色的什麼什麼下，光明什麼什麼照耀，黑暗什麼什麼籠罩……總之就是那種一聽就很威風、很神棍的詠嘆調。怎麼輪到妳這裡就變成這麼……雅俗共賞？」

「你可以再說得直白點沒關係。」雲千千微笑鼓勵。

「……哎呀，時間緊迫，我們還是趕緊來思考謎底吧。」燃燒尾狐擦汗。

工作室一行人的進度一再被耽擱，至此時已經是很沒耐心了。

工作室負責人聽說兩人還要繼續偷懶，一時之間再也無法忍受，幾步上前拉住燃燒尾狐，滿腦袋黑線道：「我覺得現在更緊迫的應該是繼續卜算入口方位吧？」別忘了你現在還是在我們手底下混的。

燃燒尾狐一拍腦袋，回歸現實。「差點忘了。桃子，妳自己先猜吧，等我忙完這邊再來幫妳。」

「不要這樣子嘛。」雲千千耍賴道：「要不然你們幫我想謎底，我陪你們去探墓？先聲明，只是探墓哦，不負責打架、解謎、開機關等等一切危險活動。」

「這個……」工作室眾人面面相覷了一下。

最後，工作室負責人點頭答應：「好吧。」

雖然嘴上說不打架，但如果下去以後真有什麼危險，難道她還能袖手旁觀不成？這叫上賊船，先成了一夥，後面要做不要做的就不是那麼容易一句話就推脫的了，形勢所迫嘛。再換句話說，就算雲千千只是白跟下去，看在她以前的聲名、實力上，工作室的人也覺得有這麼一個高手在會比較有安全感。當然，這是在不知道她已經屬性減半的前提下……

於是燃燒尾狐繼續煩惱的轉羅盤、搓銅板，唸唸有詞，一副標準的神棍樣子在附近糊弄。其他人圍成一圈，把腦袋湊在一起，研究雲千千手中紙條上的謎底。

「不在東西南北，不在地府黃泉……後面一句的意思，大概是指路西法沒有回魔界？」工作室小組眾人嘀咕幾分鐘後，公推出一個智囊代表解謎，有條有理的分析：「至於不在東西南北，這一條有點難理解。

比如說東，哪裡是東？從我的角度看，我們這裡往東才是東；但是從我們的西面來看，我們現在站的位置也是東，除非有參照物。」

雲千千聽得點頭，這分析比較可靠，於是謙虛問道：「那你說這條的意思是？」

「不在東西南北，只能是上中下。因為無參照物的關係，中是無法確定的，可以忽略，所以按排除法還剩下『上』、『下』。下可以理解為海底，上可以理解為天空……換句話說，路西法現在不在海裡就在天上。」工作室的智囊拍掌總結：「於是備選答案出來了——亞特蘭提斯和天空之城！」

「……有沒有這麼簡單？」雲千千看看紙條，再看看智囊，一臉「我很不相信你」的樣子。居然還有一個備選答案是她家地盤？路哥難道不知道神主最近在那度假，還那麼想不開跑上去找架打？

「……」工作室的智囊被人否定很沒面子了，臉色難看的咬咬牙問道：「那妳認為呢？」

「這個……我認為也許是誤導？狐狸都說過這個很難猜的，你突然那麼乾脆的推導出答案……這是不是有點辜負預言的名頭和難度？」

「那他還說過以前的那些預言格式和這次都不一樣呢。也許是他技能升級，召喚出的智腦給的答案更清晰？」

燃燒尾狐不知道是從什麼時候開始旁聽的，這時也抓張地圖湊過來說道：「也或許是這次事件過大，智腦故意放水？總而言之，有目標了去找找，總比什麼目標都沒有的好。」

「如果真想放水，還不如安排一個世外高人來跟我偶遇，然後設置某事件做考驗，再然後我輕鬆通過考驗，世外高人立即對我的人品、實力、相貌、氣質等等讚譽有加，不僅熱情告知路西法下落，還二話不說的另外附贈禁品技能書一車、神器聖器一車、經驗丹一車、帥哥一……」

「咳！」燃燒尾狐狸連忙打斷她的話：「我覺得吧，現在渴望一個奇遇的人那麼多，世外高人應該也忙不過來，還是別去幫人家增加工作量好了……」

莫非世外高人就是肥羊、冤大頭，還得是腦袋一熱的那種。要不然誰會這麼一車一車的往外送東西？

「最起碼也要安排一個 NPC 走個過場，提供一下路西法的下落啊！」雲千千不滿道：「什麼都沒有，毫無頭緒的讓我去哪找！」要不是她自己想到來找外援求助，搞不好現在還是無頭蒼蠅。

「也許是妳自己沒注意？」工作室有人提問：「我記得這些提供劇情的 NPC 也很委婉的，不可能直接衝上來說妳幫我做件什麼事，我就告訴妳件什麼事。」

比如說他們工作室有次去做任務的時候，要求找某隱藏地圖的 BOSS，死活撈不到入口之後，工作室老大在溪邊偶遇某直鉤垂釣的老頭。

他們老大也是個妙人，發現魚鉤的玄機後當場帶著一群狗腿子上前奚落嘲笑。結果老頭惱羞成怒，忿然收筐，提竿要走人，臨走前還用魚竿抽了老大臉一下，罵人家「蠢物！」。

老大怒，率眾毆打之。一番捶打後，老頭頂不住，連忙主動交代自己知道隱藏地圖入口，這才撿回一把老骨頭……

雲千千聽得嘖嘖有聲：「原來還可以這樣啊？你們老大哪天有空可以結交一下。」

「這個沒問題。」工作室的負責人揮手示意回歸正題：「現在問題是妳趕快回想一下，有沒有遇到過類似的奇怪 NPC？」

雲千千想了三分鐘，突然擦把冷汁說道：「這麼說起來的話，上次我去到某鄉間小路幫村長抓野兔的時候，就碰到過一個種田的中年猥瑣男，對方有事沒事老來跟我搭訕，說某偏僻鄉溝裡住著一個不世高人，叫我去『三顧而得之』……」

「然後呢、然後呢。」眾人興奮。

再擦把冷汗，雲千千尷尬道：「然後我懷疑他是想編個幌子把我騙到野外去劫財劫色，就先下手為強了……」

眾人默之，繼而汗之。

燃燒尾狐也擦把冷汗：「三顧茅房啊，多經典的尋訪名人模式，妳居然還把接頭人幹掉了。」

「那叫茅廬。」工作室某成員糾正。

「都差不多。五星級的茅房比普通民居都豪華，所以這說明名稱不重要，關鍵看等級。」

雲千千也插嘴解釋：「其實這也不能怪我。誰叫這些名人、高人都愛擺架子，既要去人家的地盤做高官收好處，又要人家低頭來請，還得一個勁的折騰，美其名曰擇明主而隨之……品德好不一定本事好，本事好不一定運氣好，運氣好不一定後代好……孔明多風光，費半天勁選好一個主子，幫劉備打下了大片江山，內政、外務一手掌管，最後還不是被一個阿斗玩殘了。」

「沒錯，而且真要能成大事的人不可能要架子那麼高的屬下。開公司的人都知道，一個好員工最重要的就是能不能明白他自己的定位，還有能不能正確領會上司的意思，不然再有本事也沒用。心不齊，要來有什麼用？……像姜子牙還好些，人家只是試探主子的智商，孔大叔試探的卻是他主子會不會裝孫子。其實說白了就是作秀，提高自己身價。」燃燒尾狐嗤笑。

雲千千笑道：「狐狸快修成精了。」

「過獎過獎。」燃燒尾狐謙虛了一下，把手中地圖攤出來，終於開始進行工作：「先不說這個了，快看看我標的這些座標，都是有可能進入墓穴的入口機關……一共有兩個，你們怎麼分組？」

「唔……既然你們有事要忙，那我就先走……」雲千千躍躍欲試的想跑，話還沒說完就被工作室負責人一把拎住。

「別走，剛剛不說好了嗎，我們幫妳猜謎，妳陪我們下墓穴。」

「別啊，大哥。」雲千千哭喪著臉：「我文不成、武不就的，陪你們下去那不是拖累你們嗎？」

「不要謙虛了，江湖上誰不知道蜜桃多多智謀過人，實力卓著。」工作室負責人乾笑道：「妳要是都

文不成、武不就的話，那我們不都成飯桶了？」

雲千千扭捏了一下說道：「雖然你說的是事實沒錯，但我現在特殊情況。」

「大姨媽來了？」燃燒尾狐插嘴。

比了一個中指鄙視之，雲千千乾咳一聲，止色道：「其實我現在正懷著孕……」

「噗——」

一片吐血，燃燒尾狐驚恐道：「妳說妳懷孕？」別開玩笑了，這事情聽起來怎麼那麼驚悚呢！

「是真的。」雲千千把前三天剛和九夜攜手祈禱完的事情說了一遍，然後為難的攤手道：「我其實很想陪你們下去，但人貴在有自知之明……當然了，你們不用這副表情看我，如果你們願意分出人手來保護我的話，其實我還是可以勉為其難挺著大肚子跟你們走一趟……」

這是欺騙消費者啊！懷孕了妳跟著來湊個屁熱鬧，還說什麼我們幫妳猜謎，妳陪我們下墓穴……工作室眾人怒。

雲千千也怒。這些人一副恍如被欺騙感情的表情是什麼意思？自己早說過下去可以，但她不打架、不解機關、不解謎的有沒有事先聲明過？她就是純陪逛的有沒有……香蕉的，這年頭說實話都沒有人相信。

燃燒尾狐精神恍惚了一下，復又問道：「我聽說懷孕十天內屬性會減半，這段期間萬一妳遇到危險怎麼辦？呃，比如說我們現在惱羞成怒想對妳動武的話，妳打算怎麼逃脫？」

這是赤裸裸的威脅……雲千千凜然的一甩頭答道：「我會召喚九哥。」

「OK，問題解決了。」燃燒尾狐也一甩頭，轉身招呼其他人：「兄弟們，準備下洞，帶著這大肚婆。萬一有事的時候，她老公不來幫忙我們就撕票！」

「吼——」眾狼應。

「臥槽！」雲千千罵。

問題暫時解決。

話已經講到這分上，雲千千要是再想一個人偷跑的話就太不夠意思了。何況她現在就算真跑了也不能馬上去找路西法，找了說不定還找不到，回頭還有再需要用到燃燒尾狐的地方也說不一定。

所以基於以上種種考慮，雲千千決定陪這群兔崽子們下墓穴去探探究竟。反正也不一定會遇到威脅，就算遇到也用不到她出手……事後如果有好處，這群人敢不拿點出來分紅，她都替他們臉紅。

分組結果，雲千千和燃燒尾狐在一組，隊伍裡還有剛才的工作室小負責人，另外有第二負責人帶另一批人去了機率較小的那處座標。

站在標記好的座標點處，燃燒尾狐唸唸叨叨的排算數九宮方位準備破陣。

雲千千看半天後，打了個呵欠問旁邊的人：「如果解入口都需要那麼複雜，那麼另外一邊怎麼辦？難道還有個神棍？」

工作室負責人笑笑道：「我們雲翔工作室有豐富的道具資源和人才儲備，能解決各類大小問題。燃燒尾狐是占卜方面的專門人才，自然有他的獨到之處；但是如果說到機關的話，還是工程人才更專業……另外那支隊伍裡就有一個機關大師，他也有自己的尋找破解機關手法。只不過整座山頭範圍太大，所以才需要尾狐。而已經標記好座標後，在小範圍內他就比尾狐更快了。」

雲千千點點頭，手圍喇叭狀朝燃燒尾狐喊：「狐狸加油，努力點。嘿，有人要搶你風頭了！」

「多管閒事！」燃燒尾狐惱羞成怒，一把銅板甩過去。

雲千千順手把身邊人一抓，擋自己身前，盡數攔下銅板，再探個頭出來罵道：「用這種態度對待孕婦？沒人性！」

「……」工作室負責人被打下小半管血條，一臉黑線無語：「工作時間請不要打鬧，我們是有紀律的。」

「嘿嘿，開個小玩笑……」雲千千訕訕放人，百無聊賴的再打個呵欠……自己可是孕婦。別人做孕婦都是好湯好水供著，稍微拿個比筷子重的東西都能讓身邊人一片驚叫勸阻，還有老公隨時哄著以保持愉悅心情。自己倒好，老公不在身邊不說，還被拉下來做苦力盜墓，回頭要是生個鬼嬰下來誰負責？

人生啊，真踏馬的寂寞如狗血……

十分鐘後，工作室負責人收到通知，另外一支小隊表示範圍座標內並無機關，這也就代表著墓穴入口正是在雲千千這邊的隊伍。

十五分鐘後，第二小隊回歸，機關大師和燃燒尾狐一起研究最後這處座標。

三十分鐘後，機關成功打開，一行人準備下墓……

一道漆黑深長的甬道展現在眾人面前，直通向地底，半點光線全無。

工作室負責人丟下一個結界石，暫時阻隔外界人擅闖，順便留了兩個人手在墓穴口把守。做好雙重準備之後，這才人手一支火把點上，自己帶頭，彎腰鑽了下去。

燃燒尾狐摩挲一陣羅盤後，首先報告：「據卜算，內部長深大概有千餘公尺左右，其中我們要找的東西距離這裡有直線四百公尺的距離，中間的機關和彎道暫時算不出來。」

機關大師摸出測量工具，也是一陣觀察計算：「通道高三公尺，寬二公尺。根據估計，裡面應該也是這個高寬，一旦發生戰鬥的話大概不好走位，建議不耐打的人退離近戰人員兩、三公尺，方便前面的人有隨時應變空間。」

「放心，墓穴在進第一道門之前一般都沒小怪。」雲千千也打呵欠，提供一份資料：「這裡的小怪大概比外面附近地圖的高五級，精英類型，你們要是有戰陣的話會更方便；沒有也無所謂，看大家實力應該不至於仆街。」

燃燒尾狐一驚，差點把手裡的羅盤、銅板往雲千千方向砸去。「這裡妳來過？」

「沒。」雲千千斬釘截鐵，心裡腹誹。她來過也是上輩子的事，那時候各大知名墓穴早開出來了，都是讓玩家練級用的，哪像現在還得自己開荒，連入口都得親自來找。

「戰陣？」工作室負責人摸摸下巴想了想後，說道：「我們工作室每次任務帶隊的負責人都有戰陣，但是畢竟太難得手，所以一人只精通一門……我學的是八門金鎖陣，東方體系，孫臏創。」

「夠了夠了，一般的西方戰陣都可以。我只是說有那個更方便，沒說一定要有。」雲千千連連點頭，有點汗顏。

難怪都說人外有人，自己已經覺得自己夠厲害了，但是畢竟還有許多東西無法完全接觸到。即便有兩年的提前量和資訊儲備，但也不代表創世紀就變成了雲千千的單機稱霸版 RPG。

別的不說，單說現在這個小小工作室有她手上都沒有的戰陣技能，還是東方的，聽這意思好像還不止一本、兩本，這就已經很驚人。

看起來她確實不能把外面人都當自己的下酒菜，高手還有很多，有待發掘探索啊。

工作室負責人點點頭，對其他人吩咐一聲，人員不一會就各自就位。雲千千和燃燒尾狐這兩個客串打臨時工的放到中間以便保護。

雖然雲千千已經說過第一道門前無怪，但是工作室顯然更加謹慎，只把她提供的資訊「僅供參考」，不會真拿來當教科書攻略用，所以一路依舊小心無話，直到第一道關卡前。

「門後是土系怪，皮厚血長，行動遲緩，法師打起來比較方便。」雲千千及時獻策。

工作室負責人目光古怪的看雲千千一眼，依舊把她的話當作僅供參考，嗯了一聲後，吩咐法師準備，戰士還是擋在前面以備不測。

門一開，一陣陣陰風飄出，門裡一堆土石怪慢吞吞的在甬道間悠然散步，將整個通道擠得水泄不通……顯然因為以前一直未被打擾的關係，這些小怪得以順利繁殖增長，所以才會形成現在這樣驚人的數目。要是換作墓穴被開發成練級點之後，第一層這點小怪還不夠如狼似虎的法師群體塞牙縫的。

雲千千感慨了一下，乖乖退後，等其他人發威。她就是陪著來墓穴一日遊的，主要任務是偷懶分經驗，順便在人家撐不住的時候召喚無敵召喚獸九夜……

王牌耶，當然在最關鍵的時候才上場。

「上！」

工作室負責人手一撈，摸出法杖……幫眾人加了一個輔助狀態。

雲千千吐血。一般人家負責帶隊的人都會是戰士、法師什麼的，作為主要火力輸出才更能激勵士氣……這點是有潛規則的。在遊戲裡愛組隊下副本的人都知道，越是衝鋒在前的職業越容易成為隊伍核心，比如說戰士，比如說防禦力高的職業。這是因為成員們的依賴心理所決定的。

所以公會長和傭兵團長也多為戰士職業。相反的，牧師之流即便再怎麼勇猛，在隊伍中站的位置也是靠後，相對來說，光芒自然就要暗淡了許多。所以除非有什麼大智慧或極高人氣，否則輔助或後方職業的玩家成為領導人的機率都不大。

工作室負責人看著雲千千一臉便秘表情後愣了愣，繼而猜到其鬱悶理由，笑了：「蜜桃會長莫非是原本以為我是法師？」

「嘿嘿……」雲千千乾笑，不好意思的承認自己覺得牧師太肉腳。

「我們是工作室，講究的是在其位謀其政，不像其他的非正規玩家那樣，要人氣才能做長官。」工作室負責人反正也是在大後方輔助，看見自己隊伍裡的人嗷叫著衝上前去打得興高采烈，也沒出現危險情況，於是放下心來順便講解：「普通玩家看誰勇猛就服誰。而工作室沒這些講究，只要發薪水，老大說怎麼辦就怎麼辦……其實認真說起來的話，牧師才是最適合統籌安排的位置。比如妳聽過那句『不識廬山真面目，只緣身在此山中』嗎？」

「意思就是你站得遠，所以對大局掌握更到位？」

要戰士職業的話，一衝就衝進敵群，前後左右都是怪，看隊友都困難，看得到屁個大局，只能按老規矩吼戰士抗……法師輸出……防禦高的人引怪……牧師注意血……

遇到配合好、分工明確的隊伍還好，大家各司其職不會有什麼問題；但要遇到一、兩個不夠力，團滅就是輕而易舉的事，大家一起仆街還要站復活點追究半天的責任……

「這是擬真遊戲，不像古早網路遊戲那樣有上帝視角，所以戰士的局限性說起來其實是最大的。相反，牧師反而成了最適合管理的位置。而且因為加血的關係，更容易察覺戰局中目前哪裡是薄弱環節……」工

作室負責人呵呵道：「只是普通玩家對肉搏職業依舊有著潛意識崇拜，所以後者才更容易成為領導人。」

「這理論我倒是沒聽過，再說我一般都單挑……」雲千千摸摸下巴，不得不承認人家確實比自己專業。

「蜜桃會長太謙虛了，水果樂園的名聲在創世紀可是無人不知、無人不曉。」工作室負責人客氣了一句，也不知道是真心還是假意，接著就沒說話了。

雲千千慚愧。這些門道她確實不知道，再說她連非正規的指揮都沒做過。公會一建起來沒多久，她就挖彼岸毒草來打工了，她有限的幾次指揮團戰時還真是根本沒去注意小隊負責人是牧師還是戰士……

專業隊伍出手，效率就是比一般隊伍來得高。有雲千千提供小怪弱點和最佳應對方式，再有工作室負責人統籌大局和及時調整細節站位，很快土石小怪被專業人士們冰火雷電收拾個乾淨。

一個多小時後，甬道中一片清靜，僅留下一地的燦爛金幣和零碎裝備材料，表示那些小怪曾經存在於這個世界過……

接著原地休整並恢復體力，灌藥、盤坐、吃乾糧……

雲千千吃了別人的五倍，看得一群男人們汗顏。不過想了想之後，大家都表示可以理解，畢竟人家現在是孕婦嘛，容易飢餓也是可以理解的；但他們最不能理解的是，為什麼這飢餓的孕婦自己身上什麼準備都沒有，非得和他們搶他們那份？

工作室負責人也一頭大汗，火速調集專業人士對目前糧食儲備進行了一次計算，最後得出結論，如果雲千千接下來的飯量還是這麼恐怖的話，他們就不得不將本次的預定行程時間縮短一半。再或者，大家也許考慮後面路程會不會出現獸形怪讓他們取肉燒烤……

噁心一點也忍了，總不能餓死在這，替墓穴主人陪葬吧？

雲千千安慰眾人：「沒關係，現在是運氣好，剛好我都能吃。再往後走，說不定我會對你們的食物起孕吐反應，到時候就能省下一點了。」

工作室負責人再擦把汗：「我寧願妳能吃也不願妳會吐……」萬一一屍兩命，到時候九夜殺上門來算誰的？

104 戰利品

雲翔工作室開著雲千千這外掛在墓穴裡到處流竄，一路過處均實行有針對性的打擊。有雲千千對現身的各類型小怪進行弱點分析指示，有工作室負責人強悍戰陣輔助，再有配合極有默契的眾成員聯手制敵，通關墓穴幾乎已經沒有任何懸念。

三、四小時後，一行人終於抵達最大穴洞。一名穿著黑色斗篷的魁梧身影站在其中背對眾人，顯然是此行中的最大BOSS。

此BOSS聽到身後有人進洞的動靜也沒回頭，只靜靜的打量著自己面前牆壁上那幅巨型史詩圖畫，一副落寞蕭瑟的樣子，滄桑開口：「已經千年過去了，沒想到現在還有人……」

BOSS開場白還沒背完，雲千千已經挺著大肚子抄起法杖，一片小雷甩過去：「大家一起上！」千年你

個頭！看來創世紀的人真是沒錢請編劇了，這劇本、臺詞完全沒有新意，動不動就拿年份唬人……馬的，你以為自己是紅酒啊？

「呃，大家上吧。」工作室負責人擦把冷汗。事已至此，即便他原本有心聽聽故事什麼的，現在也已經被直接逼上梁山，想不反都不行。

魁梧的斗篷人愣了愣，壓根沒想到來的這群人居然這麼沒有江湖規矩，說上就上，連讓自己象徵性說上幾句甚至是報個名號的時間都沒有。

這世界是怎麼了？難道真是他千年沒上過地面，所以已經和潮流脫節了嗎？

斗篷人怒，大怒，面對刀光劍影、火海冰山也毫無動搖，大步流星的直衝向那個最讓他欲殺之而後快的大肚婆。

仇恨算個屁！比起那些損血數值，他的內心在此孕婦身上受到了更加嚴重的創傷。

雲千千看這情景被嚇了一小跳。智腦有沒有計算錯誤啊？她都已經屬性對半削弱了，還能打出那麼大的仇恨來？雖然她不知道各自技能帶起的具體數值，但怎麼看都是別人的火力要比她的猛吧？

「救命～」雲千千跳腳了，二話不說轉身就跑。

工作室負責人也沒想到這BOSS會這麼不喜歡雲千千，連隊伍裡幾個防禦主力拚死放大招都沒能拉回仇恨來。吐口血，工作室負責人怒喝：「還愣著幹什麼啊！戰陣動起來！」

燃燒尾狐唸唸有詞，手中小羅盤飛轉，在雲千千身後的線路上布下一層又一層屏障。可惜實力對比太過懸殊，這些倉促設下的小結界一碰上BOSS就像泡沫一樣很輕易的被碰碎，連波瀾都沒掀起半分。

關鍵時刻還是工作室眾人被負責人剛才那一聲罵給罵回了神，既然BOSS不來就我，我就去就BOSS。戰陣迅速啟動，一行人變換走位，很熟練的攔下BOSS，攻防互補間，陣內劍氣逐漸瀰漫，騰起一股肅殺之氣。除了組成戰陣人員本身釋放的技能外，另出現巨劍幻影無數，挾裹金色劍氣交錯飛刷，像一面巨網般將斗篷BOSS籠罩在內。

「王美眉，幫忙！」雲千千逃到安全地帶，手捲喇叭狀朝戰場這邊喊。

王語嫣牌燃燒尾狐吐口血：「不要亂叫！」他順手一片弱點標記接連揮灑，對準陣中一陣狂甩。雖然他的準頭不夠，但關鍵勝在一個鋪天蓋地。

斗篷BOSS全身上下很快被打滿白點，連帶布陣人員也稍有波及。

這回換工作室負責人吐血跳腳：「死狐狸！你踏馬的是不是又忘記把同隊PK勾掉？」

燃燒尾狐連忙收回手，背在身後，一臉心虛的訕笑道：「嘿嘿，那個……失誤，絕對是失誤！」

「……廢話，如果故意的話，老子早就翻臉了！」工作室負責人臉黑黑的，無語。

工作室負責人幫自己隊友補刷上幾個正面輔助狀態，算是跟燃燒尾狐的削弱標記兩兩抵看。參戰人員在最初的手忙腳亂後，迅速調整過來，重新有默契的配合。於是局面至此終於得到控制，一切變得簡單。

折騰了好一會後，斗篷人寡不敵眾，最終委屈倒下，至死也沒能順利報出自己的名號。BOSS的身子，龍套的命，落得個群眾演員上前沒他名字的下場。

而一切的始作俑者雲千千倒是很興奮，看BOSS被刷，很高興的跳回來摸屍。「激動人心的時刻到來了，各位兄弟，讓我們揭曉最後戰利品的神秘面紗吧！」

「呸！」燃燒尾狐鄙視道：「妳也不怕生出個怪胎來，什麼都敢摸!?」更何況剛才殺BOSS的時候，唯一沒出力的就是這女人，更別說她還突然發難，讓大家在最初陷入措手不及的局面……呃，雖然BOSS比他

們還要措手不及……

「封建迷信要不得的。」雲千千嘖嘖有聲的搖頭。

工作室負責人笑笑，對於雲千千的行為倒是沒有阻止和不滿的意思。反正他們的目的並不是這個BOSS，更何況水果樂園那麼大的招牌，就算外傳蜜桃多多此人如何卑鄙無恥，他也不相信她敢拿那麼大的公會的名聲做代價來貪他們的東西。

工作室不比普通玩家的圈子，在工作室裡被掛上黑名單的客戶，相當於是在這整個圈子裡都失去了誠信度。這可不比玩家的私人恩怨，打打殺殺比誰拳頭大就能了事的。

雲千千不知道工作室負責人腦子裡瞬間閃過的許多念頭，只覺得這人還挺識相，沒像其他人那麼小家子氣，見她一靠近就跟見洪水猛獸似的，於是對對方更加滿意。再而且，她確實是沒打算直接偷人家的勞動成果，如果真出來什麼自己看上眼的東西，大不了事後再想辦法弄過來唄！

「一個好消息，一個壞消息。」雲千千摸了會後，嘖嘖道：「壞消息是戰利品只有一件。好消息是這樣得到極品的機率比較大。當然也有水貨的可能……你們猜掉出的是什麼？」

「只要不是紫階以上的東西，蜜桃會長隨便拿去玩沒關係。」工作室負責人大方的笑。

雲千千摸摸鼻子說道：「那看來我是沒那運氣了。」

她說完，手從屍體身上收回，帶出一枚戒指。

105 潘朵拉

果然是紫階，但也僅僅就是紫階，而且功能還很讓人無語。

「生相隨，夫妻對戒之男戒，不可摘脫、不可交易、不可銷毀，一對湊齊後與戀人互佩，自然獲得夫妻身分認可。附生死相隨技能和夫妻同心狀態……唔，好東西。恭喜你可以結婚了。」雲千千樂呵呵的把戒指丟給工作室負責人。

生死相隨就是夫妻傳送。夫妻同心狀態更好理解，也就是夫妻二人在同一隊伍、同一範圍中時，攻防有一定加成。

這些功能雲千千自己的天空對戒上也有，而且還更多，所以壓根不稀罕。再說她已經是有夫之婦了，拿個結婚戒指也用不到啊。

工作室負責人滿頭黑線無語，乾扯著嘴角，勉強笑了笑道：「這個……還是拿回去給我們老大先用吧。」踏馬的，首先另外一個女戒能不能弄到先不說，他現在連個對象都沒有，結個屁婚啊!?

戰利品居然是婚戒的消息並沒有太過打擊眾人，畢竟只是個紫階物品，再好也好不到哪裡去。他們今天來探索墓穴的真正目的才是最重要的。

收贓完畢後，眾人各自散開，在穴洞中摸索觀察。工作室負責人跟身邊的燃燒尾狐嘀咕幾句，確定要找的東西就是在這裡沒錯之後，伸手從空間袋中掏出一個裝滿大半瓶白沙的水晶瓶。

「此乃何物？」雲千千好奇打量。怎麼說人家也是專業的呢，拿出來的東西竟然連她都覺得陌生。但是她回頭想想也是正常，畢竟遊戲做得那麼大，非專業領域總有許多不了解的地方。雲千千前世今生都是標準的戰職，對某些方面自然不可能那麼清楚。

工作室負責人笑笑道：「流沙。這是鍊金和機關雙職業生活匠師才能提煉出來的東西，作用只有一個，就是尋找縫隙……比如這塊地板看著光滑無縫，但只要把流沙倒下去，它就會自己在地面上滑動，直到找見人眼看不見的縫隙洩下去。」

「有縫隙的地方就有機關？」雲千千恍然大悟：「那你進來之前有沒有想過，萬一人家墓穴裡面鋪的是磁磚怎麼辦？」

工作室負責人的嘴角抽了抽，道：「按照我們以前盜墓的經驗來看，這可能性不大。」

「那萬一人家什麼都沒鋪，就是一片地……」

「……這也沒有太大可能。」

「那再萬一……」

工作室負責人終於不耐煩結束話題：「事實證明這些萬一不存在。還是先幹正事吧。」

雲千千憂鬱的摸摸小肚腩委屈道：「我可是孕婦……」

「……」大姐，我錯了行不行？

燃燒尾狐被拉出來接客，陪伴孕婦聊天、逛墓洞順便拖住此人，其他人把握時間抓緊幹活。

穴洞其實很空曠，除了正對大門入口處的那幅巨大壁畫以外，再沒有其他東西。整個房間空蕩蕩的，連口棺材都沒有。

「你猜先前那個斗篷人晚上是睡哪？」雲千千興致勃勃的和燃燒尾狐探討關於BOSS的日常生活問題。

「……我猜他不睡覺。」燃燒尾狐嘴角抽了抽。「妳猜猜這房間的機關在哪？」他說話的同時，很可疑的掃了一眼壁畫。

「我猜這房間沒機關。」雲千千打個響指，痛快回答。

這可是絕對的標準答案。雖然以前沒有親自參與開荒的經歷，但是這個墓穴裡有哪些機關倒是早就被後來人摸索公布得一清二楚。

想找機關？找到你們鬍子白了都找不出來。

燃燒尾狐不相信的繼續認真觀察壁畫，想從中找到什麼不為人知的被隱藏的機密。

雲千千攤手無奈道：「不用瞪那麼大眼睛看畫，如果你想聽故事我可以幫你講一遍，但這上面沒機關、沒玄機，就是普通的連環畫罷了。」

因為雲千千長久以來的人品和信譽，燃燒尾狐選擇性的無視了這千真萬確的實話，充耳不聞的慎重研究起來。

「唔，電視小說上好像都有這樣的情節，大致意思是說摸摸浮雕畫上的某個部位後可以打開暗室……」說到這裡，痛苦的抬頭看了一眼上方，燃燒尾狐異常悲憤：「問題這畫也太大了，機關該不會被刻在最上面吧？」

「都說了這裡沒機關……」雲千千撇撇嘴。

繼續無視雲千千，燃燒尾狐深呼吸，鬥志昂揚的捏拳：「不要打擾我，這是個挑戰，我要用我的占卜來破解這幅壁畫中的關鍵。」

「喂……」

「來吧，聖三角、六芒星、七行星、九宮位……臥槽！要是我學會了命運之輪，小小一幅壁畫算什麼！」燃燒尾狐遭遇此生最大挑戰。

「……」隨便吧，隨便吧，讓這死小孩自己感受命運的殘酷去吧。香蕉的，都說了這裡沒機關，難道她的人品真就這麼不值得信賴？

既然大家都這麼有幹勁，雲千千當然也不好閒著，於是象徵性的到工作室負責人身邊關心了一下：「你們要找什麼？」

工作室負責人正仔細的觀察滿地白沙，發現後者根本沒有滑動趨勢，也就代表這洞內地板真是沒有縫隙的，正在惆悵間，聽到問話，這才抬頭嘆道：「我們要找的是一個人。」

「死人？活人？」不能怪她這麼直白，這個環境太特殊了，要說找到活人似乎不大可能，要說找到死人……唔，發布任務的那人也許有特殊愛好也說不定。

工作室負責人瞪了雲千千一眼說道：「當然是活人！任務上說那個人被囚禁在這墓穴中，讓我們來找

到那個人問一句話，順便要點東西。」

雲千千想了一會，突然伸手說道：「把你剛得到的戒指借我一下。」

「幹什麼？」問歸問，工作室負責人還是很聽話的把戒指遞出來。

「幫你找人。」雲千千順手把戒指往自己指頭上套，一揮手，帶著工作室負責人走到巨大壁畫前面。

「找人？」工作室負責人疑惑，沒等他疑惑得更久，眼前一片白光就給出了問題的答案。

最中間的一幅壁畫大放光華，其中刻畫得栩栩如生的某女神一聲嘆息，幽靈狀從畫中飄了出來，美目含淚盈盈的看著雲千千……手上戴著的戒指。良久後，她才幽幽嘆息一聲問道：「他死了？」

「剛死，屍體還很新鮮，妳想要？」

幽靈美女被噎了下。

工作室負責人從最初的一驚到後來的一喜，再到現在的一臉便秘，面部表情變化不可謂不大。瞪了雲千千一眼，大概猜到這幽靈美女就是自己要找的人，於是他連忙乾咳一聲，走上前開口：「有人讓我問妳一句，已經一千年了，妳後不後悔？」

「後悔能怎樣，不後悔又能怎樣……」幽靈美女恢復狀態，瞬間入戲，重新陷入一片憂鬱的情緒中，緩緩說道：「已經是千年的流逝，愛恨也成了虛妄，那些從來都不是最重要的東西，只恨我一直看不清這一點，也無法說服自己不愛他，所以才會想逃脫自己的責任，造成現在的惡果。還好，你們來了，他死了，我也終於可以解脫了……」

「話不能這麼說吧，我看剛才那斗篷男好像也守了妳千年了，小貓、小狗也該養出感情了吧。」這簡直就是西方版潘金蓮啊，就是不如東方的厲害，骨子裡的心狠手辣就輸給了我們老祖宗。

雲千千撇撇嘴繼續說道：「做錯事的後果有兩種。一種是及時發現自己錯了，立刻在還來得及的時候補救，這叫懸崖勒馬。另一種是發現自己錯了，什麼都不做，然後等無可挽回了之後才自怨自艾，這叫矯情……」

「……妳的意思是說我矯情？」幽靈美女猛的抬頭，愕然。

「嘿嘿，我什麼都沒說，就打個比方。」

工作室負責人頭大，不得不順著含糊說下去：「雖然蜜桃會長的話有些直白，但也不可以說不對。」

「哦？」幽靈美女幽怨之氣盡失，隱隱帶些不悅之色：「我認識到自己的錯誤了，難道不對嗎？」

「要嘛快點認錯然後改正，要嘛死不悔改。像妳這樣子的人最無聊了，一邊跟著人家犯錯誤，一邊喊著我錯了，然後抱怨那個帶妳犯錯誤的人。千年前妳該不會是未成年，剛好在叛逆期吧？」雲千千大義凜然道：「大丈夫做了不悔，悔了不做。」

「……其實我是女人。」幽靈美女的額上青筋隱現，咬牙切齒。

「……其實我看出來了。」還是標準的出爾反爾的女人。哭、賴、橫、潑、纏，這都是女人的五大特權。眼前的NPC顯然將纏之精髓發揮得淋漓盡致，磨磨蹭蹭的怎麼看都不痛快。

兩個女人……或者說一女人一女鬼，互相看彼此都不順眼。前者覺得後者不符合自己的欣賞標準，後者覺得前者牙尖嘴利、出口傷人……傷鬼。

一段纏綿的愛恨故事瞬間扭轉成兩個悍婦即將對決之前的準備場景。負責人頭大，旁邊一千玩家頭大，燃燒尾狐也頭大。

這本來就是一個普通任務，怎麼會演變成現在的局面？

燃燒尾狐想了想，上來打圓場：「蜜桃啊……我們任務完了，妳現在也還懷著孕，是不是早點回去休息的好啊？」

工作室負責人連連點頭幫腔：「嗯，是這樣沒錯。墓穴裡面待久了，對孕婦也不大好……」

雲千千比出中指，鄙視這兩個隨口糊弄不打草稿的人。這只是個遊戲，系統都沒提示什麼了，你們倆來裝什麼專業？

幽靈美女哼了一聲，扭頭看了看負責人，說：「你回去見到那個人，就告訴他，我如今已經什麼都做不了了，對於過去的錯誤也無法挽回，只能留給他一件東西，算是彌補。」她說完手一揮，幾人面前的地面上憑空出現一個小小的黑匣子。

雲千千手賤，打了個鑒定術上去——潘朵拉的魔盒。

再加上幽靈美女在旁邊絮絮叨叨說明的故事背景，於是整個事件變得清晰。

簡而言之就是有某人去某神處偷了東西帶回自己家，某神怒，於是找來了自己家裡的某女性神僕去報復某人。某神報復的手段也很低劣，無非是想叫女神僕偷進對方家放點瓦斯、瘟疫什麼的，性質類似於某某去某某家放蟑螂、老鼠……

當然，某神畢竟沒這麼惡劣，於是還偷偷在盒子最裡面埋下了「希望」，等到懲罰足夠後，希望自然會出現，消除一切的惡運。

某人的弟弟不是英雄也難過美人關，想娶女神僕。沒想到女神僕愛上了某人，可惜職責在身，她還是必須嫁給某人的弟弟，而且不能不打開那個會帶來災難的魔盒。

隨著婚事的臨近，女神僕越來越痛苦，臨上教堂的前一刻終於爆發了，用魔盒做威脅，綁架了某人私

奔。她為了逃避某神的追捕，匆匆打開了魔盒算是完成任務，還建了一座巨大墓穴，帶著某人一起藏進來，託庇於暗黑勢力的保護範圍之下。

魔盒中最後所剩的「希望」就是破除一切壞運的關鍵，可惜也一起隨著這個女神僕被埋藏在地底，不見天日。

某神得知一切後大怒，為懲罰女神僕和那個不知悔改還帶自己女人私奔的某人，於是親自動手格殺了女神僕的神格，並將某人和女神僕的魂靈徹底封入了墓穴，把「希望」永遠埋葬……

「這故事我聽過，好像改編自希臘神話？」雲千千問身邊人。

「無所謂。」工作室負責人在隊伍裡偷偷道：「反正是任務，聽完閃人就好了。」

雲千千頓時無語，這人比自己還要現實。

潘朵拉的講述終於到了尾聲：「所以事情就是這樣，你們把盒子帶回去吧。解除那裡的封印，再告訴主人，說我已經知道錯了……」

眼看著工作室負責人彎腰撿起盒子，潘朵拉又幽幽的補上了一句：「因為詛咒的關係，攜帶盒子的人一路上都會被惡運所包圍……用你們冒險者的話來說，就是走哪都能引來一大片的怪，會碰上惡劣天氣如颱風、冰雹、流星雨……唔，還有就是在盒子交出去之前，所有屬性削弱百分之三十……」

工作室負責人吐血：「妳不早說！」他接著看了一眼盒子，又吐口血：「不可交易、不可轉讓、不可丟棄……踏馬的，賴上我了？」

雲千千拍胸脯慶幸。剛才她也想去撿起來玩玩，還好自己手慢，還好自己臉皮薄猶豫了下。所以說好人果然有好報？

接下來的事情就不是自己的事情了。

燃燒尾狐的任務到此算是完成，潘朵拉一消失，工作室當場刷卡結帳。雲千千抓上人就跑，去做找路西法的準備，順便敲一頓飯吃。

上了地面，個傳送回到最近城市，燃燒尾狐鬼祟的張望下，沒發現附近有熟面孔，連忙拉了雲千千，急急開口：「如果最近我老闆找妳的話，記得什麼都別答應啊。」

「你老闆找我幹嘛？」莫非那人還有關於燃燒尾狐的事情要找她談？是想挖牆角，長期僱傭此人，還是想來上一段曠世基情？

燃燒尾狐扭捏了一下說道：「其實以前我們老闆就想挖妳了，不過考慮到妳的身分才一直沒下手……今天這一趟暴露出了妳的某些本質，然後老闆好像覺得有希望，於是剛才發了個訊息給我，大概意思就是讓我說一下……」

「多少錢？」雲千千兩眼刷的一下閃亮。

燃燒尾狐被這期待的星星眼閃得嚇了一跳：「這……難道妳不覺得身為最大公會會長兼天空城主，去為一個小工作室打工是一件有失身分的事？」

「身分個屁！我更看重的是實惠。」

燃燒尾狐無語半分鐘，接著突然扒出一個算盤，劈啪計算起來：「我們酬勞是按難度和耗時和工作種類計算。普通等戰職人才底薪是15X，妳的實力可以算 等，計成30X，任務難度S為5，A是4。耗時按小時算，耗時乘以難度等於X……比如剛才的任務，我是10X，難度S，耗時五小時，五乘五乘十總計二

百……呃……」

「二百五？」雲千千笑咪咪的幫忙報出總額。

「呸！」燃燒尾狐怒。

「呸屁!?」雲千千突然臉色大變，一副悲慟表情：「虧大了啊，早知道我早入夥，剛才那一筆就有750金進帳了。」

「別傷心，我忘記說明了，單位是銀幣。」燃燒尾狐安慰雲千千。

「……呸！」

水足飯飽後……孕婦忌酒……兩人一起回天空之城。

一落地，雲千千第一時間被彼岸毒草派出的盯梢人員綁架走，拉回辦公廳說話。

燃燒尾狐親眼見證非良家婦女被當街綁架的一幕，本來有意救人，結果一看對方胸前的桃子徽章，頓時閉嘴，摸摸鼻子跟上。

多麼熟悉的一幕啊……雲千千被左右兩人架著拖回辦公廳，還有心情感慨了這麼一句。接著她終於見到聞訊趕來的彼岸毒草，抬爪招呼：「嗨～」

「嗨屁!?」彼岸毒草衝上來，如同以往每次見到雲千千時般的暴躁跳腳：「妳說說妳的事情到底拖多久了？神主這幾天按三餐派人來我這裡問話，一是問聖器，二是問妙麗。這種時候妳還有心思遊山玩水、閒逛打屁還順便懷了個孕!?」

聖器？

雲千千心裡打了個轉。

妙麗的事情還好辦，等實在拖不下去了，拉出去讓天堂行走一砍，自己就可以回來跟神主哭訴推卸責任了。

問題是，聖器還真不是短時間內可以搞定的，首先要找到路西法……

「目前有了點線索。」燃燒尾狐從門口跟了進來，剛好聽到前面一段話，於是接口回答：「按照預言的提示，我們猜測路西法有可能就在天空之城。要不然，先在這裡查一查？」

「在這裡？」彼岸毒草納悶道：「他沒這麼想不開吧？神族的人就駐紮在天空之城，他一個人上

來……」那不是找死？

彼岸毒草最後半句被及時吞下沒說出來，但是在場的人都能大概猜出是什麼意思。

燃燒尾狐尷尬道：「這個……預言就是這麼說的，分析解讀預言的也是雲翔工作室裡有名的智將……」意思也就是說，這個結論起碼有七、八成可靠。

彼岸毒草斜視雲千千。

雲千千攤手，示意不關自己事。說預言的是狐狸，解預言的是狐狸朋友，自己就是來湊熱鬧的。

想了半天，彼岸毒草終於點頭答應：「好吧，我現在派人去查查看。不過你們也別閒著，趕緊去找找有沒有其他線索。」

尋找聖器任務限時一個月，拖到現在已經只剩下三天了。目前情況很明朗，神主和路西法兩人看雲千都不順眼，想讓前者寬赦時間是不可能的，想讓後者配合一下更是痴人說夢。

這兩位老大巴不得雲千千出點什麼岔子，好讓他們一雪之前種種恥辱……

和另外一條線索提供人接頭的趕路中途，燃燒尾狐好奇的問雲千千。

「罪惡之城好玩嗎？」

「當然好玩。那裡的人熱情和藹、大方友善，夜不閉戶、路不拾遺，堪稱世外桃源道德典範。尤其是我們馬上要去的龍門客棧，老闆娘溫柔體貼、端莊大方、善解人意，幕後老闆開朗謙虛、待人真誠……」

雲千千毫無心理負擔的隨口欺騙小朋友：「總而言之，你到那裡之後，一定會有一種耳目一新的體驗。」

燃燒尾狐很懷疑：「那為什麼叫罪惡之城？」

「這……其實名字只是一個代號，它可以叫罪惡之城，別的地方也可以叫罪惡之城，所有地方都可以叫罪惡之城。把這個代號拿掉之後呢？那裡又是哪裡？」

「……」

一傳即是千里，十幾分鐘後，雲千千帶著燃燒尾狐出現在罪惡之城。

天堂行走早接到消息，知道有隻純潔無辜且對人性和未來充滿幻想期待的公狐同行，於是早早在城門口等著接待二人，免得對方一不小心被城裡 NPC 玩死。

見到二人出現，天堂行走連忙笑迎上來：「蜜桃，狐狸，好久不見。直接去龍門客棧嗎？順便幫你們接接風。」

雲千千點頭：「嗯，多上幾個菜，要果汁不要酒。」

天堂行走笑道：「那是當然。早聽說妳和九哥去祈禱生孩子的事情了。怎麼樣，懷孕的感想如何？」

「感想不提了，想法倒是有一個，而且很深刻。」

「哦？」

「以後結婚了生完一個，一定要讓老公結紮！」雲千千堅定握拳。

天堂行走、燃燒尾狐一起打了個寒顫——這個狠。

三人一路無話到了龍門客棧。

天堂行走已經調整狀態恢復正常，笑呵呵道：「蜜桃可能不知道，這個客棧剛裝修完畢，跟妳上次來的時候比起來可是大大不同了，一會看了可別大吃一驚。」

「不會不會。」絕對不會。自己上次看見龍門客棧才是大吃一驚。裝修後的店子倒是上輩子來過好幾

次，她反而熟悉。

天堂行走依舊笑，沒把這話當真，直接一推門，引著二人跨進了客棧。

老闆娘風采依舊，一聽門開，款擺著水蛇腰就搖了過來招呼：「客人快請進，我們龍門客棧新增特色食物和意外服務，價美物……呀，桃子～」

突然看到雲千千，老闆娘兩眼放光，一臉驚喜的笑容毫不掩飾的綻放開來，聲調一個上揚，尤其是最後一個尾音，勾勾的顫上去，像小尾巴似的撓得人筋骨發酥……

雲千千酥了一下，打個哆嗦，趕緊站穩，忍不住認真強調：「老闆娘，我是女的。」

「嗯，知道啊。」

「……其實我想說的是，我只喜歡男人。」

老闆娘愣了愣，突然笑得花枝亂顫，一個媚眼丟過去：「討厭，胡說八道什麼呢～」

「……」不行了，她又酥了……

燃燒尾狐見鬼般，眼睛瞪得老大，一臉咬牙切齒的樣子，看樣子很想掐著雲千千脖子搖晃兩下：「這叫端莊大方？」騙人也不是這麼侮辱人智商的吧，她以為他是瞎子還是傻子？

「其實她只是端莊得不明顯……」

「呸！」

因為要談生意的緣故，幾人直接上了包廂。幾人剛一坐下，一名服務生訓練有素的先提了壺上好佳釀過來，替幾人一一倒上。

雲千千撇撇嘴，改要了果汁。

老闆娘也沒多嘴問什麼，笑盈盈的在幾人對面坐下後訊問道：「先吃點東西吧？我們這裡新增了特色菜，你們嚐嚐看合不合胃口。」

「有什麼？」燃燒尾狐問道。

「物不物美是其次，最關鍵是價廉。」雲千千趕緊接上一句。這一趟來是談她要打聽的事情，理所當然她買單，有些事情還是提前聲明比較好。

「最便宜的特色菜是鮮肉包子。」老闆娘捂小嘴偷笑。

龍門客棧名氣畢竟還是大，再加上透過剛才的事情，燃燒尾狐對雲千千口中所描述的罪惡之城美好面貌已經產生了嚴重的懷疑心理。於是綜合以上因素，在聽到老闆娘的介紹時，該狐突然忐忑了下，不安的問道：「敢問這包子餡是什麼肉？」

「當然是最頂級上好的肉。」老闆娘拋了一個媚眼。

人乃萬物之靈，如果要說那什麼肉是最頂級上好的肉，倒也對得上。

燃燒尾狐越發不安，看了一眼面色如常的另外兩人，下意識的吞口口水說道：「……其實事情是這樣的，我最近腸胃消化不大好。所以如果可以的話，是不是能上點素菜？」

雲千千無所謂。人家願意幫自己省錢，憑什麼不樂意啊。要她說的話，連素菜都不用，直接一人發三個大饅頭就得了。

天堂行走也無所謂。反正自己就是陪客，非主非賓的，跟著吃什麼都行；他不吃也行，大不了喝酒混時間，回頭餓了自己再找東西墊肚子。

於是在一人提議、兩人棄權的情況下，老闆娘毫無異議的轉頭吩咐了下去：「去弄幾碟精緻的素菜上

來，讓廚師用心點做。」

服務生點頭哈腰的退出去。

燃燒尾狐還要在後面大喊補充：「用菜油炒！」

雲千千看這人沒出息的樣子，終於忍不住嘆息道：「不用那麼誇張，遊戲裡唯一一點好的就是絕對無汙染。你就算哭著喊著想吃地溝油，人家也沒辦法幫你弄去。」

囑咐完服務生又重新坐下的燃燒尾狐仍舊不放心，臉色有點蒼白的反駁：「現在還吃地溝油？妳落伍了。前陣子最新流行起來的潮流炒菜油是屍油。」

「噗——」天堂行走被噁心了一下，一口酒噴出來。

雲千千眼明手快的身子一閃，同時揪著身邊的燃燒尾狐衣領往自己身前一拉……嘿！沒噴著。看來自己身手還是很敏捷嘛！

燃燒尾狐的臉黑黑，不悅的問道：「你幹什麼!?」

天堂行走也黑臉反問：「我還想問你呢。」

他正等著吃飯呢，噁不噁心啊。

老闆娘哭笑不得的看這兩個男人。

雲千千撈起旁邊的抹布，把自己面前桌子擦擦，重新坐下，跟老闆娘寒暄：「別介意，這小子估計被嚇壞了。前陣子有一個新聞，說G市有某連鎖店專門去收購屍油用來炒菜什麼的。再加上你們這客棧名字又……呃，比較出名……所以估計他產生聯想了。」

老闆娘恍然大悟，繼而一臉好笑的解釋：「客人太多慮了。你們世界的屍體便宜，我們這裡卻貴。首先死亡後如何保留下實體是一個問題，其次我們還有亡靈法師之類的職業，他們對屍體的需求量也很大，一具好屍體的價格可貴……那麼高成本的東西拿來炒菜!?那我們不是虧大了嗎！」

燃燒尾狐聽前面還剛鬆一口氣，聽到後面才覺得不對勁了。

意思是，如果便宜妳還真打算用!?

這到底是個什麼世界啊！

天堂行走若無其事的和老闆娘交換情報，促進現實與虛擬雙方世界交互了解，很認真的幫對方補充知識：「其實我們世界的屍體也不便宜。黑市對器官需求不比亡靈法師低，醫學解剖也需要屍體。所以有些瀕死的人就會被醫生騙簽器官捐贈意願書什麼的。當然這情況不多，但終究是有。」

107 全城大搜捕

「話扯遠了。」酒菜上來，雲千千當仁不讓的把果汁拉到自己面前，吸管一插，開口：「根據妳旁邊那神棍的預言，路哥好像是藏在天上或海裡。你們這邊收到的消息怎麼說？」

老闆娘愣了愣，然後說：「原來你們已經聽說了？我們得到的消息也是在天上。」

「……」雲千千鎮定的掏出手帕擦把冷汗，再問道：「那個天上莫非具體就是指天空之城？」

「妳真聰明。」老闆娘拋媚眼。

「……」雲千千翻了一個白眼。

天堂行走也擦把冷汗，跟雲千千小心翼翼的商量：「要不然妳還是先把那女騙子牽出來，讓我完成任務好了。估計未來一段日子，妳那地盤都不怎麼安全，我就不上去替你們添亂了？」

「果然世態炎涼、人心不古。」雲千千悲憤道：「天堂，我原本還覺得你是一個好人，沒想到……」

「唔……其實我曾經也認為自己是個好人，但自從跟妳在一起之後，這份信念好像越來越脆弱，直至墮落如斯。」

「天雷地……」

老闆娘尖叫：「砸壞的東西十倍賠償，服務生甲，準備算帳！」

「……」客棧服務生馬上出現，一把算盤、一份紙筆在手，兩眼閃星星，期待的看著雲千千。

雲千千無語半分鐘，突然收起法杖，若無其事的坐回座位，繼續話題：「剛才說到哪裡了？」

「……」天堂行走、燃燒尾狐默了，繼而滿頭大汗了。

匆匆吃完酒菜，雲千千左手一隻燃燒尾狐、右手一隻天堂行走，不容多說的直接把兩人帶上天空之城。

終於可以鎖定路西法的位置，這當然是一個好消息。但這同時也可以說是一個壞消息，因為沒人願意有這麼一個潛在威脅在自己家裡亂竄。

天空之城可以算得上是水果樂園的根本。從公會建立最初，水果樂園就是借了天空之城的噱頭；後來的發展過程中，水果樂園更是把大部分的資源和精力都投注在這塊地盤上面。雖然考慮過風險問題，所以水果樂園也並不是把所有雞蛋都壓在了這個籃子裡，但是時間畢竟還是太短了……

這跟投資做生意一樣的。就算是再小的生意，在投資營運之後，也是需要一定時間才能收回本錢。更別說天空之城還有一個招牌效應，這就更是不容有失。

駐地拿下了，陣法布好了，店鋪宣傳了，招牌打響了……現在正是一切準備就緒，馬上要大筆大筆回收資金、享受收穫果實的時候，結果路西法想來搶摘桃子？
門兒都沒有！

「剛才在別人那驗算了一下，確定天空之城是正確答案了。你搜索出什麼結果沒有？」雲千千頭一次不用別人抓，火燒火燎的主動找到彼岸毒草，劈頭就來了這麼一句。

彼岸毒草大受刺激不敢置信：「妳說什麼？」

「年紀輕輕就耳背，你真是……好好好，我不說。」雲千千在彼岸毒草的殺人目光中無奈投降。「剛才我說，路哥現在確實在我們地盤，神族的聖器也在。」

彼岸毒草吐口血：「……消息可靠？」

「絕對可靠。」雲千千信誓旦旦的摸右胸發誓：「這是情報追蹤和預言占卜的綜合結果，包含了唯心及唯物主義之精髓，乃是……」

彼岸毒草聽都懶得聽後面的，轉身抄起通訊器就吼：「搜索人員加倍……不，加十倍！給我挖雲三尺，一定要找到路西法！」

雲千千被無視，踹出燃燒尾狐幫忙占卜。天堂行走也不能閒著，丟出去讓他易容暗訪。至於她，則是抓通訊器呼叫史上最強大召喚獸：「江湖救急啊九哥，有人要殺你老婆、兒子！」

十分鐘後，賢慧主夫九夜匆匆趕到，進門先皺眉問道：「又出了什麼事情？」

要說有人想殺雲千千，他信。畢竟這女人從出江湖到現在，做出的壞事數不勝數，好事倒是兩個巴掌就能算完。要是說她沒幾個仇家，他第一個就不信。

可是要說有人能殺雲千千，九夜對這點就很是懷疑了。首先不說個人實力削弱的問題，據他記憶所知，這女人逃命的手段應該遠不止一、兩樣。首先是化雷，完全的賴皮招數；雖然說化雷的同時她也不能攻擊，但是最關鍵是能完全免疫攻擊。

其次是夫妻傳送。就算自己沒空傳過去，對方也可以傳過來。她有事沒事往他這一躲，天大的事情都能躲過去。

再再次是易容。她隨便換張臉往人山人海裡一藏，除非追她的是狗，不然沒可能找出來。

再再再次……

所以綜上所述，在接到雲千千的求救通訊之後，九夜第一反應不是她出事了，而是她又沒事找事了……他是男人耶，他也有自己的工作、自己的責任，還得替未來孩子賺奶粉錢、教育費耶好不好！別有事沒事替他找麻煩？！九夜很不爽，但為安全故，還是不得不走這麼一趟。

雲千千一看九夜皺眉，眼睛轉一圈就知道他肯定在腹誹自己了，連忙拉著人，抓緊時間講清事件：「路哥在我的地盤，現在還沒找到。估計他不是對天空之城有企圖就是對我有企圖。在找出他之前，你有沒有時間來客串一下保全？」

「哦？」九夜的眉頭沒鬆，反而皺得更緊。這麼說的話，好像還真是件大事了。「妳這幾天又去惹他了？」

「沒，我保證。」雲千千再次信誓旦旦的按住右胸口發誓：「完全是以前惹的。」

「……」嘴角抽了抽，九夜無語三分鐘後瞥了雲千千一眼：「心臟在左胸……」

「嘎？哦，習慣了，不好意思。」

「……」

雖然不想引起恐慌，但路西法的存在實在是太具有威脅性了，所以彼岸毒草在派出人交代搜捕任務時還是說了實話。最起碼不能讓人家連自己要找的究竟是誰都不知道啊。

開始的時候，搜索圈還比較小，消息的傳播也就控制得比較好。但在雲千千帶來確定人就在天空之城的消息之後，搜捕範圍就不得不擴大了。於是順理成章的，路西法隱身於天空之城的事情也就流傳了出去。

到了這種地步，水果樂園的水果族們索性放開來，明目張膽的在街上一一盤查。反正消息已經藏不住了，現在最要緊的是儘快找到路西法，絕不能讓其在城內做出什麼不可挽回的事情。

什麼？你居然敢不配合搜查？知道我們要找的是什麼人嗎？知道？那麼知道那個人的危險性嗎？不知道吧。告訴你吧，路西法沒帶魔軍回魔界，這絕對是有陰謀的。別以為活動結束就真沒事了，想當初活動開始前，難道會有人來通知你？

萬一這是連鎖活動的話怎麼辦？萬一短暫的潛伏後，路西法捲土重來更甚至變本加厲怎麼辦？一般第二波出來的魔怪都會比第一波更難應付。我們城主會長慧眼如炬，先天下之憂而憂，所以才決定占領先機，先行把握路西法的動態。這也是為了廣大玩家的切身利益著想，為了日後的經濟穩定著想，為了……

說了這麼多，明白我們找路西法的必要性了吧？哦，明白了就好，有消息早點報告啊，順便保護費的事情過幾天我們會發公告詳細介紹的……

就這樣，經過水果族們的危言聳聽和其不遺餘力的宣傳，在玩家們的心目中，路西法被成功塑造成了一個喪心病狂、陰險狡詐，潛伏在黑暗中隨時準備重出江湖，替玩家和創世紀再次帶來一場血雨腥風的邪

惡魔頭形象。

魔族之亂結束後，提升的物價卻久久沒有回落的關係，玩家們至今還對之前那場活動耿耿於懷。憤怒的小火苗只要稍稍一煽動，就可以變成一場熊熊烈火。

這可是關係到大家切身利益的耶！以前1金可以買桌好酒菜，現在只能買碗餛飩麵；以前10金可以帶美眉瀟灑遊玩，順便還添購零食，現在只夠攔美眉出遊的車馬費；以前……

眼看著什麼東西的價格都在漲，唯獨卻只有任務收入不見漲，這日子簡直沒法過了。

總而言之，言而總之，此仇不共戴天，你不把物價踩回去，我們就把你踩回去……

在煽動下，許多的玩家都熱血沸騰了。想想也是啊，雖然好像路西法只仇視蜜桃多多一個人，但我們這些人也完全有理由仇視路西法嘛！首先前面說過的物價上漲之仇就先不說了，最可氣的是這一個NPC居然長得還那麼帥，現實女孩資源本來就稀缺，他還虎口奪食，不想要命了!?

於是一批批人自動自發的加入了搜捕隊伍，開始在全城仔細搜索了起來。

眾玩家的目標是：尋找路西法。

眾玩家的口號是：保護本土美眉，反對物價上漲，為驅逐路西法而奮鬥！

《蜜桃多多的魔王陛下》完

敬請期待更精采的《禍亂創世紀第二部04》

不思議驚笑2014年・帝柳最新力作——

飛小說系列084

禍亂創世紀第二部-03

蜜桃多多的魔王陛下

出版者■典藏閣

作　者■凌舞水袖　繪　者■CHI77

總編輯■歐綾纖

製作團隊■不思議工作室

郵撥帳號■50017206采舍國際有限公司（郵撥購買，請另付一成郵資）

台灣出版中心■新北市中和區中山路2段366巷10號10樓

電　話■(02)2248-7896　傳　真■(02)2248-7758

物流中心■新北市中和區中山路2段366巷10號3樓

電　話■(02)8245-8786　傳　真■(02)8245-8718

ISBN■978-986-271-427-0

出版日期■2014年1月

全球華文國際市場總代理／采舍國際

地　址■新北市中和區中山路2段366巷10號3樓

電　話■(02)8245-8786　傳　真■(02)8245-8718

新絲路網路書店

地　址■新北市中和區中山路2段366巷10號10樓

網　址■www.silkbook.com

電　話■(02)8245-9896

傳　真■(02)8245-8819

☞您在什麼地方購買本書？☜

1. 便利商店（ ________市／縣）：☐7-11　☐全家　☐萊爾富　☐其他________

2. 網路書店：☐新絲路　☐博客來　☐金石堂　☐其他________

3. 書店（ ________市／縣）：☐金石堂　☐誠品　☐安利美特animate　☐其他________

姓名：________地址：________

聯絡電話：________　電子郵箱：________

您的性別：☐男　☐女　　您的生日：西元________年________月________日

（請務必填妥基本資料，以利贈品寄送）

您的職業：☐上班族　☐學生　☐服務業　☐軍警公教　☐資訊業　☐娛樂相關產業

☐自由業　☐其他________

您的學歷：☐高中（含高中以下）　☐專科、大學　☐研究所以上

☞購買前☜

您從何處得知本書：☐逛書店　☐網路廣告（網站：________）　☐親友介紹

（可複選）　☐出版書訊　☐銷售人員推薦　☐其他________

本書吸引您的原因：☐書名很好　☐封面精美　☐書腰文字　☐封底文字　☐欣賞作家

（可複選）　☐喜歡畫家　☐價格合理　☐題材有趣　☐廣告印象深刻

☐其他________

☞購買後☜

您滿意的部份：☐書名　☐封面　☐故事內容　☐版面編排　☐價格　☐贈品

（可複選）　☐其他

不滿意的部份：☐書名　☐封面　☐故事內容　☐版面編排　☐價格　☐贈品

（可複選）　☐其他

您對本書以及典藏閣的建議________

____

____

✌未來您是否願意收到相關書訊？☐是　☐否

✍感謝您寶貴的意見✍

印刷品

$3.5
請貼
3.5元
郵票
不思議信箱
FUSIGI POST

235 新北市中和區中山路二段366巷10號10樓

華文網出版集團　收

（典藏閣－不思議工作室）